绝代双骄 4

古 龙 著

河南文艺出版社
·郑州·

古 龙

1938—1985

作为华语小说界一代宗师，“古龙”二字本身已成为一个文化符号。

古龙以惊人的才华，创作出《小李飞刀》《陆小凤》《楚留香》等七十多部精彩绝伦的经典。这些作品中涌动着永恒的热血、自由和生命力，不仅征服了一代代读者，更引发了巨大的文化浪潮，被无数次改编为影视、游戏、动漫，风靡整个中文世界，半个世纪风行不衰。

古龙为人，像他笔下的英雄们一样，豪气干云、放浪形骸、嗜酒如命、风流倜傥。其传奇一生的尽头，在医生下达严禁饮酒的告诫之后，豪饮三天三夜，大醉归西。

古龙是孤独的，一颗滚烫狂放的自由灵魂，与冷漠的现实世界显得那么格格不入；古龙又是幸运的，无数读者通过他的作品与他成为了知己。

中文世界如果没有古龙，将多么寂寞！没有读过古龙的人生，将多么寂寞！

目　录

第九十四章

机智绝伦

苏樱虽然不知道这四人就是鼎鼎大名的白开心、哈哈儿、屠娇娇和李大嘴，但却是见过这四人的。

她也曾亲眼瞧见，这四人如何对付魏麻衣，现在这四人忽然一齐出现，将她围住，她就算一向喜怒不形于色，脸色也不禁有些变了。

李大嘴大笑道："苏姑娘，你用不着害怕，这两天我的胃口都不太好，要吃你，至少也得再等几天。"

屠娇娇咯咯笑道："像这样聪明标致的女孩儿，就算你舍得吃，我也不答应的。"

白开心道："以我看来，还是吃了算了。"

哈哈儿道："哈哈，你这人真是名副其实的损人不利己，李大嘴将她吃了，于你又有什么好处？"

白开心道："我至少可以放心些，不至于被她卖了。"

苏樱眼波流动，忽然笑道："四位难道是来为铁心兰打抱不平的么？"

屠娇娇叹了口气，道："说起来，那傻丫头倒的确蛮可怜的。"

苏樱笑道："四位若是觉得我让她去上当，方才为何不拦住她？"

白开心板着脸道："她既不是我女儿，也不是我老婆，她上不上当，与我又有何关？我为何要来多事？"

哈哈儿道："何况，让她到魏无牙那里去也不错，哈哈，魏无牙要是看中了她，那就简直更妙不可言了。"

苏樱嫣然道："既是如此，四位是为了什么来的呢？"

李大嘴道："我们来找你，只不过是为了谈一项交易。"

苏樱道："交易？什么交易？"

哈哈儿道："哈哈，自然是彼此有利的交易，却不知你肯不肯答应？"

苏樱笑道："若是彼此有利的交易，我怎么会不答应呢？"

屠娇娇道："好，我问你，你想嫁给小鱼儿，是不是？"

苏樱笑了笑，道："我并不是想想就算了，我是非嫁他不可。"

屠娇娇道："但你有把握让他娶你么？"

苏樱笑道："愈没有把握的事，做起来就愈有趣，是么？"

屠娇娇道："好，现在我们可以帮你的忙，叫小鱼儿娶你，但你却也要答应我们一件事。"

苏樱眼珠一转，笑道："你们真有把握让他娶我？"

屠娇娇道："当然有把握，你莫忘了，小鱼儿是我们养大的，我们怎会不知道他的脾气？"

苏樱道："那么，你们又要我做什么事呢？"

屠娇娇道："将他活着带入魏无牙的洞去，再活着带出来。"

苏樱道："你们为什么要这样做呢？"

屠娇娇道："只因为我们要叫他去拿件东西。"

苏樱想了想，道："他若不肯去？"

屠娇娇笑道："他本来就算不一定会去，但现在却是非去不可的，只因为你帮了我们的忙，你将铁心兰送到那里去了。"

苏樱悠悠道："若是我不答应呢？"

李大嘴咯咯笑道："你若不答应，我的胃口立刻就会变好的。"

苏樱嫣然一笑道："我相信我身上的肉，无论怎么做，都很好吃的。只不过我要劝你，切切不要红烧，这么嫩的肉，红烧实在太可惜了，最好是用来涮锅子，肉才能保持鲜嫩。"

李大嘴等人，听得面面相觑，反倒不禁呆住了。

李大嘴干笑两声，道："你倒提醒了我，涮人肉的滋味，的确可算是天下第一，我倒真的已有许久未曾尝过。"

苏樱道："你最好在我还活着的时候，就将我身上的肉片切下来，而且作料中，切切不可放醋，因为人肉本来就有些酸的。"

李大嘴干笑道："多承指教，我吃人吃了无数，想不到竟还没有你内行。"

他走了两步，只见苏樱悠然坐在那里，怎么看也不像要被人吃下肚子里的，倒像是等着别人送上门给她吃。

屠娇娇忽然道："李大嘴，你先过来一下，我有话跟你说。"

她将李大嘴拉向一边，悄悄道："你吃过这样的人么？"

李大嘴笑嘻嘻瞧了坐在那边的苏樱一眼，忍不住低声骂道："这丫头看起来，就像是喜欢被老子吃下去似的，真不知她肚子里在打什么鬼主意？"

屠娇娇道："你想，她若非胸有成竹，怎会如此笃定？而且还像是生怕死得太舒服了，竟劝你活着将她凌迟，你想，世上有这样的人么？"

李大嘴默然半晌，道："你的意思是……"

屠娇娇道："依我之见，还是算了吧！咱们能活到现在，并不是件容易的事，莫要阴沟里翻船，栽在这小丫头手里，那才冤哩。"

李大嘴沉吟着道："这话倒也不错……"

只听苏樱娇笑道："你还不过来，再等下去，我的肉都要变老了。"

李大嘴大笑道："你的肉太酸，我懒得吃了。"

"想不到我的肉竟是酸的，莫非是平时吃醋吃得太多了。"她盈盈站了起来，敛衽道，"你先生既然不肯赏脸，我只有告辞了。"

突听白开心喝道："我和他不一样，他好吃，我好色。好吃的人，胆子总比较小些，但好色的人就不同了……"

他一步步向苏樱走过去，大笑道："常言道，色胆包天，这句话你总该听过的吧！"

苏樱情不自禁，向后退了半步，但面上还是带着微笑，道："阁下若觉得光棍做得无趣了，我倒可替你做个媒。那边小溪里，有位美人在出浴，她不但长得千娇百媚，比我好看多了，而且风情万种，知情识趣。"

白开心吃吃笑道："我就看上了你，别的人我都不要。"

他嘴里说着话，一双大手已向苏樱抓了过去。

苏樱肚子里就算有一千条绝顶妙计，此刻却连一条都使不出来了，女人若碰见急色鬼，那真是什么法子也没有。

只听“哧”的一声，苏樱的衣服已被白开心撕了一块下来。

就在这时，突又听得一人缓缓道：“男子汉，大丈夫，怎么能欺负女人！”

这语声平和而缓慢，但他的人却来得快如风，疾如电。

白开心只见一条人影自天而降，他大惊之下，还掌击出。

李大嘴等人，但见人影一花，但闻一声清脆的掌声，白开心的身子，已像是一个球似的挂在树枝上。

再看苏樱身旁，已多了个风度翩翩的美少年，衣衫虽然有些狼狈，却仍掩不住有一种清贵高华之气流露出来。

这人虽然救了苏樱，但苏樱瞧见他，脸色反而变了，失声道：“花无缺！”

花无缺淡淡一笑，目光向李大嘴等人扫了过去，缓缓道：“还有哪一位想动手的么？”

李大嘴等人也骇呆了。

花无缺虽不认得他们，但他们却是认得花无缺的。

他们曾经眼看着花无缺，以一身超凡绝俗的武功，将慕容姊妹吓走，又在一招间将白开心抛在树上。

李大嘴大笑道：“咱们也早就看这色鬼不顺眼，公子此刻教训了他，这是再好也没有。”

屠娇娇也笑道：“只可惜公子出手还太轻了些……”

哈哈儿道：“哈哈，公子若将他抛得更远些，让咱们再也瞧不见才好。”

白开心挣扎着想从树上跳下来，嘴里大叫道：“我只不过想摸一摸她而已，但那大嘴巴却要吃她的肉哩。”

他们不去对付外人，反倒先窝里反起来，花无缺倒真还没有见过像这样的人，忍不住叹了口气，道：“各位倒真是够义气得很……”

一句话未说完，李大嘴已怒吼着向白开心扑了过去。白开心似是闪避不及，竟被他一拳打出三丈外，怪叫道：“大嘴狼，你敢打人？”

李大嘴吼道：“二十年前，我就想打死你这王八蛋了！”

他一面骂，一面追过去，谁知白开心的脚忽然一勾，他也倒了下去，两个人竟都滚在地上，扭成一团。

只听“砰砰蓬蓬”的拳头声，“混账王八”的怒骂声，骂的话固然不堪入耳，打架的姿态更是不堪入目。

花无缺本还以为他们是什么武林高手，此刻看来，却简直连可以为了三文钱而打破头的泼皮无赖还不如。

哈哈儿却在一旁拍掌大笑道：“好，打得好，哈哈，快抓他的头发，对了，抓紧些。”

屠娇娇道：“也不能让他们这样打下去，若是打死了一个，咱们岂非还得花钱为他收尸？还是过去拉开他们吧。”

这时李大嘴和白开心已滚到那边的树后面去了，两个人都已打得像狗一般在喘息，但还是不肯住手。

屠娇娇和哈哈儿也赶了过去，一面呼道：“莫要打了……再打就要打出人命来了呀！”

于是这两个人也到了树后，似乎在拉架。

花无缺瞧着他们，只有摇头苦笑——他遇见这样的泼皮无赖，除了摇头之外，还能干什么？

苏樱忽然微微一笑，道：“花公子，你上了他们的当了。”

花无缺道：“上什么当？”

苏樱微笑道：“你以为他们这真是在打架么？”

花无缺怔了怔，道：“难道这是……”

苏樱抿嘴笑道：“这不过是他们在想法子逃走而已。那两人的武功虽然不怎么样，但若真的要拼命，三百招内，谁也休想碰着对方一根手指。”

花无缺纵身掠了过去，树后果然连人影都瞧不见了。

树皮上，却留下了四行字：

手下留情，多谢多谢；
不辞而别，惶恐惶恐。
不够胆量，也许也许；
不够义气，未必未必。

花无缺呆了半晌，忍不住苦笑道："果然上当，惭愧惭愧。"

苏樱笑道："这四人的诡计多端，实在少见得很，像花公子这样的忠厚君子，若不上他们的当，那才是怪事。"

花无缺忽地一笑，道："忠厚君子，倒也未必未必……方才也有几个人就上了我的当。"

苏樱道："哦？谁？"

她话问出来后，自己也明白了，笑道："不错，上当的必定就是白山君夫妇，是么？"

花无缺微笑点头，道："正是他们。"

苏樱眼珠一转，道："我虽然以药力将你困住，但那药对人却没有什么害处的，只要一吹风药力就解了，只不过那时他们必已点了你穴道，你还是不能逃走。"

她微微一笑，接着道："你是不是故意装成中毒很深的模样，让他们对你不加提防，你却在暗中以移花接玉的内力，打开了穴道，扬长而去？"

花无缺笑道："姑娘的聪明智慧，实在也少见得很。"

花无缺面上的笑容忽然不见了，叹了口气道："姑娘你虽然是智计无双，但在下却知道还有一个人……就算姑娘你遇见他，只怕也要吃亏的。"

苏樱垂下了头，也叹了口气，幽幽道："你说得不错，我非但知道你说的这人是谁，而且也吃过他的亏了。"

花无缺面上不禁露出惊异之色，刚想问个清楚，苏樱忽又笑道："温良如玉的花公子，如今也会以诡计骗人，只怕也就是跟这个人学的……我说的是吗？"

花无缺忍不住笑道："这就叫作'近朱者赤，近墨者黑'。"

苏樱道："但君子毕竟总是君子，所以我虽然那么样对待你，你非但没有向我报复，反而救了我。"

花无缺脸色忽然沉了下来，道："你可知道我为什么要救你？"

苏樱望着他忽然改变的脸色，也像是有些吃惊，但还是笑着道："我已说过，这就因为你是君子。"

花无缺沉着脸说道："我必须告诉你三件事，第一，移花接玉的秘密，绝不容许外人知道，谁知道了，只有死！这是移花宫的禁例，谁也不能例外。”

苏樱虽然还在笑着，笑声听来却没有那么悦耳了。

花无缺道：“第二，移花宫的门下无论要做什么事，都必须自己动手，绝不容别人干涉，也绝不能假手于外人。”

苏樱道：“第……第三呢？”

花无缺道：“第三，我也是移花宫的门下，无论如何，我也不能破坏移花宫的规矩。”

苏樱叹了口气，道：“如此说来，你救了我，只不过是为了要亲手杀我而已，是么？”

花无缺扭过头不看她，一字字道：“纵然情非得已，却也势在必行。”

苏樱道：“那么……那么我也要告诉你三件事。”

她不等花无缺问她，就接着道：“第一，你莫要忘记，我本来有许多机会可以杀你的，但我却没有动手，你现在若杀了我，岂非不义？”

花无缺虽然没说什么，却忍不住叹了口气。

苏樱道：“第二，我虽然知道了移花接玉的秘密，但我绝不会练这种功夫，也绝没有告诉过别人，你若杀了我，岂非不仁？”

花无缺已微微动容。

苏樱道：“第三，你莫忘了，我是个女人，而且手无缚鸡之力，一个大男人以强欺弱，来欺负一个弱女子，这非但无礼，简直是无耻了。”

花无缺已不觉垂下了头。

苏樱见他神情的变化，眼睛已发了光，嘴里却冷冷道：“你若一定要做这种不仁不义、无礼无耻的事，我自然也没法子，但铁心兰若是知道了，她一定会对你失望得很。”

花无缺霍然抬起头。

苏樱悠悠道：“不错，铁心兰……她总是对我说，你是最温柔、最有礼的男人，我本来也很相信的，但现在……”

她故意叹了口气，住口不语。

花无缺指尖已有些发抖，道：“你……你认识铁心兰？”

苏樱抬起头，淡淡道："我和她不算太亲密，只不过刚刚结拜为姊妹而已。"

花无缺像是忽然挨了一鞭子，呆了半晌，摇头道："不可能……这绝不可能！她在哪？"

苏樱道："我就算告诉你她此刻在哪里，你也不敢去找她的。"

花无缺目光一闪，变色道："魏无牙，你将她送到魏无牙那里去了？"

苏樱笑道："魏无牙对别人虽凶恶，但对我们姊妹却很好的。"

花无缺跺了跺脚，霍然扭转身，嗄声道："移花宫的秘密，你绝不告诉别人？"

苏樱道："若有第二个人知道，那时你再杀我也不迟。"

花无缺长叹道："那时虽已迟了，但……但我还是相信你。"他又跺了跺脚，身子已向前蹿出。

第九十五章

阴险毒辣

苏樱见花无缺的身形已向前蹿出，忽然又道：“和你关在一起的那个人，叫江玉郎，你认不认得他？”

花无缺顿住脚步，不觉又叹了口气，道：“我但愿不认得他才好。”

苏樱叹道：“你为什么不杀了他呢！留这个人活在世上，实在是后患无穷。”

花无缺道：“他此刻既伤且病，我怎能向他出手？”

苏樱苦笑道：“这就是君子的毛病，但你若没有这毛病，我只怕也……”

她瞧见花无缺又旋动身形，立刻大声道：“等一等，我还有句话要告诉你。”

花无缺只得再次停下来，道：“什么话？”

苏樱嫣然一笑，道：“铁心兰并没有看错，你实在是个温柔又可爱的男人，也实在对她好得很。”

大家都知道，小鱼儿的性子有多么急，要一个性子急的人坐在那里等人，实在是要他的命。小鱼儿已急得像是只火里的蚱蜢，不停地走来走去，不停地向胡药师问：“你算准苏樱一定能找到这里来么？”

胡药师本来很有把握，断然道：“是！”

但等到后来，胡药师也有些着急了，忍不住道：“在下中的毒，只怕快发作了吧？”

小鱼儿忽然跳起脚，大喝道：“你，苏樱若不来，我再也不会为你解毒的。”

胡药师苦着脸道：“苏姑娘是否前来，和在下又有何关系？你下的毒若是发作了……”

小鱼儿大声道：“毒性发作了，算你倒霉，你死了也活该，谁叫你说苏樱一定会来的？”

他现在的确是蛮不讲理，只因他已快急疯了。

胡药师比他更急，刚干了的衣服，又被汗湿透了。

只有江玉郎，却像是一点也不着急，他笑嘻嘻坐在那里，苏樱来不来，好像都和他没关系似的。原来他忽然发现，那见鬼的药力已开始在消散，他身子已渐渐舒服起来，渐渐开始有了力气。

小鱼儿眼睛都快望穿了，还是瞧不见苏樱的影子，终于忍不住道：“走，不管她来不来，咱们先去找她去。”

江玉郎悠悠道：“现在若先去找苏姑娘，再转回来救花公子，花公子只怕已……”

他故意顿住语声，小鱼儿果然忍不住跳了起来，大喝道：“只怕已怎样？说！”

江玉郎慢吞吞道：“实不相瞒，我藏起花无缺的那地方，并不太舒服，而且有点不大透气，时间若是隔得太长，说不定会闷死人的。”

小鱼儿跳起来就想扑过去，但扑到一半，就硬生生停了下来，脸上的怒容立刻变成了笑容，哈哈笑道：“江兄是聪明人，总该知道花无缺若死了，对江兄你也没什么好处。”

江玉郎叹了口气，道：“这个小弟自然明白的，只不过……”

小鱼儿立刻道：“你救了他，我负责要苏樱将解药给你。”

江玉郎苦笑道：“小弟现在已想通了，只觉世情皆是虚幻，生生死死，也只不过是一场梦而已，是否能拿到解药，小弟实已不放在心上。”

他忽然说出这一番大道理，小鱼儿瞪大了眼睛瞧着他，道：“你……你真的是江玉郎么？妙极妙极，江兄原来是个老和尚投胎转世的。”

江玉郎又叹了口气，道：“小弟虽已不再将这副臭皮囊放在心上，只不过……”

他转头瞧了铁萍姑一眼，黯然道：“只不过她……她对我的恩情，却令我再也抛不开，放不下。”

铁萍姑痴痴地望着他，目中已是泪光莹莹，却不知是惊讶，是欢喜，是相信，还是不信？

江玉郎叹道：“小弟经此一劫，再也无意与诸兄逐鹿江湖，只盼将恩仇俱一刀斩断，和她寻个山林隐处，安安分分地度此余年，可是……”他惨笑着接道，“可是小弟虽有此意，怎奈以前做的错事实在太多，小弟也自知鱼兄绝不会就此放过我的，是么？”

小鱼儿正色道：“常言道，放下屠刀，立地成佛。江兄如此做法，小弟佩服还来不及，又怎么会再找江兄的麻烦呢？”

江玉郎沉吟了半晌，缓缓道：“鱼兄博闻广见，想必知道野生毒菌中有一种叫女儿红的。”

铁萍姑到这时才忍不住问道：“这女儿红又是什么？”

小鱼儿道：“这女儿红乃是生在极阴湿之地的一种毒菌，据说无论谁吃了，不出三五天，就会得一种怪病。”

铁萍姑道：“什么怪病？”

小鱼儿道：“这种病开始时也没什么，只觉不过有些昏昏欲睡，精神恍惚，就好像得了相思病似的，除非每隔几个月，能找到一株恶婆草连根吃下去，否则这相思病就要愈来愈重，不出一年，就完蛋大吉。”

铁萍姑虽也觉得这名字取得妙不可言，有趣至极，但想到一个人若不幸吃下了这么样一株毒菌，那可实在是无趣极了。

只听小鱼儿笑着又道：“此时此刻，江兄忽然提起此物来，难道是想要小弟也害一害这相思病么？”

江玉郎这次竟连狡赖都没有狡赖，很简单地回答道：“正是。”

小鱼儿却笑了，道：“这么珍贵的东西，一时之间，你能到哪里去找来给我吃？”

江玉郎道：“小弟若是去别处寻找，就算找个三年五载，也未必能找得到，但凑巧的是，这附近就偏偏有一株，只要鱼兄答应，小弟立刻就可去为鱼兄掘来。”

铁萍姑终于也忍不住失声道：“你疯了么？怎么能说得出这种话？他……他怎么可能答应你？”

江玉郎也不理她，缓缓接着道：“鱼兄想必知道，那恶婆草虽也和女儿红一样，十分稀罕珍贵，但却可以用人工来培养的，而小弟又恰巧知道培养它的法子。”

小鱼儿眼珠子直转，竟没有说话。

江玉郎又道：“这里的事办完之后，小弟就立刻找个地方隐居起来，专心为鱼兄培植恶婆草，鱼兄若想身体康健，自然也就会好生保护小弟的性命了。”

胡药师这才知道，他打的如意算盘，竟是要以这件事来要挟小鱼儿，要小鱼儿以后永远不敢找他的麻烦。

但这想法却实在未免太天真了些，胡药师几乎忍不住要笑了出来，眼睛瞧着江玉郎，暗笑道：“你难道以为小鱼儿是呆子么？这种事你就算杀了我，我也不会答应的，何况这条比泥鳅还滑溜的小鱼儿？”

只见小鱼儿眼珠子转了半天，笑嘻嘻道：“你信不过我，我又怎信得过你？我怎知道你会为我培植恶婆草，又怎知这恶婆草一定能吃到嘴呢？”

江玉郎叹道：“小弟的病毒也一直不解，鱼兄要杀我，还是容易得很。”

小鱼儿道：“但我若找不到你呢？”

江玉郎笑道：“鱼兄若真的要找，小弟就算上天入地，也躲不了的。”

像小鱼儿这样的聪明人，竟会问出这么笨的两句话来，江玉郎回答得更是妙不可言，说的话等于没说一样，而小鱼儿却偏偏像是相信了，只不过又问了一句：“我吃下了这女儿红，你就去救花无缺？”

江玉郎道：“小弟若是失言背信，鱼兄随时都可要小弟的命。”

小鱼儿叹了口气，道：“好，我答应你。”

小鱼儿竟真的答应了他。任何人都不会答应的事，他竟偏偏答应了。

胡药师呆呆地瞧着小鱼儿，暗道：“疯子，疯子，这人原来是疯子，别人说太聪明的人，有时往往会变成疯子，这话听来倒是一点也不错。”

铁萍姑也是目瞪口呆，吃惊得说不出话来。

江玉郎果然掘来了一株看来十分鲜艳的女儿红。小鱼儿果然笑嘻嘻吞了下去。

他抹了抹嘴，竟大笑道："妙极妙极，想不到这女儿红竟是人间第一美味，我这一辈子，简直没有吃过这么鲜嫩的东西。"

到了这时，江玉郎目中也不禁露出狂喜之色，却故意叹了口气，道："绝代之佳人，大多是倾国倾城的祸水；致命之毒物，也常常是人间美味。唯有良药，才是苦口的。"

小鱼儿一把拉住他的手，笑道："好听的话，大多是骗人的，江兄还是少说两句，赶紧去救人吧。"

石屋所在地，本来已十分荒僻，江玉郎带着小鱼儿再往前走，地势就愈来愈是崎岖险峻。

他的毛病偏偏又发了，走两步，就喘口气，再走两步，又跌一跤，两条腿就像弹琵琶似的抖个不停。

小鱼儿实在快急疯了，到后来，终于忍不住将他抱了起来，道："那地方究竟是哪里，你说出来，我抱你去。"

江玉郎道："如此劳动鱼兄，小弟怎么敢当。"

小鱼儿"哧"地一笑，道："没关系，你骨头轻得很，我抱你并不费力。"

铁萍姑跺脚道："求求你们两个人，莫要再斗嘴了好不好？"

江玉郎叹道："我怎敢跟鱼兄斗嘴，只不过……"

他语声忽然顿住，手向上面一指，道："鱼兄可瞧见上面那洞穴么？"

小鱼儿随着他手指向上瞧去，只见生满了苍苔的山壁上，果然有个黑黝黝的洞穴，洞口还有一片石头凸了出来。

江玉郎道："这地方还不错吧！"

小鱼儿道："你为什么不用块石块将洞口堵上呢？"

江玉郎道："花公子现在已是寸步难行，小弟反正也不怕他逃走。"

小鱼儿忽然瞪起眼睛，高声道："洞口既没有堵上，他怎么会闷死？"

江玉郎神色不变，淡淡道："也许不会被闷死，但荒山上的洞穴里，总难免有些毒蛇恶兽……”

他话未说完，小鱼儿已纵身掠了上去。

江玉郎道：“鱼兄不妨先将小弟放下来，看看这地方对不对。”

这片石台上也长满了苍苔，滑不留足，小鱼儿放下了他，他连站都不敢站起来，爬到洞口前瞧了瞧，忽然大呼道：“花公子，小弟等来救你了，你听得见么？”

只听洞穴回声不绝，却听不见花无缺的回应。

江玉郎皱起眉头，道：“花公子，你……你……你怎么样了，怎地……”

小鱼儿跺了跺脚，一把将江玉郎拉到后面去，自己伏在洞口，极目而望，洞穴里黑得伸手不见五指，他什么也瞧不见。

江玉郎道：“鱼兄，可瞧见花公子了么？”

小鱼儿道：“你这小子究竟在玩什么花样，为什么……”

话犹未了，忽觉一股大力自脚跟撞了过来，他一声惊呼尚未出口，身子已落叶般向洞穴中直坠了下去。

方才连路都走不动的江玉郎，此刻却忽然变得生龙活虎起来，一跃而起，向洞穴中呼道：“鱼兄……小鱼儿……”

小鱼儿没有回应，过了半晌，才听得“咚”的一声。

这洞穴竟深得可怕。

江玉郎仰天大笑道：“小鱼儿……小鱼儿，你毕竟还是不如我江玉郎，毕竟还是上了我的当了！”

铁萍姑从下面往上望，石台上发生了什么事，她也瞧不真切，此刻听到江玉郎得意的笑声，才吃惊道：“你将小鱼儿怎么样？”

江玉郎大笑道：“我不害死他，难道还等他害死我么？”

铁萍姑又惊又恐，嘶声道：“你不是已改过了么？不是只想和我安度余生，怎地又……”

她一面说着话，一面就想往上掠去，但身子刚跃起，忽又想到自己身上只穿着胡药师的一件长衫，里面却是空空的，若是跳起来，下面的胡药师的眼福就真不浅了，她只有赶紧落下来，掩住衣衫，不停地跺脚。

胡药师也吃惊得呆住了，过了半晌，忍不住道：“小鱼儿既已中了女儿红的毒，你以后岂非正可以此要挟他，要他乖乖地听命于你，你现在就害死了他，岂非可惜？”

江玉郎笑道：“你想不通，小鱼儿也想不通的，所以他才会上当。方才那女儿红只不过是个钩子而已，你现在可想通了么？”

胡药师不觉又怔住了，只觉这江玉郎心计之深，手段之毒，做出来的事之凶狠狡诈，简直叫人梦想不到。

江玉郎哈哈大笑道：“小鱼儿呀小鱼儿，你常常自命自己是天下第一聪明人，如此你总该知道，天下第一聪明人，到底是谁了吧！”

胡药师忍不住又道：“但花无缺呢？他难道也被你害死了？”

江玉郎笑道：“你以为花无缺很呆板么？告诉你，他也会骗人的，他故意装出那副痴痴呆呆的模样，让你们不再提防他，他却乘机溜之大吉。”

胡药师怔了半晌，苦笑道：“那么，白山君呢？”

江玉郎道：“那时我病发作得厉害，迷迷糊糊的，也没有瞧清楚，好像是瞧见他去追花无缺了。”

胡药师忽然跳起来，惊呼道：“不好，我中的毒药力还未消散，我还得找他要解药。”

江玉郎忽然冷冷一笑，道：“很好，你就下去找他吧！”

冷笑声中，忽然出手一掌，向胡药师拍了过去。

胡药师刚掠上石台，身子还未站稳，一口气也没有换过来，若是立刻再跳下去，虽可避开这一掌，但真气既未换转，跳到地上后，纵不跌伤，身子也必定站不稳，那时江玉郎若再乘势进击凌空扑下，他再也难闪避。

石台上滑不留足，胡药师算准江玉郎在台上发招，下盘必不稳固，下盘若不稳，出手的力道就必定不会太强。

江玉郎一掌拍出，胡药师竟不避不闪，拼着挨他一掌，下面却飞起一脚，向江玉郎下盘横扫过去。

这一招以攻为守，攻敌之所必救，正是绝顶厉害的妙招，但若非久经大敌的武林老手，就绝不敢使出这样的险招。

江玉郎奸笑道：“好个兔二爷，果然有两下子！”

他身形忽然一跃而起，双腿却已凌空踢出。

胡药师再也想不到他在这种地方，还敢用这种招式，大惊之下，要想闪避已来不及了。

要知道胡药师方才踢出的一脚，此刻还未及收回，下盘更是不稳，江玉郎的脚尖，已踢向他咽喉。

他只有用手去接，手的力量，怎及脚大？他就算接得住这一脚，还是难免要被江玉郎踢下去。

但江玉郎的脚若被他抓住，自也难免要被他一齐拖下去，这一招用得虽近无赖，但情急之下他也顾不得许多了。

谁知江玉郎身子凌空，竟还有余力变招。

只见他双腿，刹那间竟一连踢出七八脚之多，胡药师莫说抓不到他，简直连他出腿的方位都已分辨不出。

他这才知道江玉郎不但凶狠狡猾非人能及，武功之高，竟也大出他意料之外。他知道自己再也无法抵抗，不禁长长叹口气，身子突然在石头上一滚，竟纵身向那深不可测的黑洞跳了下去。

铁萍姑痴痴地站在那里，动也不动，江玉郎着意卖弄，凌空翻身，就像是一只大蝴蝶似的落在她身旁，她也像是没有见到。

江玉郎笑嘻嘻道："方才我出的那几脚，你可瞧见了么？"

铁萍姑看也不看他，淡淡道："瞧见了。"

江玉郎道："那是北派谭腿中的精华卧鱼八式，和胡家堡的无影脚、武当派的流星步、昆仑派的飞龙式，四种武林绝技混合在一起，变化而成的。我替它取了个名字，叫'踢死人不赔命，天下无双魔脚'，你说妙不妙？"

铁萍姑冷冷道："妙极了。"

江玉郎笑道："你有个武功如此高明的夫婿，难道不高兴么？"

铁萍姑忽然扭转头，直奔了出去。

江玉郎赶紧掠过去挡在她的前面，笑道："你这是干什么？咱们已有很久没在一起，现在我的病已好了，咱们正可以好好地温存温存，你为什么不理我？"

铁萍姑冷笑道："你还是找别人温存去吧，像你这样既聪明，武功又高的大英雄、大豪杰，我怎么高攀得上！"

江玉郎笑道："我去找别人？去找谁？我喜欢的只有你呀！"

他一把抱起了铁萍姑，就去亲她的脸。

铁萍姑挣也挣不脱，跺脚道："你……你……你放不放手？"

江玉郎眯着眼笑道："我不放手，我偏不放手，你打死我，我也舍不得放手的。"

他的手已伸进了袍子，铁萍姑的挣扎终于愈来愈没有力气，颤声道："你先放手，我问你一句话。"

江玉郎笑嘻嘻道："你问呀，我又没有堵住你的嘴！"

铁萍姑道："我问你，你害死了小鱼儿，难道还不过瘾，为何又要害死胡药师？"

江玉郎道："我看见那小子对你色眯眯的模样，简直快气疯了，恨不得当时就宰了他。"

铁萍姑道："你……你杀他，难道是为了我？"

江玉郎笑道："也不知为了什么，只要别人瞧你一眼，我就气得要死，何况他居然想打你的主意……除了我之外，谁敢动你一根手指，我拼命也要宰了他的。"

他嘴里说着，手动得更厉害。

铁萍姑脸上的怒容早已不见了，面颊上已泛起了红晕，不但语声颤抖，身子也颤抖起来。

江玉郎将嘴唇凑到她耳朵上，低低说了两句话。

铁萍姑立刻红着脸挣扎道："不行，不可以在这里……"

江玉郎道："这里连鬼都没有一个，有谁会瞧见，来吧……"

话还没有说完，铁萍姑也不知怎地，竟忽然从他怀抱里直飞了起来，同时又发出了一声惊呼。

江玉郎也骇了一跳，情不自禁，随着她的去势向上面瞧去，只见铁萍姑白生生的两条腿在空中不停地挣扎飞舞，但身子却如旗花火箭般向上直冲，竟飞起有七八丈高，不偏不倚，落在一棵树上。

这棵树自山壁间斜斜伸出来，铁萍姑的袍子竟恰巧被树枝勾住，赤裸裸的身子就像是条白羊似的被吊了起来。

江玉郎再也想不通她是怎么会被吊上去的，忍不住大呼道："快跳下来，我接住你。"

铁萍姑却像是已被吓呆了，竟连动都不会动，脸上已没有一丝血色，眼睛里的神色更是惊怖欲绝。但她的眼睛却没有瞧着江玉郎。

江玉郎忍不住又随着她的目光瞧了一眼，这才发现自己面前不知何时竟已站着个长发披肩的白衣人。

只见她雪白的衣衫飘飘飞舞，身子却如木头人般动也不动，面上戴着个木头雕成的面具，看来就像是忽然自地底升起的幽灵。

她随手一抛，就能将铁萍姑抛起八九丈高，而且不偏不倚地挂在树上，这份手力武功，简直骇人听闻。

一个男人正在兴致勃勃时，若被人撞破好事，那火气当真比什么都来得大。江玉郎只觉一肚子都是火，把别的事全都忘了，大怒道："你这人有什么毛病，好生生的为何来找我的麻烦？"

白衣人还是站在那里，既不动，也不说话。江玉郎火气更大，忍不住蹿过去一拳击出。

白衣人还是不动，只不过袍袖轻轻一拂，江玉郎击出去的一拳，也不知怎地，竟忽然转了回来。

只听"砰"的一声，这一拳竟打在他自己头上。

江玉郎脸立刻被打肿了，但头脑却被打得清醒过来。只觉两条腿几乎再也站不住，颤声道："你……你莫非就是移花宫主？"

白衣人冷冷道："凭你这样的人，也配说'移花宫主'四个字？"

江玉郎"噗"地跪在地上，嗄声道："小人的确不配说这四个字，小人该打。"

他的确是聪明人，不等白衣人出手，就自己打起自己来，而且下手还真重，打得实在不轻。白衣人冷冷地瞧着，也不开口。

第九十六章

奸狡诡诈

她不开口，江玉郎的手就不敢停，只见他一张又白又俊的脸，晃眼间就变得像猪肝一样，顺着嘴角往下直淌鲜血。

铁萍姑瞧得心都碎了，忍不住道："宫主，求求宫主饶了他吧！"

白衣人这才抬起头来，道："你为他求情，又有谁为你求情？"

铁萍姑颤声道："婢子自知罪孽深重，本就不敢求宫主饶恕的。"

白衣人道："很好，那么我问你，你将小鱼儿带到哪里去了？"

铁萍姑道："小鱼儿他……"

她忽然想到自己若说出真相，宫主若知道小鱼儿已死在江玉郎手上，江玉郎只怕立刻就要被碎尸万段了。

白衣人道："小鱼儿他怎么样了？你为何不说？"

铁萍姑道："他……他也到了这里，只怕是在东面那一带。"

白衣人道："好，我这就去找他，但愿你说的不假。"

江玉郎这时已被自己打得躺在地上，但还是不敢停手。

白衣人叱道："够了，停手吧。"

江玉郎挣扎着爬起来，叩头道："多……多谢宫主。"

白衣人道："现在，我要你在这里看着她，若有人伤了她，我就要你的命，若有人将她救走，我也要你的命，知道么？"

江玉郎道："小人知道。"

等到江玉郎抬起头时，白衣人已又如幽灵般消失了。

他忍不住叹了口气，苦笑道："这就是移花宫主，原来移花宫主就是这样子的，想不到我今日竟见着了她，只怕是走了运了。"

铁萍姑叹道："幸好今日来的只是小宫主，若是大宫主来了，你我此刻只怕都活不成了。”

江玉郎出神地凝注着远方，也不知在想些什么。

铁萍姑道：“但等她回来，你我还是活不成的，你害了小鱼儿，她绝不会饶你。”

江玉郎道：“为什么？她本来不是要花无缺杀小鱼儿的么？”

铁萍姑道：“不错，但她只许花无缺自己亲手杀小鱼儿，却不许别人动小鱼儿一根手指，就连她自己，也绝不伤小鱼儿的。”

江玉郎讶然道：“这又是为了什么？倒真是件怪事！”

铁萍姑道：“我也猜不透这是什么道理，她们姐妹本来就是个怪人，无论如何，你现在快将我放下去吧，我半身发麻，已被她点了穴道。”

江玉郎叹道：“我就算救了你，咱们两人还是逃不脱她掌握的。”

铁萍姑道：“但咱们好歹也得试一试，等她回来了，反正也只有一死，现在若是逃走，找个地方藏起来，说不定还可过几天快活的日子。”

江玉郎垂下头没有说话，过了半晌，忽又抬头道：“但你若不告诉她小鱼儿是被我害死的，她也就不会杀我了，是么？”

铁萍姑怔了怔，道：“也许……”

江玉郎道：“你方才既已骗过了她，为什么不再骗下去呢？”

铁萍姑道：“但……但我……”

江玉郎柔声道：“你既然反正是要死的，为何要我陪你一起死呢？你若真的对我好，就该牺牲自己来救我，我一定永远也忘不了你。”

铁萍姑整个人都呆住了，她实在再也想不到江玉郎会说出这样的话来——这实在不是人说的话。

忽听一人咯咯笑道：“妙极妙极，我已有很久没听过这么妙的话了。”

另一人笑道：“这位仁兄若是女的，萧咪咪见着他一定要自愧不如。”

第三人道：“哈哈，两个萧咪咪，只怕也抵不上他一个。”

第四人大笑道：“自从欧阳兄弟死后，你们一直担心找不到人来凑数，现在不现成的就有一个在这里么！”

笑声不绝，山坳后已走出四个人来。

只见这四人一个嘴巴特大，一个不男不女，一个满脸笑容，还有一个像叫花子的，背上却背着只麻袋。

这麻袋竟不停地在蠕蠕而动，而且里面还不停地有呻吟之声发出，这呻吟声也奇怪得很。

发出呻吟的人，虽像是很痛苦，很难受，却又像是很舒服，听得人忍不住从心里痒了起来。

那叫花子模样的人，左手还提着根树枝，竟将树枝当鞭子，不时往那麻袋上抽上一鞭。

他一鞭抽下去，麻袋里的呻吟声就更销魂，嘴里还含含糊糊地说着话，隐约可以听出，她居然是在哀求道："求求你……抽重些好么？求求你……"

那叫花子模样的人却偏偏放下鞭子，不肯再抽了，反而向江玉郎笑道："世上居然有人喜欢挨打，你可瞧见过么？"

江玉郎倒真还没见过这样的人，简直连听都没听见过，他虽然最善应变，此刻也不禁呆住了。

树上的铁萍姑又羞又急，竟不觉晕了过去。

来的这四人，无疑就是李大嘴、屠娇娇、白开心和哈哈儿了，但麻袋里这喜欢被人打的却又是谁呢？

李大嘴已走到江玉郎面前，咧嘴一笑，道："这位朋友，你贵姓呀？"

江玉郎虽不知道这些人是什么来头，但见到他们的模样一个比一个诡秘，倒也不敢再得罪他们。

他干咳一声，赔笑道："在下蒋平，却不知各位尊姓大名？"

李大嘴笑道："兄台年纪虽轻，想必也听说过'十大恶人'的名字？"

哈哈儿道："哈哈，你瞧见他这张嘴，也该知道他是谁的。"

江玉郎目光从他们脸上瞧了过去，掌心已不觉出了汗。

屠娇娇咯咯笑道："小兄弟你只管放心，咱们来找你，并没有什么恶意。"

江玉郎忽地一笑，道："各位俱是武林前辈，自然不会找在下这无名后辈麻烦的，在下非但十分放心，而且今日得见武林前辈的风采，更实在高兴得很。"

屠娇娇吃吃笑道："你们瞧，这孩子多会说话，嘴上就好像抹了蜜似的。"

哈哈儿道："哈哈，这样的人，连我和尚见了都欢喜！也就难怪树上的这位小姑娘，不惜为他玩命了。"

江玉郎正色道："树上那位姑娘，与在下虽然相识，却不过只是道义之交而已，哪里有什么男女之情，前辈说笑了！"

屠娇娇道："既然是道义之交，人家赤条条地被吊在树上，你为什么不去救她呢？"

江玉郎叹了口气道："在下虽有相救之心，怎奈……怎奈男女授受不亲，如今她不幸遭人羞辱，赤身露体，在下若是去救她，岂非多有不便？"

屠娇娇道："如此说来，你倒是个正人君子了。"

江玉郎道："在下虽然浪迹江湖，但这'礼义'两字，倒也未敢忘记。"

屠娇娇忽然咯咯大笑了起来，指着江玉郎道："你们瞧，他是不是有两下子？莫说萧咪咪，就连欧阳兄弟见了他，也非得拜他做师父不行。"

哈哈儿道："哈哈，欧阳兄弟说话，三句中至少还有一句是真的，但他一共只说了四句半话，却有四句是假的。"

江玉郎道："前辈又说笑了，在前辈面前，在下怎敢说谎？"

哈哈儿道："你不敢说谎么？哈哈，这就又是一句谎话。"

屠娇娇打断了他的话，娇笑道："你说的句句都是实话？好，那么我问你，你若是蒋平，有个叫江玉郎的小坏蛋，却又是谁呢？"

谎话被人当面揭穿，还能面不改色的人，每一万人中，大约只有一两个，江玉郎自然就是其中之一。他非但脸不红，色不变，反而笑了起来。

屠娇娇瞧着他，似乎愈来愈觉得他有趣了，也笑着问道："你笑什么？"

江玉郎道："要在前辈们面前说谎，岂非简直好像鲁班门前弄大斧，孔子庙前卖《百家姓》，但在下却偏偏自不量力，这还不可笑么？"

哈哈儿拍手大笑道："说得好，说得好，哈哈，这马屁实在刚好拍在咱们屁股上，拍得恰到好处，舒服极了。"

江玉郎道："前辈们未和在下说话之前，想必早已将在下的底细都摸清了。"

屠娇娇笑道："不错，咱们非但早已知道你叫江玉郎，是江南大侠的宝贝儿子，也知道这位小情人本是移花宫的门下。"

屠娇娇道："你可知道咱们为什么会对你如此关心？"

江玉郎微微一笑，道："莫非前辈们想替在下做媒么？"

屠娇娇笑道："我若有女儿，宁可嫁给李大嘴，也不会嫁给你。李大嘴至少还不会吃她的脑袋，但是你，吃了人只怕连骨头都不会吐出来。"

江玉郎微笑道："前辈过奖了，在下怎比得上李老前辈？"

李大嘴道："你也用不着客气，我吃人最多只不过是一个个地吃，但你吃人却是一队队地往下吞。双狮镖局的那些人，不是被你一夜之间全都吞下去了么？"

江玉郎还是面不改色，笑道："前辈们将在下调查得如此清楚，是为了什么呢？"

屠娇娇道："你也许不知道，自从欧阳兄弟两人死了后，十大恶人其实剩下九个了。"

屠娇娇又道："除了欧阳兄弟已经一命呜呼外，这些年来，恶赌鬼好像渐渐要改邪归正，做好孩子了；狂师铁战的毛病也愈来愈大，没有别人和他打架时，他就打自己；那位迷死人不赔命的萧咪咪，更不知在哪个洞里藏了起来。所以咱们此番出山之后，忽然发觉十大恶人的名头，在江湖中已渐渐不大能吓唬人了。"

江玉郎自然是知道萧咪咪在什么地方的——萧咪咪已被他和小鱼儿关在地牢里，这辈子只怕再也休想出头。

但他只是淡淡笑道："前辈莫非是想找个人来代替欧阳兄弟的位置？"

屠娇娇道："不错，咱们若想重振十大恶人的名声，非找个生力军不行。"

江玉郎目光闪动，笑道："但这人倒的确难找得很，据在下所知，江湖中够资格能和前辈并驾齐驱的人，只怕还没有几个。"

屠娇娇瞧着他，微微笑道："远在天边，近在眼前，你就是一个。"

江玉郎赶紧道："在下怎当得起！"

哈哈儿道："哈哈，你用不着客气，你年纪轻轻，已有这样的成就，再过两年，只怕连咱们都没法子和你相比。"

江玉郎像是觉得有些受宠若惊，连声道："不敢当，不敢当，前辈们如此抬举在下，却叫在下如何报答呢？"

李大嘴抚掌大笑道："有意思，有意思，你能说出这句话来，就表示你这人实在够意思得很，也不枉咱们对你另眼相看了。"

白开心忽然道："但小伙子你可千万莫上他们的当，他们拉你入伙，只不过是要你为他们做件事而已。"

这位仁兄"损人不利己"的外号，果然是名下无虚，他半天不说话，一开口就必定是拆人台的。

江玉郎微笑道："前辈虽是一番好意，但在下若能有机会为前辈们效劳，正也是不胜荣宠之至，前辈们有何吩咐，只管说出来就是。"

屠娇娇道："武林中有个极厉害的人物，叫魏无牙，他就住在这山上，你自然也知道的，但你可知道，他那老鼠洞里现在来了位贵客么？"

她话锋一转，忽然转向魏无牙身上，江玉郎脸上的微笑立刻瞧不见了，咳嗽两声，干笑道："这世上若只有一个在下不愿打交道的人，那就是魏无牙了。就算天下的人都死尽死绝，在下也不愿和他有任何来往，他洞里是否来了位贵客，在下既不会知道，也绝不想知道。"

屠娇娇道："只可惜这位贵客却偏偏是你认得的。"

江玉郎不禁怔了怔，道："我认得？我怎会认得？"

屠娇娇道："魏无牙平生没有一个朋友，就连他们十二星相中的人，瞧见他都像是见了鬼一样，避之唯恐不及。"

江玉郎笑道："这正是，老鼠过街，人人喊打。愿意和毒蛇猛兽为伍的人，在下倒也见过几个，但愿意和老鼠交朋友的人，只怕连一个都不会有。”

屠娇娇笑道：“你错了，愿意和老鼠交朋友的人，也有一个的。”

李大嘴接着道：“事实上他简直已将魏无牙哄得服服帖帖，他无论说什么，魏无牙都听他的，魏无牙这辈子从来也没有对别人这么好过。”

江玉郎笑道：“如此说来，这位仁兄的本事倒的确不小。”

屠娇娇道：“你可知道这人是谁么？”

江玉郎脸上终于露出了惊奇之色，道：“在下实在想不出有神通如此广大的朋友。”

屠娇娇吃吃笑道：“谁说他是你的朋友……你虽没有神通如此广大的朋友，却有个神通广大的老子，你难道忘了么？”

江玉郎这才真的怔住了，失声道：“是我爹爹？”

屠娇娇道：“不错，魏无牙的贵客，就是江南大侠江别鹤。”

江玉郎怔了半晌，长叹道：“想不到家父居然和魏无牙交上了朋友。”

他嘴里虽在长叹，目中却忍不住露出了欢喜之色。

屠娇娇笑道：“和魏无牙交上朋友又有什么不好？有了这么硬的靠山，就算移花宫主想找他的麻烦，他也用不着害怕了。”

江玉郎几乎忍不住要笑了出来，试探着问道：“那么，前辈的意思是要在下做什么呢？”

屠娇娇和李大嘴对望一眼，李大嘴道：“你若成了魏无牙的贵客，在那洞中自然就可随意走动……”

江玉郎道：“前辈莫非是要在下打听件什么事？”

李大嘴抚掌笑道：“不错，和你这样有头脑的人说话，的确是件令人愉快的事。”

李大嘴和屠娇娇又交换了个眼色，屠娇娇笑道：“那也不是什么大不了的事，只不过，咱们有几只箱子，据说已落在魏无牙手里，你不妨顺便去瞧瞧箱子是不是真的在那里。若在那里，是在什么地方？然后咱们再一起想法子把它弄出来。”

江玉郎目光闪动，显然对这件事也愈来愈有兴趣了，但脸上却做出不大关心的模样，淡淡笑道："却不知那是几只什么样的箱子？箱子里装的是什么？"

哈哈儿道："哈哈，那只不过是几只破铁箱子而已，是黑色的，看起来又笨又重，那么笨重的箱子，别人绝不会有，所以你一看就会知道的。"

屠娇娇笑道："箱子里本来装着有些珠宝，但魏无牙说不定是已将珠宝拿出来了。"

江玉郎道："箱子既已是空的，前辈们为何还要苦苦寻找？"

屠娇娇叹了口气，道："在别人眼中，那虽然只是几口破铁箱子，但在咱们眼中，它却是无价之宝。"

江玉郎的眼睛更亮，道："无价之宝？"

哈哈儿道："哈哈，这无价之宝，却是一两银子也卖不出去的，只不过因为箱子上的油漆有些不同，所以在咱们眼中才变得十分珍贵。"

屠娇娇道："你可知道那油漆是用什么调成的么？"

她不等江玉郎回答，就又接着道："那是用血调成的，是用咱们仇人的血调成的。咱们这些人都已老了，老得连雄心都已消磨，只有那几口箱子，还可以令咱们重想起以前那些光辉灿烂的日子，所以咱们无论如何，也不能让它落在别人手里。"

江玉郎像是已听得呆住，半晌没有说话。

屠娇娇道："若是世俗的珍宝，无论有多少，既已落在魏无牙手里，咱们也就算了，犯不上冒险去老虎头上拔毛，咱们就算等着要花钱，到别的地方去抢，岂非容易得多么？"

李大嘴握紧拳头，小声道："但这几口箱子若丢了，咱们这辈子就完蛋大吉，所以，小兄弟你无论如何，也得帮咱们这个忙，咱们一定忘不了你的好处。"

江玉郎垂头瞧着自己的手，就好像他从来也没有瞧见过这双手似的，简直瞧得出神极了。

李大嘴道："小兄弟，你难道不信咱们的话？"

江玉郎道："那几口箱子在别人眼中既是不值一文，魏无牙必然不会看重的，他若已取出箱子里的珍宝，说不定早已将箱子抛却。"

屠娇娇道："咱们也曾考虑过这问题，所以魏无牙若已将箱子抛却，就烦小兄弟你打听打听，他将箱子抛到什么地方去了。”

她一笑接着道：“咱们现在虽已是自己人，但也不会要小兄弟你白辛苦的，只要事成，咱们一定想法子去弄万两黄金和几个妖娇百媚的美人儿来让你享受享受，而且还保证替你保守所有的秘密。”

江玉郎满面俱是欢喜之色，道：“前辈可要在下立刻就去么？”

屠娇娇道：“自然是愈快愈好。”

江玉郎忍不住往树上瞧了一眼，道：“那么她……”

屠娇娇道：“但现在你总该已知道，你和她缠在一起，是只有麻烦，没有好处的。”

江玉郎叹了口气，道：“就算有好处，也不会有麻烦多。”

屠娇娇笑道：“正是如此，何况，她长得虽不差，身材也不错，但只要你事成之后，我负责替你找十个比她更迷人的小姑娘来。”

她附在江玉郎耳边娇笑道：“而且我还可以先教给她们几手可以让你欲仙欲死的功夫。”

江玉郎似乎已笑得合不拢嘴来，道：“既是如此，在下立刻就走，只不过，在下事成之后，该如何和前辈们联络呢？”

屠娇娇道：“无论事成不成，三天之后，你到洞口兜个圈子，咱们自然会想法子和你说话的。”

江玉郎道：“好，就是这样，一言为定。”

他什么都不再说，也不再瞧铁萍姑一眼，立刻就飞也似的走了。

李大嘴望着江玉郎走远，才皱眉道：“这小子走得那么快，我看有些不保险。”

哈哈儿道：“哈哈，他这是怕移花宫主来找他算账的，所以赶紧想躲到那老鼠洞里去。”

白开心冷冷道：“我看他对咱们说的话，未必就真的相信了，你们若认为他真的会为你们找箱子，那才是做梦。”

屠娇娇笑道：“我说的话既合情，又合理，他为什么不信？何况，这小子又贪财，又好色，万两黄金、十个大美人儿难道还打不动他？”

白开心道：“他就算找着箱子，未必会交给你们的。”

屠娇娇笑道：“他不交给咱们，要那几口空箱子又有什么用？”

哈哈儿大笑道：“不错，这小子是个聪明人，只要用几口空箱子来换黄金美人，这么划算的事他难道还会不做？”

白开心也忍不住笑了，道：“但换过来之后，我一定要告诉他这几口又旧又破的空箱子，究竟有什么好处，我们要瞧瞧他那时的脸色。”

哈哈儿道：“哈哈，那时他脸色一定比你的屁股还要难看得多。”

说起“屁股”两字，白开心的眼睛已向树上瞧了过去，眯着眼笑道：“喂！小姑娘，上面的风很大，你不怕着凉么？”

铁萍姑仍然昏迷不醒，李大嘴却皱眉道：“你这小子背上还背着一个，又想打别人的主意了么？”

白开心笑嘻嘻道：“这位小姑娘孤苦伶仃，又偏偏遇着个没有心肝的薄情郎，实在怪可怜的，我不去安慰她谁去安慰她。”

屠娇娇笑道：“很好，你快去安慰她吧！但等到移花宫主找上门来时，你可莫怪咱们不帮你的忙了。”

白开心咳嗽一声，嘻嘻笑道：“老实说，像她这么样痛苦的人，我也安慰不了的，何况，我袋子里已有了一个，年纪虽然大些，但姜是老的辣，老的才去火。”

屠娇娇笑道：“你现在总算懂得些男女之间的门道了，只可惜男人却是年轻力壮的才好，否则我……”

白开心大笑道：“幸好我年纪大些，否则若被你看上，那才真是天大的麻烦。”

第九十七章

胸有成竹

屠娇娇瞪眼道："有什么麻烦？"

白开心笑道："别的麻烦也没什么，只不过，谁也弄不清你哪天是男的，哪天是女的，若是弄错了时辰，岂非危险得很。"

李大嘴抚掌大笑道："妙极妙极，想不到你这样的俗人，也能说出那些妙不可言的话来，莫非是这些日子来，已渐渐受了我的感化？"

白开心道："不错，古人说得好，同气相应，近朱者赤。这些日子来，小弟能和李兄这样的风雅之士朝夕相处，说话自然也渐渐变得有味起来。"

这两人本是天生的冤家对头，虽然两人都名列十大恶人，但见面的时候并不多，而一见面不是斗口，就是斗手。

白开心在江湖中的仇家也并不少，但他就为了李大嘴，是以宁可在江湖中像野狗般东藏西躲，也不肯躲到恶人谷去。

他此刻竟忽然说出这种话来，李大嘴倒不禁怔住了。

屠娇娇笑道："你们两个浑蛋闹够了么？若是闹够了，就快回去吧！"

哈哈儿道："不错，杜老大只怕已在那边等得急了，哈哈，你两人总该知道，杜老大若是生起气来，那就不是闹着玩的了。"

白开心叹了口气，道："想不到冷冰冰的杜老大，居然会对那小鱼儿这样好，还生怕小鱼儿找不着，一定要留在那里等。他若知道小鱼儿永远再也不会去了，一定伤心得很，咱们还是赶紧回去，好生安慰安慰他吧。"

李大嘴大笑道："你以为小鱼儿真的已被江玉郎害死了么？"

白开心瞪眼道："你方才难道没有听见？"

李大嘴笑道："你放心，江玉郎若能真的害死小鱼儿，他就不是小坏蛋，是活神仙了。"

哈哈儿道："只怕连活神仙都害不死小鱼儿的，哈哈，我第一个放心得很。"

屠娇娇笑道："小鱼儿若是死了，我少不得也要掉两滴眼泪的，又怎会如此开心？"

白开心道："既是如此，你们为什么也要害他，故意留下那些标志，骗他到那老鼠洞去，这岂非存心要他死在那大老鼠手上么？"

屠娇娇笑道："这只因咱们知道就算那大老鼠也弄不死他的。"

白开心冷笑道："你只怕没有这么好的心吧？你只不过是怕他和燕南天勾结在一起，来害你们，所以就想借刀杀人，要他的命！"

李大嘴怒道："你这张狗嘴，为什么永远说不出人话来？"

白开心怒道："老子说的难道你敢不承认？"

屠娇娇嘻嘻笑道："咱们就算承认也没关系，但我告诉你，就算他是被咱们害死的，我还是会为他掉眼泪的……"

这时竟真的有一滴眼泪从树上掉了下来，幸好他们已离开了这树林子，谁也没有注意。

铁萍姑并没有真的晕过去，只不过，在她这么样悲惨的处境下，她除了假装晕过去之外，还有什么更好的法子？他们说的每一句话，她都听到了。她再也未想到江玉郎对她竟完全都是虚情假意，更未想到江玉郎竟会如此地抛弃了她。

她的心早已碎了，只等他们走光之后，才忍不住放声大哭起来，她恨不得现在立刻就能死去。

她自己也想不到自己怎会对这小畜生如此多情。

这也许是因为她在移花宫里忍受的寂寞太久，压制的情感太多，所以一旦发作，就不可收拾，她本来从不知流泪的滋味，但现在眼泪却流个不停。也不知过了多久，她忽然发觉又有双眼睛在瞬也不瞬地瞧着她，但这双眼并不如别人那么贪婪，那么可恨。

这双眼非但美丽，而且明亮得就像是春天晚上升起的第一颗星，叫人见了，几乎忍不住要向她朝拜下去。铁萍姑从来也没有见到如此动人的眼睛。这双眼睛的主人笑了。

她柔声笑道："这位姑娘，你贵姓呀？"

铁萍姑竟不由自主答道："我姓铁。"

铁萍姑瞧着她那绝世的风姿，瞧着她身上那华美的衣衫，想到自己狼狈的模样，忍不住闭起眼睛，眼泪又落了下来。

那少女柔声道："你一定很不愿意在这样子时见到我，但你也用不着难受。这世上的坏人实在太多，像我们这样的女孩子，都免不了要受人欺负的，你若是知道，世上比你遭遇更悲惨的人还多得很，你也许就不会这样难受了。"

铁萍姑忍不住道："世上难道真还有……还有比我更不幸的人？"

那少女道："怎么会没有呢？你可知道，世上每一个城市里，都有一些可怜的女孩子，被一些她素不相识，甚至是她们厌恶的人蹂躏，但她们还不能像你这样尽情一哭，她们还得装出笑脸，去讨好那些蹂躏她们的人。"她的确很会安慰别人，只因她很了解人们的心。

铁萍姑果然不再哭了，过了半晌，忍不住道："你能不能将我救下去？我一定……一定重重谢你。"

那少女叹了口气，道："你用不着谢我，我也很想救你的，只可惜我连梯子都爬不上，这么高的树，我简直连瞧着都头晕。"

铁萍姑道："你……你难道一点武功都不会？"

那少女笑道："你好像很奇怪，是么？其实这世上不会武功的人比会武功的人可多得多了，大多数正常的人都不会武功的。"

铁萍姑长长叹息了一声，黯然道："那么你……你还是快走吧！"

那少女道："我至少可以为你做些事，你冷不冷？我在下面生堆火好么？"

铁萍姑方才又是羞恼，又是悲惨，又是害怕，竟忘了寒冷，现在才觉得全身都已冷得发抖，山风吹在她身上，就像是刀割一样。

只见那少女果然拾了些枯枝，又自怀中取出个很精巧的火折子，在树下生起一堆火来。

那少女笑了笑，道："我叫苏樱。"

"苏樱，你就是苏樱？"铁萍姑又吃了一惊，忍不住失声惊呼了出来。

铁萍姑默然半晌，嗄声道：“你到这里来，是不是想找一个人？”

苏樱也有些惊讶了，道：“你怎么会知道？难道你……你也认得我要找的那个人？”

铁萍姑黯然道：“不错，我认得他。”

苏樱叹了口气，苦笑道：“世上所有美丽的女孩子，好像都认得他，你说奇怪不奇怪？看来和我竞争的对手倒不少哩。”

铁萍姑道：“我不会和你竞争的，以后只怕也永远没有人和你竞争了。”她一句话未说完，眼泪又落了下来。

苏樱脸上忽然变了颜色，失声道：“你这句话是什么意思？”

铁萍姑流泪道：“他……他已被人害死了！”

苏樱全身的血液，像是一下子就结成了冰。

她木然怔了半晌，忽又笑了，大笑道：“你一定是弄错了，小鱼儿怎么会被人害死？世上又有什么人能害得死他？他不害死别人，已经很客气了。”

铁萍姑凄然道：“我本来也不信世上有人能害得了他的，但这次却不能不信，因为这次是我自己亲眼瞧见的。”

苏樱全身都发抖了，颤声道：“你亲眼瞧见的？是……是谁害死了他？”

铁萍姑道：“那人叫江玉郎，他将小鱼儿推到那边山壁上的洞里去了，那山洞深不可测，何况小鱼儿还中了毒……”

她话未说完，苏樱已向那边山壁奔了过去。

这山壁笔立千尺，宛如刀削，那洞穴离她又至少有十丈，其间虽然也有可以落脚的地方，但轻功稍差的人也难跃上，何况丝毫不会武功的苏樱？平日比谁都镇定的苏樱，此刻不禁也失常了。

她早已泪流满面，跺着脚道：“我为什么不学武功？谁说武功是没有用的……”

铁萍姑道：“你能上得去么？”

苏樱道：“无论如何，我也要想法子上去的，而且我一定有法子上去！”

她说这句话时，语声忽然变得无比坚定，说完了这句话，她立刻就擦干了眼泪，绝不再哭泣！

她就算要哭泣，也要等到以后，因为她知道现在不是哭泣的时候，她知道眼泪并不能帮助她解决任何事。

铁萍姑瞧见她的转变，也看出她的决心，心里不禁暗暗叹息："想不到这弱不禁风的女孩子，竟有这么强的自信、这么大的决心，而我呢？……"

胡药师的运气不错。

他掉下去的这山洞，实在比他想象中还要深得多，这山洞外面最多只有十丈，里面却深了不止六倍。

从五十丈高的地方跌下去，就算这人的轻功已天下无双，还是一样难免要摔得四分五裂。

胡药师自己也以为自己是必死无疑的了！他还未来得及再转第二个念头，只听"扑通"一声，身子已经跌入了水中，这山洞底下，原来是一池水。

胡药师先吃了一惊，但惊吓立刻就变成了喜欢，他既没有摔死，小鱼儿自然更不会跌死了。

他想从水里跳起来，但水却不浅，竟一头栽进水里，喝了两口又咸又臭的水，几乎呛得他透不过气来。

只听小鱼儿笑嘻嘻道："我正觉得寂寞，有朋自天上掉下来，不亦乐乎。只可惜这里没有酒，也只好请你喝两口臭水了。"

山洞里虽然很暗，但总算有天光从那里透进来。胡药师揉了揉眼睛，已瞧见了小鱼儿了。

只见小鱼儿坐在旁边一块大石头上，他肚子里装满了无可救药的女儿红，又被人推到这插翅也难飞出的洞里来，但他脸上居然还是笑嘻嘻，非但一点也不发愁，而且还像是开心得很。

胡药师也游过去爬上石头，忍不住问道："你……你难道不发愁？"

小鱼儿笑道："发愁若能使我逃出去，我早就发愁了。"

胡药师默然半晌，吃吃道："那解药浸了水之后，还能用么？"

小鱼儿道："你放心，那解药我藏得很妥当，水浸不透的。"

胡药师咳嗽两声，干笑道："现在鱼兄和在下同在危难之中，已可算是同病相怜的患难之交，鱼兄现在总该将解药赠给在下吃了。”

小鱼儿道：“不可以。”

胡药师道：“为……为什么？”

小鱼儿笑嘻嘻道：“我解药不给你，你就会一直听我的话，我将来就算养个儿子，也不会像你这样乖的。有这样乖的人在旁边，岂非是件很令人愉快的事，我为什么要将解药给你呢？”

胡药师苦着脸道：“但……但在下……”

小鱼儿道：“你只管放心，你中的毒暂时绝不会发作的。”

他们说话的声音自然很小，因为空谷传音，山洞里又有水，说话的声音一大，外面立刻就会听见的。

但他们却未想到，外面说话的声音，这里竟也能听得见。在外面的人，瞧见四野无人，更绝不会想到隔墙有耳，是以说话时自然也不会有什么顾忌。

江玉郎在那里向铁萍姑花言巧语时，小鱼儿听得只是摇头叹气，胡药师几次要说话，都被他拦住了。

忽听铁萍姑一声惊呼，小鱼儿正以为她不知被江玉郎怎么欺负了，但这时却已响起江玉郎的惊呼声。

接着，他又听到江玉郎、铁萍姑和移花宫主说的那些话——听到了这些话，小鱼儿就像个石头人似的怔住了。

他这时才知道铁萍姑是移花宫的门下。

过了半晌，只听小鱼儿喃喃道：“原来铁萍姑竟是移花宫门下，难怪她那天一见到花无缺，就悄悄溜走了！那么‘铜先生’和‘木夫人’就一定是移花宫主改扮的了。这也难怪移花宫主要花无缺听铜先生和木夫人的话，但移花宫主好生生的为什么要改扮成别人呢？”

他将前因后果、每件事都仔仔细细想了一遍，想得头疼了起来，但却愈想愈糊涂，愈想愈不明白。

想到名震天下、人人畏之如鬼的移花宫主，竟被他支得团团乱转，甚至在厕所的外面等他大便，他又忍不住笑了出来。

突听胡药师笑道：“妙极妙极，移花宫主刚走，十大恶人又来了好几个，我看江玉郎这小子以后也没有什么好日子过了。”

小鱼儿这才回过神来，听了半晌，展颜笑道：“来的是不男不女屠娇娇、不吃人头李大嘴、笑里藏刀哈哈儿和损人不利己的白开心。”

胡药师道：“你和他们很熟么？”

小鱼儿道：“天下只怕再也没有比我跟他们再熟的人了。”

胡药师精神一振，道：“那么你现在为何还不赶快要他们来救你？”

小鱼儿笑道：“等一等，我还要听听他们究竟在搞什么鬼。”

等到他们说出魏无牙的贵客就是江别鹤，小鱼儿又是一惊，这才知道那天他重伤垂死时，无牙洞里来的人就是江别鹤，若非江别鹤到了，苏樱还未必能将他救走，想到这里，小鱼儿不禁又笑了。只听胡药师又道：“奇怪，他们为何要将几口箱子看得如此重要呢？”

小鱼儿笑道：“少年戒之在斗，老年戒之在贪，一个人年纪愈大，对钱财也就看得愈重，竟似乎已忘记人若死了，是连一文钱也带不走的。”

胡药师道：“但他们要的只是几口箱子呀。”

小鱼儿微笑着，不再说话了，但眼睛里却发出了光，过了半晌就听得屠娇娇他们说起他了。

听到那些标志果然是他们设下来骗他的陷阱，小鱼儿脸色不禁又变了，默然半晌，摇头苦笑道：“想不到竟不出苏樱所料，连你们都想要我的命，但你们可知道，我早已知道燕大叔的秘密了么，我并没有想要你们的命呀！”

他叹了几口气，忽又开心起来，笑道：“只不过一个人死了后，若能赚得屠娇娇几滴眼泪，也真算不容易了。”

小鱼儿最大的本事，就是无论在多么恶劣的情况下，他都有法子让自己变得开心起来。

胡药师却再也没有这样的本事，他现在自然也已知道小鱼儿是不会要屠娇娇他们出手相救了。

胡药师愁眉苦脸地怔在那里，再也打不起精神来。

小鱼儿却拍了拍他肩头，笑道：“你放心，就算他们不来救我，也有人会来救我的。”

胡药师还想再问，这时外面却已传来苏樱说话的声音。

听到后来，胡药师忍不住叹了口气，道：“苏姑娘对鱼兄你当真是情深一往，有这么样的佳人垂青，鱼兄你的福气实在不错。”

小鱼儿竟也叹了口气道：“你若觉得这是福气，我就转让给你吧。”

胡药师只有笑了笑，过了半晌，忍不住又道：“但在下实在想不出她有什么法子。”

小鱼儿笑道：“你若能想得出她的法子，也就不会像现在这么样倒霉了。”

突听铁萍姑大声呼道：“苏姑娘，这石壁滑不留足，你爬不上去的。”

听她的语声，似乎很为苏樱着急，显见得苏樱一定爬得很狼狈、很艰苦，小鱼儿也不禁叹息道：“她那双脚一定又白又嫩，若被割破了，倒可惜得很。”

胡药师也叹道：“看她的模样那么娇弱，倒真想不到她有这么大的决心。”

小鱼儿道：“但像她那样的聪明人，竟会用这么笨的法子，却叫我失望得很。”

这时外面根本听不见苏樱的声音，铁萍姑却不时发出一声惊呼，显见得苏樱的处境必定真是危险得随时都可能跌下去的。

胡药师微笑道：“一个女子若对男人有了情意，根本就不必有什么理由。而且，女人们的理由，男人根本永远也不会明白的。”

小鱼儿叹道：“不错，只要碰见女人，我也只有自认倒霉的！”

突听铁萍姑一声欢呼，又听得苏樱大声道：“小鱼儿，我来找你了，你听得见我说话么？”

这语声竟已是从上面洞口发出来的。空谷回应，小鱼儿非但能听得到，而且耳朵都快要被震破了。

胡药师刚想说什么，小鱼儿已将他的嘴掩住，悄声道：“你千万不能回答她，否则她说不定会跳下来的。”

只见苏樱的脸，已在洞口露了出来，只不过洞太深，洞里的光线又太暗，所以小鱼儿虽能看到她，她却看不到小鱼儿。

小鱼儿甚至可以看到她的脸已被划破了，满脸湿淋淋的，也不知是汗水，还是眼泪。

苏樱嘶声道："小鱼儿，你为什么不回答我的话？你……你怎会这样没用，连江玉郎那样的小畜生都能害得死你，岂非丢人丢到家了。"

小鱼儿附在胡药师耳畔悄声笑道："她这是在用激将法，想要我说话，我就偏偏不上她这个当。"

苏樱又呼道："我辛辛苦苦救了你，你就这样糊里糊涂地死了，你怎么对得起我，你、你简直太令我失望了。"

小鱼儿还是不说话。这次苏樱也说不出什么了，忍不住放声大哭起来。胡药师平日看她一举一动，风姿都是那般优美，无论遇着什么事，神情都那样的镇定，再也想不到她也会像这样号啕大哭，哭得就像孩子一样。

只听铁萍姑道："你自己方才还说过，世上遭遇比我们更悲惨的人，还多得很，连我都不再哭了，你又何必哭呢？"

苏樱痛哭着道："你放心，我哭过这一次，以后就不再哭了，所以这次我一定要痛痛快快地哭一场，你也用不着再劝我。"

也不知过了多久，苏樱的哭声非但没有停止，反而愈哭愈伤心，竟真的像是要将所有的眼泪都在这一次哭出来。

铁萍姑哽声道："求求你，莫要再哭了好么，你若再哭，我……我也……"话未说完，她自己也已失声哭了出来。

苏樱却忽然不哭了，道："你我萍水相逢，总算还很投缘，我希望你以后能想法子用石块将这山洞填满，免得有别人再来打扰我们。"

铁萍姑道："你……你怎么能死呢？据我所知，你和小鱼儿又没有什么山盟海誓，你为什么要为他死？"

苏樱淡淡道："我并不觉得要为他死，我只觉得活着没什么意思了。"

胡药师动容道："鱼兄，到了这地步，你还不说话么？"

小鱼儿叹道："你以为她真会死么？她这只不过是吓吓人的。你难道不知道，女人最大的本事，就是一哭二闹三上吊。"

胡药师道："但是她……"

话未说完，突听铁萍姑一声惊呼。苏樱已从上面坠了下来。

第九十八章

生死两难

小鱼儿这才真的吃了一惊，用了全力，一跃而起，想凌空抱起苏樱的身子，但苏樱下坠之势却实在太猛，小鱼儿武功纵已非昔比，还是接不住的，只听“扑通”一声，两个人同时掉在水里。

水花溅起，过了半晌，才瞧见小鱼儿湿淋淋地从水里钻了出来，抱着苏樱，跳到石头上。

胡药师忍不住微笑道：“她并不是故意说来吓吓人的，是么？”

小鱼儿叹了口气，苦笑道：“这丫头倒真和别的女人有些不同，我简直忍不住要开始怀疑她究竟是不是女人了。”

他本以为苏樱这下子必定早已吓得晕了过去。谁知“这丫头”的身子虽比春天的桃花还单薄，神经却坚韧得像是雪地里的老竹子，此刻非但没有晕过去，而且还像是觉得很舒服、很有趣的样子，正瞪着一双大眼睛，在瞬也不瞬地瞧着小鱼儿。

小鱼儿怔了怔，忽然一松手，将苏樱抛在石头上，大声道：“我问你，你这究竟是什么意思？我和你根本连狗屁关系都没有，你为什么要为我死？难道你要我感激你？一辈子做你的奴隶？”

苏樱悠悠道：“我也不想要你做我的奴隶，我只不过想要你做我的丈夫而已。”

小鱼儿又怔了怔，指着苏樱向胡药师道：“你听见没有？这丫头的话你听见没有？脸皮这么厚的女人，你只怕还没有瞧见过吧？”

苏樱笑道：“无论如何，他现在总算瞧见了，总算眼福不错。”

小鱼儿瞪着眼瞧了她很久，忽然叹了口气，摇头道：“我问你，你为了一个男人要死要活，这男人却一见了你就头疼，你难道竟一点也不觉得难受么？”

苏樱嫣然道："我为什么要难受？我知道你嘴里虽然在叫头疼，心里却一定欢喜得很，你若一点也不关心我，方才为什么要跳起来去抱我呢？"

小鱼儿冷冷道："就算是一条狗掉下来，我也会去接它一把的。"

苏樱笑道："我知道你故意说出这些恶毒刻薄的话，故意做出这种冷酷凶毒的模样来，只不过是心里害怕而已，所以我绝不会生气的。"

小鱼儿瞪眼道："我害怕？我怕什么？"

苏樱悠悠道："你生怕我以后会压倒你，更怕自己以后会爱我爱得发疯，所以就故意做出这种样子来保护自己，只因为你拼命想叫别人认为你是个无情无义的人，但你若真的无情无义，也就不会这么样做了。"

小鱼儿跳起来道："放屁放屁，简直是放屁。"

苏樱笑道："一个人若被人说破心事，总难免会生气的，你虽骂我，我也不怪你。"

小鱼儿瞪眼瞧着她，又瞧了半晌，喃喃道："老天呀，老天呀！你怎么让我遇见这样的女人。"他嘴里说着话，忽然一个筋斗跳入水里，打着自己的头道："完蛋了，完蛋了，我简直完蛋了，一个男人若遇见如此自作多情的女人，他只有剃光了头做和尚去。"

苏樱笑道："那么这世上就又要多个酒肉和尚，和一个酒肉尼姑了。"

小鱼儿也不禁怔了怔，道："酒肉尼姑？"

苏樱道："你做了和尚，我自然只有去做尼姑。我做了尼姑，自然一定是酒肉尼姑，难道只许有酒肉和尚，就不许有酒肉尼姑么？"小鱼儿呻吟一声，连头都钻到水里去。

胡药师瞧得几乎笑破肚子，暗道："这小鱼儿平时说话简直可以将人气死，不想今日也遇着克星了，这位苏姑娘可真是聪明绝顶，早已算准一个女人若想要小鱼儿这样的男人对她服帖，只有用这种以毒攻毒的法子。"

只见小鱼儿头埋在水里，到现在还不肯露出来，他似乎宁可被闷死，也不愿被苏樱气死。

苏樱也不理他，却问胡药师道："你现在总该已看出来，他是喜欢我的吧！”

胡药师只有含含糊糊“嗯”了一声。

苏樱笑道：“你想，他若不喜欢我，又怎么将头藏在我的洗脚水里，也不嫌臭呢？”

话未说完，小鱼儿已一根箭似的从水里蹿了出来。

此刻水已愈涨愈高，只有这边一块石头还在水面上，苏樱就坐在这石头中间，小鱼儿若不坐到她身旁，只有再跳下水去。

小鱼儿只有坐到她身旁，苏樱笑着问道：“你不是天下第一聪明人么？又怎会上了江玉郎的当呢？”

小鱼儿道：“我高兴，我就喜欢上他的当，你管得着么？”

苏樱柔声道：“我知道你绝不会上他的当，你只不过是故意逗着他玩的，是么？”

她的确聪明得很，知道自己现在已将小鱼儿气够了，若再不适可而止，只怕小鱼儿就要真的恼羞成怒，那就反而弄巧成拙了，是以语锋一变，忽然变得说不出的温柔。

小鱼儿冷冷道：“你用不着拍我马屁，这次我的确是上了他的当，一个人偶尔上一次当，也算不了什么。”

苏樱知道他火气已渐渐平了，但现在最好还是不要惹他，她不等小鱼儿说话，就转向胡药师道：“这件事你一定知道的，你告诉我吧。”

胡药师咳嗽一声，道：“这件事要从花无缺说起，他……” 他说到“女儿红”时，苏樱忍不住失声道：“他难道真将那株女儿红吃了下去？”

胡药师叹道：“真吃了下去，就因为他吃了这毒菌，所以才认为江玉郎不会再害他，所以才会被推下这里。”

苏樱道：“原来他这只不过是为了救花无缺，才愿这么样做的，一个人能为了救朋友而牺牲自己，实在是了不起，了不起……”

她说着说着，身子忽然发起抖来，终于嘶声道：“但你难道就没有想到，花无缺也许早已自己走了，江玉郎只不过是在以谎话来要挟你？”

小鱼儿道：“我自然想到了。”

苏樱颤声道：“但你可知道这女儿红的毒性若是发作起来，简直比死还难受。”

小鱼儿瞧见她着急，就再也不生气了，笑嘻嘻道：“我日子过得实在太开心了，有人能让我难受难受，倒也不错。”

苏樱瞪大了眼睛瞧着他，道：“你……你难道一点也不着急？”

小鱼儿笑道：“已经有你在替我着急了，我自己何必再着急呢？”

苏樱怔了半晌，叹道：“人人都算准你要上当时，你偏偏不上当；人人都想不到你会上当时，你反而上当了。我有时实在猜不透你这人究竟在打什么主意。”

小鱼儿跷起了腿，大笑道：“我打的主意，就是要别人都猜不透我。一个人做的事若都已在别人意料之中，他活着岂非也和死了差不多？”

苏樱苦笑道：“不错，你死的时候，一定有很多人会大吃一惊的，只可惜那时你自己已瞧不见了。”

小鱼儿笑嘻嘻道：“那倒不见得，说不定那时我正在棺材里偷看哩。”

苏樱跳下去时，铁萍姑也晕了过去。

这几天来，她吃的苦实在太多，身子实在衰弱不堪，再也受不了任何刺激。

晕晕迷迷中，她仿佛听到那山洞里有人语声传出来，但她也不能确定，她对自己已无信心。

她想起了移花宫中，那一连串平淡的岁月，那时她虽然认为日子过得太空虚、太寂寞，但现在……现在她就算想再过一天那样的日子，也求之不得了。

她又想起了和小鱼儿在那山洞里所度过的两天，在那黑暗的山洞里，没有食物，没有水，甚至连希望都没有。她的肉体虽在忍受着非人所能忍受的折磨，精神却是愉快的，只要小鱼儿握住她的手，任何痛苦都像是变成了甜蜜。

当然，她也想起了江玉郎，江玉郎虽然可恶，虽然可恨，但却也有可爱的时候，尤其令人忘不了的，就是他那温柔的抚摸，轻柔的蜜语。

有了这么多爱和恨纠缠在心头，想死又怎会容易？铁萍姑满面泪痕，连这么大的风都吹不干了。她遥望着苏樱方才跳下去的洞窟，凄然道：“为什么她能死得那么容易，而我就不能呢？我为什么不能有她那样的决心？她不是比我有更多理由活下去？”

铁萍姑伸出舌头，用力咬了下去。

铁萍姑没有死，却忽然晕了过去。等她醒过来时，她第一眼就瞧见了那狰狞可怕的青铜面具。

邀月宫主也正在冷冷地瞧着她，那冷漠的目光，实在比那狰狞的面具更可怕，但最可怕的，还是她说的话。只听邀月宫主道：“你那男人已走了么？”

铁萍姑垂首道：“是。”

邀月宫主道：“但他却没有救你。”

这两句话实在像两支箭，刺穿了铁萍姑的心，她虽然永远也不想再提起这件事，却又不敢不回答。她只有强忍住眼泪道：“他……他不敢救我。”

邀月宫主冷笑道：“他既然敢逃走，为什么不敢救你？”

铁萍姑终于忍不住又流下泪来。

邀月宫主道：“你用不着流泪，这是你自作自受，你早该知道男人没有一个好东西，为什么还要上他们的当？”

铁萍姑忽然大声道：“男人也并非没有好的，有的人做事虽然古怪，但心地却善良得很。”

邀月宫主道：“你说的是谁？”

铁萍姑道：“我说的就是江小鱼。”

邀月宫主冷漠的目光忽然像火一般燃烧起来，反手一掌掴在她脸上，嘶声道：“你可知道姓江的没有一个是好东西，江小鱼更和他不要脸的爹娘一样。”

铁萍姑道：“我只知道他又善良，又可爱……”

邀月宫主怒喝道：“你再说他一个字，我就立刻杀了你！”

铁萍姑道：“你可以封住我的嘴，不让我说话，但却没法子让我不想他。他现在已死了，你若杀了我，我反而立刻就可以去会见他，这也是你阻拦不住的。”

邀月宫主身子忽然剧烈地颤抖起来，只因她又想起了江枫和花月奴临死的情况，花月奴临死前说的话，正也好像铁萍姑现在说的一样。她却不知道铁萍姑说这些话，只不过是为了要激怒于她，铁萍姑自然知道移花宫对叛徒的处置多么残酷，自从花月奴的事件发生后，邀月宫主的心肠已变得比任何人都残酷、毒辣。铁萍姑现在所求的，只不过是速死而已。更令邀月宫主愤怒的是，小鱼儿竟已死在别人手里，她十多年来所费的心血竟完全白费了。只因这二十年来，花月奴临死前所说的话、江枫临死的表情，仍都像烈火般鲜明，时时刻刻都在燃烧着她的灵魂。

这痛苦简直已将令她发疯了，她还是拼命忍受着，只因她知道总有一天，江枫的两个儿子会落入她一手造成的悲惨命运。

她幻想着花无缺亲手杀死小鱼儿后的情况，她也不知想过多少次，只有在想着这件事时，她的痛苦才会减轻。但现在，小鱼儿竟已死在别人手里！

铁萍姑虽然瞧不见她的脸色，但她从来也没有见过一个人的目光竟会变得如此可怕，只见她竟似再也站不住了，斜斜地倚在树干上，过了半晌，目中竟似泛起了泪光，铁萍姑连做梦也没有想到过。她为的是什么？

又过了半晌，只听邀月宫主缓缓道：“小鱼儿真的死了么？”铁萍姑点了点头。

她遥望着远处的目光忽然向铁萍姑瞧了过来，铁萍姑竟忍不住激灵灵打了个寒噤，道：“但……但杀死他的人，并不是我。”

邀月宫主道：“不错，你并没有杀他，但若不是你将他带走，他又怎会死在别人手里？”

铁萍姑嗄声道：“我知道我错了，你杀了我吧。”

邀月宫主一字字道：“我要你也忍受二十年的痛苦，从今以后，每天我都会很小心地将你身上的肉割下一片来，现在我就要先挖出你的眼睛，让你什么也瞧不见，先割下你半截舌头，叫你什么也说不出。”

铁萍姑自然知道这不是吓人的，移花宫主若要人受二十年的罪，那就绝不会少一天。

就在这时，突听山谷间响起了一片大笑声！

第九十九章

水落石出

“想不到小鱼儿竟有这么大的本事，他死了后，竟连移花宫主都会为他伤心。”

笑声自四面八方一起响起，就连邀月宫主都辨不出他的人在哪里。

但她的神情反而立刻镇定下来，沉声道：“是什么人敢在此胡言乱语？”

那人却大笑道：“你连我的声音都听不出了么？你莫非已忘记了，我在大便时，你还在门口闻过我的臭气哩！”

邀月宫主身子一震，道：“你就是小鱼儿？你没有死？你在哪里？”

小鱼儿笑道：“我就在你面前，你都瞧不见我么？”

邀月宫主目光一转，道：“你可是在这山腹中？”

小鱼儿道：“我就是出不来，所以才只好在这里等你来救我，我算准了你一定会救我的，是么？”

邀月宫主又深深呼吸了两次，道：“不错，我一定会将你救出来的。”

小鱼儿道：“但你若不立刻放了铁萍姑，我就情愿死在这里。”

邀月宫主怔了怔，怒道：“你敢？”

小鱼儿道：“我为什么不敢？我现在想活就活，想死就死，移花宫主就算有通天的本事，可也拿我没法子，是么？”

邀月宫主又被气得发起抖来。

小鱼儿道：“现在，我和花无缺的约会已经到时候了，你总不愿意我就这样死了吧？”

邀月宫主跺了跺脚，道：“好，我放了她，绝不伤她毫发就是！”

小鱼儿道："我死了之后，你再杀她我也没法子，但我活着的时候，总要瞧着她也舒舒服服地活着才能放心。"

邀月宫主怒道："你究竟要怎样？"

小鱼儿道："这山洞虽深，但下面都是水，无论谁跳下来，都绝不会摔死。"

他话还未说完，邀月宫主已提起铁萍姑抛了出去。

她随手一抛，竟已将铁萍姑的身子抛出十余丈，不偏不倚，抛入那洞窟，看来竟比童子抛球还容易。

过了半晌，只听"扑通"一声。

又听得小鱼儿大笑道："妙极妙极，想不到不可一世的移花宫主，竟是个呆子，你现在已将她交给了我，我更用不着听你的话了，是么？"

邀月宫主又惊又怒，竟气得说不出话来。

小鱼儿道："现在花无缺又不在这里，我就算出来了，又有什么用？你见到我就生气，我瞧见你也不舒服，倒不如在这里还落得个眼不见为净。"

邀月宫主道："但三月之期已经到了。"

小鱼儿道："不错，约会的时候到了，所以你快去将花无缺找来吧，我在这里等你。"

邀月宫主道："你在这里等？"

小鱼儿道："这山洞就像是个大酒罐子，就是你掉下来，也休想逃得出去的，你还有什么不放心么？"

他大笑着接道："何况，就算你不放心也没法子，现在只有我才是当家的，我若不想出去，就算十个移花宫主，也没法子请我出去的。"

邀月宫主竟真的无法可施，过了半晌，道："花无缺是不是也已到了这里？"

小鱼儿笑道："不错，他已到了这里，只不过这山上的老鼠洞很多，你一时片刻也未必找得着他，若是找的时候太久，我只怕就要被饿死了，所以，你最好还是先弄些东西给我吃，我的口味，你是知道的，是么？"

邀月宫主道："不错，我是知道的。"

她声音都气得变了，忽然一掌拍出，只听“咔嚓”一声，那株合围巨树，已被她一掌拍断。

山腹里的水，涨得更高了，露出水面的石头，已比一张圆桌大不了多少，小鱼儿、胡药师、苏樱和铁萍姑，四个人只好都挤在这块石头上。

外面的树被邀月宫主拍断，小鱼儿笑得更开心，但除了他之外，每个人都是心事重重，谁也笑不出来。

铁萍姑瞟了小鱼儿一眼，讷讷对苏樱道：“我……我说我对他……对他很好，那只不过是故意气移花宫主的，其实我……”

苏樱大笑道：“你用不着再解释了，我又不是醋罐子，何况对小鱼儿好的人又不止你一个，你就算对他好也没关系。”

她嘴里虽然说“没关系”，但话里酸味，谁都可以嗅得出来，小鱼儿眨了眨眼睛也大笑道：“你对我好，我对你也不错呀，若不是为了你，我现在多多少少也可以听出一些有关移花宫主的秘密了。”

铁萍姑脸红得连头也不敢抬起。

苏樱又觉得有些不忍了，打着岔道：“移花宫主又有什么秘密？”

小鱼儿道：“我想知道她和我们家究竟有什么仇恨，她既然将姓江的恨之入骨，为什么又偏偏不肯自己动手，而且还要扮成什么见鬼的‘铜先生’，逼着要花无缺来杀我？她不但骗了我，而且对她自己的徒弟也鬼鬼祟祟的，到现在为止，花无缺只怕还不知道铜先生就是他的师父。”

苏樱想了想，苦笑道：“这些事的确奇怪，而且简直毫无道理。”

小鱼儿叹了口气，道：“这其中的道理，也许只有她们姐妹两人自己知道，但看来我只要活着，她们是绝不会说出来。”

苏樱微笑道：“也许你就是要移花宫主认为你已经死了，所以才故意让江玉郎将你推下来，也许你自己知道这洞里都是水，是跌不死的。”

小鱼儿道：“我怎会知道洞里有水？”

苏樱笑道：“那时太阳还未下山，也许正好有一线日光照进来，反映出下面的水光。”

小鱼儿笑道："就算是这样，但我总也该知道，这么深的洞，一掉下来就出不去了的。"

"你自然有法子的，而且法子还不止一个。"苏樱抿嘴一笑，又道，"外面说话的声音，洞里既然听得很清楚，外面有什么人走过，你一定也知道的，那么，你又不是哑巴，为什么不能叫人救你？"

胡药师怔了怔，道："但……但那时候他并不知道这山洞是可以传声的。"

苏樱道："你也许不知道，但他从小在山谷中长大的，对这件事自然知道得很清楚。"

胡药师叹道："如此说来，在下实在是孤陋寡闻得很了。"

苏樱道："但这法子却有个漏洞。这里山势荒僻，万一没有人走过，他岂非就要被困死在这里？万一走过的不是他的朋友，而且是他的仇人，他又怎敢呼救？"

胡药师摸着头道："是呀，万一没有人走过，万一走过的都是他仇人，那又怎么办呢？"

苏樱道："所以他还有第二个法子。"

苏樱又道："你莫忘了，这座山就在长江口，这山腹里的水，就是江水，江水有潮汐涨落，潮涨的时候，这里的水也跟着涨，潮落的时候，这里的水也跟着退了。"

胡药师瞪着眼呆了半晌，苦笑道："不错，这道理在下本来也该想得出的。"

苏樱道："江水既然能流到这里来，那么这地方必定就有个出口直通长江，只要等到潮水退下去的时候，就可以找到这出口……"

她微微一笑，这才转过头向小鱼儿一笑，道："我说的法子对不对呀？"

小鱼儿冷冷道："你以为你很聪明么？真正聪明的女人都知道，她无论和哪个男人说话时，懂得的事都该比那男人少一些。你的毛病就是懂的实在太多了，这么样的女人，大多数男人都不敢领教。"

苏樱嫣然道："但你却并不是大多数男人，像你这样的人，天下只有一个……何况，这些道理你也知道的，我懂的还是比你少一些。"

小鱼儿忍不住大笑起来，笑了半晌，又叹了口气，喃喃道："如此看来，我迟早总有一天要被这丫头迷上的。”

就在这时，忽然间又有样东西从上面直落了下来，胡药师和铁萍姑都吃了一惊，小鱼儿却微笑道：“移花宫主，果然听话，已将咱们的晚饭送来了。”

邀月宫主送来的东西可真不少，满满地塞了一大包，小鱼儿一面吃着，一面已发觉山腹中的水在开始往下退了。

水还没有退完，胡药师已跳了下去，四面寻找着出口。小鱼儿却往石头上一躺，竟真的呼呼大睡起来。

苏樱轻轻摸着他漆黑的头发，幽幽道：“他实在累了，这几天来，他吃的苦实在不少。”

她回头向铁萍姑一笑，道：“若是换了别人，吃了他这么多苦，受了他这么多打击，纵然不意志消沉，也一定会怨天尤人的，但是你看他，他竟像是一点也不放在心上。这样的男人，你又怎么能怪我喜欢他。”

铁萍姑笑了笑，眼泪却已快流了出来，苏樱可以为自己爱上的男人而骄傲，但是她呢？她的男人带给她的，却只有羞辱和不幸。

过了半晌，苏樱忽又问道：“你认不认得铁心兰？”

铁萍姑道：“我知道她对小鱼儿很好，可是……”

苏樱抢着道：“可是她除了小鱼儿外，还能喜欢别人，但我除了小鱼儿外，却再也不会爱上任何人了，所以我绝不能让她将小鱼儿抢走，无论用什么法子，我也要……”

就在这时，突听胡药师大呼道：“在这里，就在这里，我找到了！”

这山中果然有条直通长江的出口，看来虽是条很曲折崎岖的地道，但一个不太胖的人还是可以爬过去的。

苏樱摇醒了小鱼儿，笑道：“你要睡，出去后再好生睡，现在咱们已经可以走了。”

小鱼儿道：“我为什么要走？你难道没有听见我要在这里等花无缺么？”

苏樱失声道：“你……你真的要等他？”

小鱼儿瞪眼道：“当然是真的，这约会三个月以前就约好了。”

苏樱道：“但……但他来了之后，移花宫主一定会逼着他跟你打架的。”

小鱼儿笑道：“‘打架’这两个字用得不妥，像咱们这样高手相争，应该说是比武才对。”

苏樱着急道：“但你们并不是比武，你们是要拼命呀！”

苏樱又将他身子扳了过来，跺脚道：“但你……你现在还不是他的对手，因为我知道那移花接玉功力神奇，实在是天下第一……”

小鱼儿忽然一笑，悠悠道：“但你可知道，普天之下，只有我一个人知道破解移花宫武功的招式。”

苏樱怔一怔，失声道：“你真的知道……你怎么会知道？”

小鱼儿笑嘻嘻道：“自然是有人教给我的，移花宫武功的秘密，天下再也没有别人知道得比她更清楚了。”

“移花宫主又怎么将破解她自己武功的招式教给你？她难道疯了么？”苏樱怔了半晌又道，“但就算你能破解移花宫的武功，你也绝不会杀了花无缺的，是么？”

小鱼儿道：“我杀不杀他，和你又有什么关系？”

苏樱道：“当然有关系，你不杀他，他就要杀你，你留在这里，就是……”

小鱼儿忽然跳起来，大吼道：“你们谁高兴走，谁就走，反正我是在这里等定了！”

胡药师本来兴高采烈地站在那边出口旁，只等着出了这山洞，解药就可到手，听了小鱼儿这句话，只觉两腿发软，连站都站不住了，手扶着山壁，呆望着小鱼儿，不停喘着气，忽然嘶声道：“在……在下有些不……不对了。毒……毒性只怕已发作。”

苏樱道：“是他下的毒么？”胡药师拼命点头。

苏樱眼珠子一转，道：“那毒药是什么味道？”

胡药师苦着脸道：“咸咸的，湿湿的，还有些……有些臭气。”

苏樱忽然笑了道：“他只不过是故意吓吓你的，那一定不是毒药，你方才觉得毒已发作，只怕你自己心里在作怪。”

胡药师怔了怔，道：“不是毒药是什么？”

苏樱笑道：“我也不知道是什么，说不定就是他脚上搓下来的泥丸子。”

胡药师脸上阵红阵白，突然转过身，像只被人踢了一脚的野狗似的，一头钻了出去，飞也似的逃了。

他只望这辈子再也莫要见着小鱼儿，他宁可遇着一百个大头鬼，也不想再遇到小鱼儿了。

苏樱的眼睛移到铁萍姑身上，道：“你也不想走么？”

铁萍姑垂下头，不知该说什么。

但她若走，又实在不知道该走到哪里去，天地虽大，却好像没有她这么样一个人的容身之地。

苏樱道：“你难道不想再见江玉郎？”

铁萍姑道：“我……”

她本来以为自己一定可以断然说出：“我绝不再见他！”但也不知怎地，话到嘴边，她竟说不出了。

苏樱像是已看透她的心，微笑道：“我知道你一定想再见到他，因为你就算不再会喜欢他，难道你还会不想报复么？”

铁萍姑叹了口气，道：“可是我却不知道该如何报复。”这句话她本来不想说的，但不知怎地，竟说了出来。

苏樱道：“你可知道你现在为什么会难受？那只因为你觉得他对不起你，他抛弃了你，你觉得他根本未将你放在心上，所以你的心才会碎，是么？”

铁萍姑黯然无语，因为苏樱的话，实已说到她心里去了。

苏樱道：“你若想报复，就要让他难受，让他觉得是你抛弃了他，让他觉得你根本就未将他放在心上，到了那时，他就会像条狗似的来求你了。”

铁萍姑垂着头想了许久，眼睛渐渐发了光。

苏樱道：“现在你懂得我的意思了么？”

第一百章

双骄再聚

铁萍姑道："我懂了。"

苏樱一笑道："很好，只要你照着我的话来做，不怕他不来找你，等他来找你的时候，就是你出气的时候到了。"

铁萍姑也不禁笑了笑，忽又叹道："但是我……我现在……"

苏樱道："你觉得自己现在孤零零的一个人，身无长物，又没有倚靠，是以心里有些害怕，是么？"

铁萍姑黯然点头。

苏樱笑道："你莫忘了，你是个很美丽、很动人的女孩子，年纪又轻，这已经是女人最大的财产了，就凭这样，你就可以将世上大多数男人摆在你的手心里，就凭这些，你无论走到哪都可以抬起头来的。"

铁萍姑果然抬起头来，微笑道："谢谢你。"

她瞧了小鱼儿一眼，似乎想说什么，但却什么也没有说出来，就走了，头也不回地走了。

小鱼儿怔了怔，大吼道："你把别人都弄走了，自己为什么不走？"

苏樱嫣然道："走？我为什么要走？这地方不是很舒服么？"

小鱼儿道："求求你，你快走吧！我现在一个头已经有别人三个那么大了，你若再不走，我说不定马上就要发疯。"

苏樱淡淡道："你若是看到我就生气，不会自己走么？"

小鱼儿呆了半晌，反而笑了，大笑道："好，小丫头，我服了你了。我从生下来到现在，还没有一个人让我这样生气过，我总算遇见了对手。"

苏樱也不理他，却将方才吃剩下来的东西，又仔仔细细包了起来，嘴里自言自语道："这地方潮湿得很，东西再放几天，只怕就要发霉了。”

小鱼儿道：“就算发霉了又有什么关系，你难道还想带出去么？”

苏樱这才回头一笑，道：“你以为移花宫主立刻就能将花无缺找来么？”

小鱼儿瞪直眼瞧了半晌，忽然跳到她面前，道：“你知道江玉郎是在骗我，那么你一定见过了花无缺，对不对？”

苏樱在石头上坐了下来，盘起了腿，也瞧了小鱼儿半晌，才悠悠道：“不错，我的确见过了他，也知道他到什么地方去了，但是，现在我却不能告诉你。”

小鱼儿叫了起来，道：“你为什么不能告诉我？”

苏樱道：“因为我怕你生气。”

小鱼儿大声道：“若生气我就是王八蛋。”

苏樱摇头笑道：“因为你绝不会变成王八蛋的，任何人都不会忽然变成王八蛋，是么？”

小鱼儿道：“好，我若生气，你叫我干什么，我就干什么！”

苏樱嫣然一笑，道：“好，我告诉你。花无缺现在去找铁心兰去了。”

小鱼儿失声道：“他去找铁心兰去了？他怎会知道铁心兰在哪里？”

苏樱道：“我告诉他的。”

小鱼儿这才真的吃惊了，道：“你告诉他的？你怎会知道铁心兰在哪里？怎会认得她的？”

苏樱笑道：“我已经和她结拜为异姓姐妹，你难道不知道么？”

小鱼儿张大了嘴，再也说不出话来。

苏樱道：“你是不是已有很久没见过铁心兰了？”

小鱼儿道：“嗯。”

苏樱道：“你可知道，这两个月来，铁心兰一直和花无缺在一起？”

小鱼儿微笑道：“他们能在一起倒不错，我本来一直在担心着她，现在可放心了，我知道花无缺一直对她很好的。”

苏樱的眼睛里发了光，却垂下头去，道：“你为何不问我铁心兰现在在哪里？”

小鱼儿笑道：“你总不会将她送到那老鼠洞里去吧？”

苏樱道："她正是在那里。"

小鱼儿脸上的笑容像石头般僵住了，然后，他整个人跳起来有三丈高，跳到苏樱面前的石头上，大吼道："你这死丫头，你怎么能将她送到那里去？"

苏樱道："她是我的姐妹，在那地方正安全得很，谁也不会欺负她。"

小鱼儿大怒道："但花无缺此番去找她，那大老鼠怎会放过花无缺？你……你这不是在害人么，我……我……我……"

他气得连话都说不出来了，一把拧起苏樱的手，吼道："今天我若不狠狠揍你一顿，实在对不起他们。"

苏樱微笑道："你说过不生气的，男子汉大丈夫，怎么能在我这种小丫头面前食言背信。"

小鱼儿怔了怔，又跳起三丈高。

苏樱柔声道："其实你也不用着急，花无缺死不了的。何况，他一心要杀死你，本来就不能算是你的朋友，他若不能来，你岂非也用不着为难了么？"

小鱼儿用力打着自己的头，高声道："你以为你这是在帮我的忙？以为他死了我一定很开心？老实告诉你，他若真被魏无牙害死了，我就……"

突听外面一人大呼道："小鱼儿，你在哪里，你听得到我说话么？"

这赫然竟是花无缺的声音。

小鱼儿和苏樱全都怔住了。花无缺竟好生生来了，而且来得这么快。

小鱼儿大声道："花无缺，我就在这里。你放条绳子下来，我就可以上去了。"

过了半晌，只见花无缺的头已在上面的洞口伸了出来，面上的神情既是欢喜，又是关切。

小鱼儿更已笑得合不拢嘴来，大笑道："好小子，两个月没见，我们都没有变。"

花无缺已垂下条长索，笑道："你在下面我看不见你，你快上来吧。”

苏樱看着这两个人，心里真是奇怪极了。这两人随便怎么看，也不像是立刻就要拼命的冤家对头。

只见小鱼儿刚蹿上绳子，又跳下来，板着脸道：“姓苏的小丫头，你现在还不想走么？”

苏樱垂头道：“你一个人走吧，我不想看见你被人杀死的样子。”

小鱼儿大吼道：“你不想看，我就偏要你看，不想走，我就偏要你走，看你有什么法子反抗我。”

苏樱身子往后退，道：“你……你敢？”

她脸上虽然装出很生气的样子，其实心里也不知有多么高兴，因为她知道她的手已渐渐开始能摸到小鱼儿的心了。

花无缺垂手站在邀月宫主身旁，脸上已变得木无表情。

对花无缺来说，邀月宫主不但是他的严师，也是他的养母，他从小就未见到她面上露出过一丝笑容。

他也从不敢在她面前有丝毫放肆之处，因为他心里不但对她很尊敬、很感激，而且也有些畏惧。

现在，小鱼儿终于见到邀月宫主的脸了。

她已除下了那可怕的青铜面具，可是她的脸却比那面具更冷漠，任何人都无法在她脸上看出任何喜、怒、哀、乐的表情。

小鱼儿再也想不到这威震天下垂三十年的人，看来竟是如此年轻，更想不到一个如此美丽的人，竟会让人看过一眼便不敢再看。

就连小鱼儿瞧她一眼后，也觉得有一股寒意自脚底直升了上来，仿佛在寒夜中忽然瞧见了一个美丽的幽灵。

他甚至没有注意到铁心兰也在她身旁。

铁心兰却已兴奋得在发抖了，她瞧见小鱼儿自山石上一跃而下，立刻就忍不住向小鱼儿奔了过去。

但只奔出两步，她身子忽然僵硬了。她忽然想起了花无缺，她怎能一见到小鱼儿，就抛下花无缺？

她站在小鱼儿和花无缺中间，也不知是该进，还是该退，她只希望自己根本就没有生到这世上来。

这时小鱼儿也瞧见她了，正笑着招呼道："好久不见，你好么？"

铁心兰竟完全没有听见他的话，忽然扭转头，垂首奔到那边一株大树下，这棵树也恰巧正在小鱼儿和花无缺中间。

苏樱的眼睛却始终在留意着小鱼儿。她发现小鱼儿虽然还在笑着，但笑容也僵硬得很。再看花无缺，竟也低着头始终未曾抬起。

苏樱不禁在暗中长长叹了口气——瞧这三人间复杂而微妙的关系，她除了叹气外，还能怎样？

邀月宫主比刀更利、比冰更冷的眼睛，也始终瞪着小鱼儿。小鱼儿长长吸了口气，也抬起头瞪着她，微笑道："你送来的东西都不错，只可惜没有辣椒，下次你若再请我吃饭，可千万不能忘记我喜欢吃辣的。"

邀月宫主脸上并没有什么表情，花无缺却吃惊地抬起头来，他实在想不到世上居然有人敢对邀月宫主这样说话。

邀月宫主道："现在我再给你三个时辰，你在三个时辰内，不妨调息运气，养精蓄锐，但却不准离开这里！"

小鱼儿拍手笑道："移花宫主果然不愧为移花宫主，丝毫不肯占人便宜，知道我累了，就让我先休息休息。"

邀月宫主却已转过身，道："无缺，你随我来。"

小鱼儿道："我想和花无缺说两句话，行不行？"

邀月宫主头也不回，冷冷道："不行！"

小鱼儿大声道："为什么不行，你难道怕我告诉他你就是铜先生？"

这时花无缺也转过身子，也没有回头，但小鱼儿却可以猜到他听到了这句话，全身都震了一震。小鱼儿笑了，因为他的目的已达到。

只见邀月宫主走到最远的一棵树下，才转回身来，像在和花无缺说话，但花无缺却始终是背对这边的。

苏樱柔声道："三个时辰并不长，你还是好生歇歇吧。"

这时正是清晨，太阳已刚刚升起。

苏樱将四下的落叶都收集起来，铺在树下，拉着小鱼儿坐上去，就好像一个妻子在为丈夫铺床似的。

铁心兰还站在那边树下，泪珠已在眼眶里打转。她忽然觉得自己活在这世界上，竟好像已变成多余的。

她方才既没有走到小鱼儿这边来，现在更不能走过来了，她方才既没有回到花无缺那边去，现在也更不能回去。

她也知道在这种情况下，小鱼儿和花无缺两个人，都绝不会走到她这边来。移花宫主已用冰凉的手，将这两个人的友情撕成两半，这两人之间若不再有友情，那么她的处境岂非更悲惨、更难堪？

她知道自己现在最好就是远远地走开，走得愈远愈好，那么无论任何事都不能伤害到她了。

但现在她生命中最亲近的两个人，立刻就要在这里作生死之决斗，她又怎么能走？怎么忍心走呢？

小鱼儿在落叶上躺了下来，闭起了眼睛。

别人有的紧张，有的痛苦，但他却悠悠闲闲地跷起了腿，嘴里还含含糊糊哼着山歌，这些事竟好像和他没有关系。

苏樱站在他身旁，俯首瞧着他，瞧了半晌，轻轻叹了口气，道："你瞧见铁心兰了么？"

小鱼儿道："你没有看见我方才已经和她打过招呼？"

苏樱咬着嘴唇，道："但是她……她实在可怜得很，你实在应该去安慰安慰她。"

小鱼儿霍然张开眼睛，瞪着道："我为什么要过去安慰她？她为什么不能过来？"

苏樱叹道："她现在的确很为难……"

小鱼儿道："她为难，我就不为难么？何况，她为难也是她自己找的，谁叫她站在那边不肯过来？又没有钉子钉住了她的脚。"

苏樱又叹了口气，道："你既然不肯过去，我就过去吧。"

小鱼儿道："你会不会读唇语？"

苏樱道："不会。"

小鱼儿叹道："我现在若能听出移花宫主在对花无缺说什么，那就好了。"

苏樱道："你就算听不见，也应该想象得到的，她现在还不是在告诉花无缺，要用什么法子才能杀你。”

小鱼儿沉默了半晌，缓缓道：“方才我在洞里时，花无缺还和我有说有笑的，但等我出来，他竟不理我了，简直连看都没有看我一眼。”

苏樱道：“你若在移花宫长大，你见了移花宫主，也会变得没主意的。”

小鱼儿苦笑道：“这样看来，恶人谷反而比移花宫好得多了。恶人谷里的至少还是人，移花宫却只是一群活鬼，一群行尸走肉。”

苏樱笑了笑，柔声道：“你歇歇吧，我过去说两句话就回来。”

小鱼儿瞪眼道：“你为什么一定要过去？我现在也不好受，你为什么不在这里陪着我？”

苏樱眼波流动，嫣然道：“你难道不想知道，她和花无缺两人是如何从那老鼠洞里出来的么？”

落叶上的泪珠已干了，但铁心兰的眼泪却还是没有干，她听见苏樱的一双脚在向她走过来，就咬紧牙关，绝不让眼泪再流下来。

苏樱悄悄走到她身旁，她却连头也没有抬起。风，吹着她的头发，一片落叶正在她紊乱的发丝里挣扎着，要想飞起。

苏樱轻轻拈起了这片枯叶，悄然道：“你在生我的气？是么？”

过了很久，铁心兰缓缓站起来道：“你用不着难过，我若知道你就是我的情敌，我也不会对你说真话的！”

苏樱长长叹了口气，拉起了她的手，嫣然笑道：“我真没想到你是这样的女孩子，我现在只希望你是个又凶又狠又狡猾的女人，那样我心里就会好受得多了。”

铁心兰瞪着她瞧了半晌，忽然道：“可是无论怎样，你也不会为我放弃小鱼儿的，是么？”

这句话问得更不聪明，连她自己也不知道怎会问出这句话来。

苏樱也直视着她的眼睛，道：“不错，我不会为了你放弃他的，只因我若放弃了他，也许反而会令你更为难，是么？”

铁心兰的头又垂了下来，这句话就像是一根针，直刺入她心里，使得她再也不知道该说什么。

直到她手里的落叶已被她揉得粉碎，她才黯然道：“我实在不该对你说那句话的，小鱼儿也许根本就没有将我放在心上，也许只有你才配得上他。”

苏樱道：“小鱼儿并没有忘记你，他若真的未将你放在心上，现在早已走过来了。”

铁心兰怔了怔道：“你……你为什么要告诉我？你为什么不让我死了这条心？”

苏樱凄然一笑，道：“这也许是因为我太想得到小鱼儿了，所以才不愿让他以后恨我，我要让他自己选择，他喜欢的若是你，我就算杀了你，也没有用的。”

铁心兰头垂得更低，她仔细咀嚼着这几句话的滋味，但觉心里充满了酸苦，只因她的心情已愈来愈矛盾，愈来愈复杂，她在暗中问着自己：“小鱼儿选择的若是我，我是否真的会很快乐呢？”

苏樱忽又一笑，道：“你可瞧见了我义父么？他是不是长得很可怕？”

铁心兰道：“我没有瞧见他。”

第一百零一章

意外之变

苏樱讶然道："你到了那边树林，难道没有人来接你么？你是不是找错了地方？"

铁心兰叹了口气道："我没有找错地方，我到了那里，只见到处都有老鼠在窜来窜去，我就吓得立刻躲到树上去。谁知树上竟吊着个死尸，远远瞧过去，还可以瞧见有几具死尸吊在树上，我正不知该如何是好时，花……花公子就来了。"

苏樱整个人都怔在那里，手心已出了汗。

铁心兰叹道："以我看来，那边一定发生了很大的变化，你……你最好还是瞧瞧去。"

苏樱不等她话说完，已转身奔出，但奔出几步，又停了下来，无论如何，魏无牙总是她的恩人，魏无牙若是有什么不幸，她是万万无法置之不理的，但现在……现在小鱼儿正在瞧着她，她又怎么能走呢？

她怔在那里，也不知该如何是好了。

苏樱终于又回到小鱼儿身旁，无论什么事发生，都不能让她此刻抛下小鱼儿一个人在这里。

小鱼儿笑了笑，道："看你这样子，移花宫主莫非已杀死了魏无牙么？"

苏樱还没有回答这句话，风中忽然飘来了一条人影。

她也和邀月宫主同样冷漠，同样美丽，只不过她那双明如秋水的眼睛，还多少有些柔和之意。

她的身子似乎比落叶更轻，飘落在花无缺身旁。

花无缺立刻拜倒在地。

小鱼儿瞪大了眼睛，道：“这只怕就是那怜星宫主了，简直和她姐姐是一个模子铸出来的，只不过比死人多了口气而已。”

苏樱苦笑道：“但这姐妹两人能令江湖中人连她们的名字都不敢提起，她们若只比死人多口气，江湖中就一定都是死人了。”

小鱼儿大笑道：“你错了，一个人活着，就要会哭、会笑、会高兴、会悲伤，也会害怕，像她们这样的人，活着才没意思。”

他故意直着喉咙大笑，就是想要移花宫主听见。但移花宫主姐妹两人，连瞧也没有往这边瞧一眼。

小鱼儿哈哈笑道：“我将她们当死人，说不定她们也已将我当成死人，所以我无论说什么，她们都不会生气。”

这句话他虽笑嘻嘻地说了出来，但听在苏樱耳里，却也不知有多么辛酸，她几乎流下泪来。

她实在看不出小鱼儿有希望能活下去，他就算能战胜花无缺，就算能杀了花无缺，也得死在移花宫主手里！

小鱼儿道：“你笑一笑嘛，只要你一笑，我死了也开心。”

苏樱果然笑了，可是她若不笑也许还能忍得住不流泪，现在一笑起来，眼泪也随着流下。

一阵风卷起落叶，怜星宫主忽然到了小鱼儿面前，冷冷道：“时候已快到了，你知道吗？”

小鱼儿道：“我倒希望时候快些到，否则我只怕要被眼泪淹死了。”

小鱼儿眼珠子一转，又笑道：“我倒有一句话想问问你。”

怜星宫主道：“什么话？”

小鱼儿道：“像你这样漂亮的女人，为什么直到现在还没有嫁人呢？难道这么多年来，竟没有一个男人爱上你么？”

怜星宫主霍然转过身，小鱼儿可以瞧见她脖子后面的两根筋都已颤抖起来，满头青丝，也忽然在西风中飞舞而起。

过了半晌，只听她一字字道：“站起来！”

小鱼儿这次倒听话得很，立刻跳了起来道：“现在就要动手了么？”

只见那边树下的花无缺，也缓缓转过身来。

苏樱忽然抓住小鱼儿的手，道：“你……你难道没有什么话要对我说？”

小鱼儿道：“没有。”

苏樱手指一根根松开，倒退两步，泪珠已夺眶而出。

怜星宫主道：“花无缺、江小鱼，你们两人都听着，从现在开始，你们两人都向前走十五步，走到第十五步时，便可出手。这一战无论你两人谁胜谁负，都绝不许有第三人从旁相助，无论谁敢来多事，立取其命，绝不宽恕。”

苏樱忍不住大声道：“你也不出手相助么？”

怜星宫主还未说话，邀月宫主已冷冷道：“她若敢多事，我也要她的命！”

苏樱道：“那么你自己若出手了呢？”

邀月宫主道：“我就自己要自己的命！”

苏樱擦了擦眼泪，大声道：“小鱼儿，你听见了么？移花宫主话出如风，想必不会食言，求求你无论如何也莫要败给他好么？”

她却不知道今日一战，战败者固然只有死，战胜者的命运却比死还要悲惨。小鱼儿若能死在花无缺手下，那就比花无缺幸运得多了。

天色阴暝，乌云已愈来愈重，枝头虽还有几片枝叶在与西风相抗，但那也只不过是垂死的挣扎而已。

小鱼儿已开始往前走。花无缺也开始缓缓移动了脚步。

邀月、怜星、苏樱、铁心兰，四双眼睛，都在瞬也不瞬地瞪着小鱼儿和花无缺的脚步。

这四人的心事虽然不同，但却都同样紧张。

铁心兰知道这片刻之间，这两人就有一个要倒下去，她也不知道自己究竟希望倒下去的是谁。

在她心底深处，她也知道这两人若有一个倒下去，那么她就不会再有矛盾，不必再作抉择，事情也就会变得简单得多。

她甚至拒绝承认自己有这种想法，只因这想法实在太自私、太卑鄙、太无情、太狠毒……

苏樱的心里倒只有痛苦，并没有矛盾。因为她已决定小鱼儿若死了，她绝不单独活下去。

她虽然知道小鱼儿获胜的机会并不大，但她还是希望有奇迹出现，希望小鱼儿能将花无缺打倒。

而怜星和邀月两人呢？现在她们的计划已将实现，她们的忍耐也总算有了收获，她们心里的仇恨，也眼见就能得到报复。

她们只有幻想着这两人倒下一个时，才能将这痛苦减轻，只因唯有等到那时候，她们才能将这惊人的秘密说出来。这秘密已像条沉重的铁链般将她们的心灵禁锢了二十年，她们唯有等到将这秘密说出来之后，才能自由自在，否则她们就永远要做这秘密的奴隶。

而现在，她们还是只有等待。

谁知小鱼儿刚走了三步，忽然回头向苏樱一笑，道："对了，我刚想起有句话要告诉你。"

苏樱心头一阵激动，热泪又将夺眶而出——无论如何，小鱼儿对她总算和对别人有些不同。

她忍住泪道："你……你说吧，我在听着。"

小鱼儿道："我劝你还是趁着年轻时快嫁人吧，否则愈老愈嫁不出去，到了五六十岁时，就也会变成和她们一样的老妖怪了。"

这竟是小鱼儿临死前所要说的最后一句话。到了此时此刻，他竟然还能说得出这种话来。

苏樱只觉一颗心已像是手帕般绞住了，过了半晌，咬紧牙颤声道："你放心，我绝不会等那么久。"

他轻描淡写一句话，就将苏樱的心绞碎了，更令怜星和邀月两人气得全身发抖，面无血色。但他自己却像是根本没有说这句话似的。

最奇妙的是，到了这时，每个人心里竟还是希望他能打倒花无缺。苏樱固然一心想他得胜，铁心兰也不忍见到他被击倒时的样子。

也不知为了什么，铁心兰总是认为花无缺比较坚强些，所以也就不妨多忍受些痛苦，所以她宁可伤害花无缺，也不忍伤害小鱼儿。

更奇妙的是，就连邀月和怜星两人竟也希望小鱼儿得胜！她们自己也许不会承认，但却是事实。

只因花无缺若打倒了小鱼儿，那么她们就要在花无缺面前说出这秘密，她们养育花无缺虽是为了复仇，但这许多年以来，她们还是难免对这自己见着长大的孩子，多多少少生出些感情。

她们还是在暗中数着小鱼儿的脚步！“十一、十二、十三……”

邀月宫主嘴角不禁泛起了残酷的微笑。

现在，小鱼儿和花无缺已迈出第十四步了。

小鱼儿的眼睛一直在瞪着花无缺，花无缺面上虽全无任何表情，但目光却一直在回避着他。

无论他们走得多么慢，这第十五步终于还是要迈出去的，怜星和邀月宫主情不自禁，都紧握起手掌。

但铁心兰和苏樱却连手都握不住，她们的手抖得是这么厉害，抖得就像是西风中的枯叶。

就在这时，小鱼儿忽然倒了下去！

在如此紧张，紧张得令人窒息的一刹那中，小鱼儿竟莫名其妙、无缘无故地忽然倒了下去。

花无缺整个人都怔住了，铁心兰也怔住了，苏樱更怔住了。他们全身上下本已都紧张得充满了血，现在，全身的血又像是一下子忽然被抽干，脑子也忽然变得茫茫然一片真空，竟没有人知道该如何处理这突然发生的变化。

就连邀月和怜星宫主都怔住了，脸上神色也为之大变。

只见小鱼儿身子倒在地上后，就忽然发起抖来，愈抖愈厉害，到后来身子竟渐渐缩成一团。

怜星宫主跺了跺脚，道：“你这究竟是怎么回事？”

邀月宫主怒道：“他这是在装死！杀了他，快杀了他。”

花无缺垂首道：“他已无还手之力，弟子怎能出手？”

邀月宫主道：“他既不敢跟你动手，就是认输了，你为何不能杀他？”

花无缺垂着头，既不出手，也不说话。

只听邀月宫主厉声又道：“你为何还不出手？难道他每次一装死，你就要放过他？你难道忘了本门的规矩，你难道连我的话都敢不听？”

花无缺满头汗珠滚滚而落，垂首瞧着小鱼儿，颤声道：“你为何不肯站起来和我一拼？你难道定要逼我在如此情况下杀你？”

小鱼儿忽然咧嘴一笑，道：“你赶紧杀了我吧，我绝不怪你的，因为这并不能算是你杀死了我，杀死我的人是江玉郎。”

邀月宫主变色道：“你这话是什么意思？”

小鱼儿叹了口气，道：“因为我若没有中毒，现在就不会无力出手，也就未必会死，所以就算死了，你也不必觉得抱歉，因为我根本就不是死在你手上的。”

他眼睛忽然瞪着邀月宫主，一字字道：“江玉郎才是真正杀死我的人。”

邀月宫主和怜星宫主两人对望了一眼，又不禁怔住了。

过了半晌，怜星宫主才厉声问道：“你中了他什么毒？”

小鱼儿道：“女儿红。”

怜星宫主长长吸了口气，瞧着邀月宫主沉声道：“看他这样子，倒的确是女儿红毒发时的征象。”

邀月宫主脸上已不见一丝血色，过了半晌，忽然冷笑道：“此人诡计多端，你怎可听信他的话？”

小鱼儿道：“信不信由你，好在我中毒时，有很多人都在旁边瞧见的。”

邀月宫主立刻问道：“是些什么人？”

小鱼儿道：“有铁萍姑，和一个叫胡药师的人，自然还有下毒的江玉郎。”

怜星和邀月又对望了一眼，两人忽然同时掠出，一阵风吹过，两人都已远在十余丈外的树下。

邀月宫主和怜星宫主同时掠到树下。

怜星宫主道：“你的意思怎样？”邀月宫主嘴唇都发了白，闭着嘴不说话。

怜星宫主道：“这江小鱼若真的已中了江玉郎的毒，那么就的确不该算是死在无缺手上，这么一来，我们的计划岂非就变得毫无意义？”

邀月宫主颤声道：“我……我已忍受了二十年的痛苦……”

怜星宫主的目光也随着她的手缓缓垂落，道：“你忍受了二十年的痛苦，这二十年来，我难道很快活？”

过了半晌她又接着道："但我们这二十年的罪绝不是白受的，因为普天之下，只有我们两人知道这秘密，只有我们两人才知道他们本是兄弟，我们自己若不将这秘密说出去，他们两个到死也不会知道。"

邀月宫主脸色也渐渐和缓，道："不错，他们永远也不会知道。"

怜星宫主道："所以他们迟早必有一天，会互相残杀而死的，他们的命运已注定了如此，除了我们两人之外，谁也不能将之改变。"

她一字字接着道："而我们两人却是绝不会令它改变的，是么？"

邀月宫主道："不错。"

怜星宫主道："所以我们现在根本不必着急，我们等着虽然难受，但他们这样又何尝不痛苦？我们正好瞧着他们为自己的命运挣扎，就好像一只猫瞧着在它爪下挣扎的老鼠一样，何况，我们既已等了二十年，再多等三两个月又有何妨？"

邀月宫主冷冷道："我知道你的意思，你要先解了江小鱼所中的毒，再令花无缺杀他，你要他完完全全死在花无缺手上，是么？"

怜星宫主目中闪动着欣慰的笑意，柔声道："不错，因为只有这样，才能令无缺痛苦悔恨，觉得生不如死，你若令他现在就杀了小鱼儿，他就会自己宽恕自己，甚至会去杀了江玉郎为小鱼儿报仇，那么我们的计划也就变得毫无意义。"

邀月宫主默然半晌，道："但你可知道江小鱼是否真的中了毒呢？"

怜星宫主道："这一点我们立刻就能查出来的。"

小鱼儿仍倒在地上抖着，铁心兰、苏樱和花无缺却并没有在看望他，他们的眼睛，都瞬也不瞬地瞪着移花宫主。

只可惜他们非但什么都看不出，而且连一个字也听不到，他们只能瞧见邀月宫主冷冰冰的一张脸上，充满了怨毒，充满了杀气，他们愈瞧愈是心惊，三个人掌心不觉都为小鱼儿捏着一把冷汗。

也不知过了多久，才看见移花宫主姐妹两人缓缓走了回来，花无缺想迎上去，但脚步方动，又停了下来。

只见邀月宫主走到小鱼儿面前，沉声道："你中毒时，铁萍姑也看到的，是么？"

小鱼儿道：“嗯！”

邀月宫主道：“好，你叫她出来，我问问她。”

小鱼儿咧嘴一笑，道：“你以为那山腹中只有这一条山路么？”

邀月宫主冷笑道：“若有别的出路，你为何不走？”

小鱼儿也冷笑着道：“我不走，只因我不愿对花无缺失约，但铁萍姑却早已走了，你若是不信，为何不自己下去瞧瞧。”

他话还没有说完，邀月宫主的身形已飞云般掠上山崖，方才花无缺垂下去的那条绳子还未解下。

邀月宫主游鱼般滑下那洞穴，过了片刻，又轻风般掠了出来，面上的神色，似乎觉得有些意外。

小鱼儿笑道：“你现在可相信了么？”

邀月宫主道：“哼。”

小鱼儿道：“那么你就也该知道，我若不愿和花无缺动手，方才就也早已和铁萍姑一起走了，用不着等到现在才来装死。”

邀月宫主沉默了半晌，道：“那么你可知道江玉郎现在在哪里？”

小鱼儿道：“我当然知道，只怕我说出那地方，你也不敢去找他。”

小鱼儿偏偏还要再激她一句，冷冷又道：“也许只有这地方是你不敢去的，因为我还没见过不怕老鼠的女人。”

邀月宫主目光一闪，道：“你说的莫非是魏无牙？他也在这山上？”

小鱼儿冷笑道：“他当然在这山上，你是真不知道还是假不知道？”

只见邀月宫主神情仍然毫无变化，小鱼儿虽然故意想激恼于她，但她却根本无动于衷。

由此可见，魏无牙这个人在她心目中根本无足轻重，反而是小鱼儿在她心里的分量重得多。

到了这时，苏樱也觉得愈来愈奇怪了，暗道：“无论如何，魏无牙总是江湖中有数的厉害人物，而且他也不惜隐姓埋名，二十年来练就一种对付移花宫的武功，可见他和移花宫之间必有极深的仇恨，但移花宫主却根本未将这人放在心上。而小鱼儿连移花宫主的面都未见过，移花宫主却连他的一点小事也不肯放过，甚至不惜忍气吞声，只为要花无缺亲手杀他，这究竟是为了什么？”

她渐渐也觉得这件事实在很神秘、很复杂。

只听小鱼儿道："好，我带你去，但我现在实在走不动，谁来扶我一把？"

花无缺和铁心兰似乎都想伸过手来，但花无缺发现移花宫主正在冷冷瞧着他，立刻就回头去瞧瞧铁心兰，像是想要铁心兰来扶小鱼儿，但铁心兰发现花无缺在瞧她，却立刻垂下了手。

苏樱嫣然一笑，柔声道："你若不嫌我走得慢，就让我来扶你吧。"

苏樱扶着小鱼儿已走出很远了，花无缺还站在那里发怔，铁心兰头垂得更低，眼泪已又流了下来。

怜星宫主瞧了瞧花无缺，又瞧了瞧铁心兰，忽然拉起铁心兰的手，柔声道："你跟我走吧！"

铁心兰做梦也未想到移花宫主竟会来照顾她，也不知是惊是喜，只觉一股柔和的力量自掌心传来，已身不由己地随着怜星宫主掠了出去。

花无缺见到怜星宫主竟拉起铁心兰的手，也是又惊又喜，但忽又不知想起了什么，眉宇间又泛起一种凄凉之意。

只听邀月宫主缓缓道："你现在总可以走了吧？"

这虽然只不过是很普通的一句话，但听在花无缺耳里，却又别有一番滋味，只因他发觉移花宫主已看破了他的心事。

他的心事却又偏偏是不足为外人道的。

第一百零二章

奇峰再起

小鱼儿道："无论如何，魏无牙总算对你不错，你也承认他是你的干爹，现在移花宫主要去找他，你非但不着急，反而来带路，这是什么道理？"

苏樱不说话了，过了半晌，才轻轻叹了口气。

小鱼儿道："我知道你心里一定藏着件事没有说出来，莫非铁心兰方才……"

他忽然顿住了语声，只因这时怜星宫主已拉着铁心兰从后面赶上来了，小鱼儿眼珠子一转，忽然向铁心兰笑道："咱们已有多久没见面了？只怕已经有两个多月了吧？"

铁心兰似乎未想到小鱼儿会忽然对她说话，骤然之间，竟像有些手足失措，红着脸说不出话来。

小鱼儿又转过头，向苏樱笑道："你看，才两个多月不见，她和我就好像变得很生疏了，我问她一句话，她居然连脸都红了起来。"

苏樱叹了口气，悄声道："她已经够难受的了，你何必再来折磨她？"

小鱼儿又转过去，向铁心兰笑道："你听见没有，她说我这是在折磨你，我只不过是在向你问问好而已，这也能算我折磨你么？"

铁心兰只有摇了摇头，眼圈不觉又红了起来。

小鱼儿叹了口气，道："我想，这两个月来，一定发生了许多事，因为我发现才只不过两个月不见，你竟已变了许多。"

铁心兰只觉心头一阵刺痛，眼泪不觉又流下面颊，只因她也发觉自己实在是变了。

以前，她只要见到小鱼儿，无论在什么情况下，无论有什么人在旁边，她都会不顾一切，奔向小鱼儿的。以前，她只要见到小鱼儿，就会忘记一切。

但现在，花无缺在她心里的分量的确是一天比一天加重了，只因这两个月来，的确是发生了许多事。

她就算能忘记花无缺曾经再三救了她生命，但她又怎能忘记她受伤时，花无缺对她的照顾与体贴？

何况，她就算能忘记这些，又怎能忘记在那一段漫长的旅途中，所发生的许许多多令人忘不了的事。

她只要一闭起眼睛，似乎就能看到花无缺在痛苦地狂笑着，狂笑着叫她莫要再理他，为的却只是不愿见到她为他痛苦。

一个人在自知必死时，还在挂念着别人的欢乐与悲伤，反而将自己的生死置之于度外。这样的情感，又是何等深挚？这样的情感，又有谁能忘记呢？

怜星宫主始终在一旁凝注着她，忽然冷冷道："你是不是也觉得自己有些变了？"

铁心兰道："我……我……"

她还未说出第二个字，已是泣不成声。

怜星宫主转向小鱼儿，冷冷道："你用不着再问她，应该已知道她的回答。"

她不等小鱼儿说话，忽又一笑，道："但你也许还是宁愿不知道的，是么？"

小鱼儿却向她咧嘴一笑，道："你若是以为我很难受，那才是活见鬼哩。"

小鱼儿真的不难受么？这恐怕也只有他自己才知道。

苏樱实在走不快，走了半个多时辰，远远望去，才能见到那一片浓密的树林，小鱼儿道："前面那一片树林后，就是魏无牙的老鼠洞了……"

他话未说完，就瞧见一只又肥又大的老鼠，自树林中蹿了出来，一溜烟钻入旁边的乱草中。

过了半晌，又听得草丛一阵响动，如波浪般起伏不定，竟像是有许多只老鼠在跑来跑去。

小鱼儿皱眉道："魏无牙一向将这些老鼠当宝贝，现在为什么竟让它们到处乱跑？"

苏樱嘴里虽未说话，心里却更担心，此刻她已断定魏无牙洞中必已有了极大的变故，否则，这些老鼠的确不会跑出来的。

山风吹得更急，她脚步也不觉加快了，阴暝的天色中，只见一个人凌空吊在树上，随着风不住晃来晃去。

小鱼儿皱眉道："奇怪，魏无牙大门口怎么有人上吊？"

这人果然是吊死的！

他身上并没有什么伤痕，但左边脸上，却又红又肿，看来竟是在临死前被人重重掴了个耳光。

怜星宫主皱眉道："这人是魏无牙的门下？"

小鱼儿也不答话，却解开了这人的衣襟。

只见他胸膛上果然有两行碧粼粼的字：

无牙门下士，
可杀不可辱。

小鱼儿道："现在你总该知道了吧！这想必是因为有人想闯入魏无牙的老鼠洞，他拦不住，反被人重重打了个耳光，他生怕魏无牙收拾他，所以就吓得先上了吊，看来上吊还不止他一个哩。"

上吊的果然不止一个，这一片树林中，竟悬着十多条死尸，每个人左边脸都已被打肿，有的连颚骨都已被打碎了。

小鱼儿喃喃道："这人好大的手劲，随手一耳光，就将人的脸都打碎了，却不知是什么人呢？居然敢上门来找魏无牙的麻烦，胆子倒真不小。"

他低下头，才发觉地上到处都是一颗颗带着血的牙齿，显见这人随手一掌，非但打肿了别人的脸，打碎了别人的骨头，竟将别人满嘴牙齿都打了下来，这十余人看来竟连还手之力都没有。

小鱼儿不禁暗暗吃惊，他知道魏无牙门下弟子武功俱都不弱。默然半晌，喃喃道："看来出手打他们的人，武功至少要比我高出好几倍。"

苏樱心里愈来愈忧虑，只因她知道魏无牙的武功并不比小鱼儿高出很多，这人的武功若比小鱼儿高出数倍，魏无牙就难免要遭他的毒手了。

小鱼儿道：“但这人却显然未用出真功夫，只是随手拍出，他们非但抵挡不住，甚至连躲都躲不开，由此可见这人出手之快，实在要比我快得多，他随手一个耳光打出来，已可将人的骨头都打碎，可见他内力比我强得多。”

苏樱回首望去，只见移花宫主面色凝重，显然也认为小鱼儿的评论正确，过了半晌，邀月宫主忽然道：“你看他们死了多久了？”

这句话竟是向小鱼儿问出来的，可见这目空一世的移花宫主，现在也开始对小鱼儿的见解重视起来。

小鱼儿道：“一个人死了一个半时辰后，尸体才会完全冷却。”

怜星宫主道：“那么你认为是在什么时候发生的？”

小鱼儿道：“昨天黄昏以前。”

怜星宫主道：“你怎知道？”

小鱼儿道：“因为我知道两个半时辰以前，那位铁姑娘曾经到过这里，这些人若没死，就一定会将她接入那老鼠洞里，那么花无缺来找她时，就少不了要和魏无牙打起来，你们来找花无缺时，也少不了要和魏无牙冲突。”

怜星宫主瞧了花无缺一眼，道：“不错。”

小鱼儿道：“但你们显然并不是在这里找到花无缺的，由此可见，那时花无缺和铁姑娘是自己离开这里，是么？”

怜星宫主道：“那么，他们为什么不可能是在两个半时辰之前死的？为什么一定是在昨天黄昏之前？”

小鱼儿道：“现在正是午时。两个半时辰之前，天还未亮。”

他忽然向怜星宫主一笑，接着道：“你若要来找魏无牙的麻烦，会不会在天黑时来呢？”

怜星宫主默然半晌，缓缓道：“不会。”

小鱼儿道：“不错，你一定不会的，因为你若在天黑时来找人，岂非失了自己的身份？何况天愈黑，就对魏无牙这种人愈有利，你在魏无牙住的地方找他动手，已失了地利，若在晚上来，又失了天时。”

怜星宫主望了邀月宫主一眼，虽然没有说什么，但瞧她目中的神色，竟似已露出赞赏之意。

小鱼儿道："瞧这人出手的气派，就知道他行事一定很光明正大，何况，能练到他这种武功的人，也绝不会是呆子，可以断定，他绝不会是晚上来的，既然不是晚上来的，就必定是在昨天黄昏之前。"

他拍了拍手，笑嘻嘻道："各位觉得我的意见还不错吧？"

邀月宫主冷冷道："这道理本来就很明显简单，谁都可以看出来的。"

小鱼儿大笑道："你既然也瞧得出来，为什么还要来问我呢？"

邀月宫主沉下了脸，再也不理他，身子飘动，已向林木深处掠了过去。小鱼儿在她后面扮了个鬼脸，笑道："你也用不着生气，其实我知道你嘴里虽不说，心里却是很佩服我的。"

穿过树林，前面一片山壁，如屏风般隔绝了天地。山壁上生满了盘旋纠缠的藤萝，尽掩去了山石的颜色。

邀月宫主看不见有什么山穴石洞，只有回头道："魏无牙的住处在哪里？"

她说话时的眼睛虽望着怜星宫主，其实她也知道怜星宫主同样是不知道的，这句话自然是在问小鱼儿。

小鱼儿却故意装作不懂，仰首望了天，喃喃道："我本来以为要下雨，谁知天气又好起来了。"

邀月宫主瞪了他一眼，厉声道："魏无牙的洞穴在哪里？"

小鱼儿好像怔了怔，道："如此简单明了的事，你怎么又要问我呢？"

邀月宫主脸又气得苍白，却无话可说。

只见小鱼儿扶着苏樱走过去，将前面一片山藤拨开。

这片山藤长得最密，但却有大半已枯死，拨开山藤，就露出一个黑黝黝的洞穴，里面连光都瞧不见。

小鱼儿道："这就是了，各位请进。"

魏无牙声势赫赫，仆从弟子如云，谁也想不到他竟会住在这么样一个连狗都不如的小山洞。

大家都不禁觉得很惊奇，尤其是花无缺，他见到苏樱的洞府已是那么幽雅精致，以为魏无牙的住处必定更可观，忍不住道：“这就是魏无牙住的地方？”

小鱼儿笑道：“不错，你奇怪么？”

花无缺还想说什么，但望了邀月宫主一眼，就垂下头去。

小鱼儿嘴里说着话，已当先钻了进去，只见他身子摇摇晃晃，脚步也踉跄不稳，显见得还是没有丝毫气力。

邀月宫主皱眉叱道：“站住！”

小鱼儿道：“为什么我要站住？这老鼠洞中也不知发生了些什么稀奇古怪的事，说不定一进去就得送死，我先为你们探探路不好么？”

怜星宫主道：“正因为先行者必有凶险，所以才要你站住。”

小鱼儿大笑道：“想不到你们竟如此关心我，多谢多谢，可是我既然中了那见不得人的毒，活着反正已无趣得很，死了倒正中下怀。”

邀月宫主冷冷道：“你死不得的。”

小鱼儿只觉风声飒然，邀月宫主已自他身旁不及一尺宽的空隙掠过他前面，连他的衣袂都没有碰到。

见到这样的轻功，小鱼儿也不禁叹了口气，喃喃道：“魏无牙现在若已死了，倒是他的运气，否则若是落在这两位大宫主手上，就难免也要像我一样，连死都死不了啦。”

大家随着邀月宫主走了数十步后，向左一转，这黑暗狭窄的洞穴，竟豁然开朗，变为一条宽阔的甬道。

甬道两旁，都砌着白玉般晶莹光滑的石块，顶上隐隐有灯光透出，却瞧不见灯是嵌在哪里的。

铁心兰、花无缺和移花宫主等人，实未想到这洞中竟别有天地，面上多多少少都不禁露出些惊奇之色。

小鱼儿笑嘻嘻道：“你们现在就奇怪了么？等你们到里面去一瞧，那更不知道要有多么奇怪了，我虽未去过皇宫，但想来皇宫也未必会比魏无牙这老鼠洞漂亮。”

他又说又笑，还像是生怕别人听不见，甬道里面回声不绝，到处都是他嘻嘻哈哈的笑声。

怜星宫主冷冷道：“你不说话，也没有人会将你当哑巴的。”

小鱼儿道："你怕魏无牙听到么？"

他不等怜星宫主说话，接着又笑道："我若要来找人麻烦，就一定要光明正大地走进来，若是偷偷摸摸地怕人听见，就算不得英雄好汉。"

怜星宫主也不答话，却缓缓道："魏无牙，你听着，移花宫有人来访，你出来吧。"

她说话的声音并不高昂，但却盖过了小鱼儿的笑声，一字字传送到远处，可是除了她自己的回声外，就再也听不到一丝声音。

苏樱面上的神情不禁更是忧虑。

魏无牙此刻实已凶多吉少，他若还没有死，用不着等小鱼儿大声说笑，更用不着怜星宫主喊话叫阵，这甬道中的机关必定早已发动了。

突见邀月宫主停了脚步，道："你看这是什么？"

大家随着她望去，才发觉这甬道的地上，竟留着一行脚印，每隔三尺，就有一个，就算是用尺量着画上去的，也没有如此规律整齐。

这甬道中地上铺的石头，也和两壁一样，平滑坚实，就算是用刀来刻，也十分不容易。

但这人的脚印竟比刀刻的还清楚。

怜星宫主道："此人为的是来找魏无牙，又何苦将功力浪费在这里，拿地上的石头来出气？"

小鱼儿摇了摇头，笑道："以我看来，说这话的才真有点笨哩！"

怜星宫主怒道："你说什么？"

小鱼儿道："据我所知，单只这一条甬道里，就至少有十几种机关埋伏，每一种都很可能要你送命。"

怜星宫主道："你怎知道？"

小鱼儿笑了笑，道："就因为我至少已经尝过了十三种。"

他接着又道："此人既然要来找魏无牙的麻烦，必然对魏无牙知道得很清楚，走在这甬道里必定步步为营，全身功力，也都蓄满待发，你瞧他脚步间隔如此整齐，就可想见他那时的情况。"

怜星宫主道："不错，一个人武功若练到极峰，那么等他功力集中时，一举一动，都必定自有规律。"

小鱼儿道："但他并不知道机关要在何时发动，是以他集中的功力随时都在跃跃欲动，便不知不觉在地上留下了脚印。"

他瞧了怜星宫主一眼，笑着接道："由此可见，此人并不是呆子，只不过功力太强了些而已。"

怜星宫主沉着脸，竟不说话了。

邀月宫主道："但这甬道中的机关却一直并未发动，是么？"

小鱼儿道："不错，机关发动后，无论是否伤了人，都会有痕迹留下来的，要等人收拾过后才能复原，而这人走进来后，这洞里的人就好像已死光了，否则我们走到这里，至少要遇见十来种埋伏。"

邀月宫主道："但此人来时，洞中必定还有人在，机关又为何始终未曾发动呢？"

小鱼儿眼珠转了转，道："我虽未见到这人走进来时的情况，但可以想见他必定也和我们一样，一面走，一面亮着字号，'魏无牙你听着，我某某人来找你了！'这里的机关未曾发动，想必是因为魏无牙一听他的名头，就大吃一惊，知道就算将机关发动也没有用的，又生怕激恼了此人，所以就索性做大方些。"

她们姐妹两人对望了一眼，心里似乎突然想起一个人来！只有小鱼儿才知道她们是想错了。

苏樱忽然道："看这人的脚印，比平常人至少要大出一半，可见他的身材必定很魁伟，他随随便便一跨出，就有三尺远，可见他的两条腿必定很长。"

她发现每个人的眼睛都已望在她脸上，似乎都在等她说下去。

她就接着道："据我所知，普天之下，只有一个人的功力如此强猛，而传说中他的身材也和此人一样。"

移花宫主姐妹又对望了一眼，怜星宫主沉着声道："谁？"

苏樱道："大侠燕南天！"

移花宫主自然也早已想到此人就是燕南天了，但骤然听到"燕南天"三个字，这冷静得有如冰湖雪水般的两姐妹，面上也不禁为之动容，姐妹两人都不禁向小鱼儿望了一眼，目光却又立刻收了回来。

小鱼儿的眼睛也在留意着她们神情的变化。

这其中只有小鱼儿知道此人绝不会是燕南天，因为燕南天纵然还活着，功力也不会恢复得这么快。

但眼珠子一转，却拍手道："不错，这人必定就是燕南天大侠，除了燕大侠外，还有谁有这么高的武功，这么大的力气？"

邀月宫主忽然道："此人绝不会是燕南天！"

邀月宫主冷冷道："他纵然未死，必定也已和死差不多了。"

怜星宫主道："不错，此人最是好名，以前他每隔一两个月，总要做一件让人人都知道的事，他若还没有死，这二十年来，为什么全没有他的消息？"

苏樱眼波流转，缓缓道："你们为什么不进去瞧瞧，说不定他还在这里没有走哩。"

这句话还未说完，移花宫主姐妹两人飞也似的掠过甬道。

连花无缺和铁心兰也被她们抛下了。

第一百零三章

莫测高深

铁心兰恰巧又站在花无缺和小鱼儿中间，她连头也不敢抬起，神情看来是那么悲惨，那么可怜。

花无缺目中也充满了矛盾和痛苦之色，他抬起头，似乎想说什么，但一个字也没有说出来，垂下头疾步前行。

谁知小鱼儿忽然扑在他面前，笑道："谢谢你。"

花无缺默然半晌，勉强一笑，道："你并没有什么该谢我的。"

小鱼儿叹了口气，道："现在三个月已经过去，我知道你已不再将我当作你的朋友，但你却还是为我保守了一些秘密，我自然应该谢谢你。"

花无缺又沉默了许久，他每说一句话，都变得好像非常困难，过了半晌，才听他缓缓道："你用不着谢我，这只不过是因为我生来就不是个喜欢多嘴的人。"

小鱼儿道："但这件事你本该告诉你师父的，而你却连一个字都没有说，这自然是为了我，只有朋友才会互相保守秘密，仇人……"

花无缺面上的肌肉一阵抽搐，厉声道："但我却不是这样的小人！"他说完了这句话，身子已闪过小鱼儿，冲了进去。

小鱼儿又叹了口气，喃喃道："就因为你太君子了，所以才没有反抗的勇气，你为什么不能学学我，也做个叛徒呢……"

铁心兰忽然掩面狂奔而出。

苏樱立刻大声呼唤她，她不理也不睬，她心里只有一个念头，那就是远远离开这里，远远离开这些人。

小鱼儿笑了笑道："一个人若是决心要走，谁也拉不住他的。"

他虽然在笑，但谁也想不到小鱼儿的笑容竟也会如此凄惨。

苏樱道："但你一定可以拉住她的。"

小鱼儿忽然跳了起来，大声道："你想要我怎样？你难道要我用铁链子锁住她？难道要我跪在地上，痛哭流涕地抱住她的腿！"

苏樱呆呆地瞧着他，目光渐渐蒙眬，眼角缓缓沁出了两滴晶莹的泪珠，沿着她苍白的脸，滴在她衣服上。

小鱼儿扭过头不去瞧她，冷冷道："她走了你本该开心才是，哭什么呢？"

苏樱流着泪道："现在我只希望也能像她一样，远远地走开，再也看不到你为她生气，为她难受伤心。"

小鱼儿大笑道："我伤心？我难受？我为什么要难受？"

苏樱道："只因这次是她要离开你，而不是你要离开她。"

这简简单单的两句话，其中却含蕴最深刻、最复杂的道理，正如一根针，直刺入小鱼儿的心底。

小鱼儿又跳了起来，道："既然如此，你为什么不走呢？"

苏樱只有用眼泪来代替回答。

小鱼儿忽然一把搂住了她，嘴唇重重压在她的嘴唇上，他抱得那么紧，似乎要将苏樱整个人都揉碎。

苏樱似已完全崩溃了，但忽然间，她又用力去捶小鱼儿的身子，用力推着他的胸膛，嘶声道："放开我，放开我。"

小鱼儿道："你……你难道不喜欢……"

他忽然放开手，用手掩着嘴，嘴唇上似已沁出鲜血，脸色也变了，也不知是愤怒还是惊奇。苏樱已踉跄退到墙角，不住喘息。

小鱼儿终于长长叹了口气，苦笑道："我现在才知道我弄错了。"

苏樱目中又流下了泪来，颤声道："你没有错，我也并不是不愿你……你抱我，但现在我却不愿你抱着我，心里还在想着别人。"

小鱼儿呆了半晌，刚抬起头，话还没有说出口来，却发现怜星宫主不知何时已站在甬道尽头，冷冷地瞧着他们。

在这地方的中央，有一张很大很大的石椅，是用一整块石头雕塑成的，虽然是石头，但却比玉质更晶莹，连一丝杂色都看不到，这洞中阴寒之气砭人肌肤，但只要坐在这石椅上，立刻便觉得温暖如春。

像这样的石椅，普天之下，只怕再也找不出第二张了，但现在这石椅却已被一剑劈成两半!

邀月宫主和花无缺就在这石椅前，凝注着这石椅被劈开的切口，面色看来都十分凝重。

邀月宫主沉着脸没有说话，过了半晌，忽然自宽大的白袍中，抽出一柄墨绿色的短剑。

剑长一尺七寸，骤看似乎没有什么光泽，但若多看两眼，便会觉得剑气森森，逼人眉睫，连眼睛都难睁开。

邀月宫主对这短剑也似十分珍惜，以指尖轻抚着剑脊，又沉吟了许久，才将剑交给花无缺，道:“你且用九成力在这石椅上砍一剑。”

花无缺道:“是。”

他用双手接过剑，才发觉这短短一柄剑分量沉重，竟远出他意料之外，而且指尖一触剑身，便觉一股寒气直透心腑。

花无缺不敢再问，右手持剑，左足前踏，“有凤来仪”，剑光如匹练般向那石椅劈了下去。

他几乎已将全身真力都凝注在手腕上，莫说这柄剑还是切金断玉的利器，就算他手里拿着的只是柄竹剑，这一剑击下，也足以碎石成粉!

只听“当”的一声，火星四激，这一剑竟只不过将石椅劈开了一尺多而已，剑身就嵌在石缝里。

花无缺手握剑柄，呆了半晌，额上已沁出冷汗。

劈开这石椅的人，就算用的是一柄和他同样锋利的宝剑，功力也至少要比他高出数倍!

世上竟有这样的高手，这实在令人难以想象。

邀月宫主似乎叹了口气，缓缓道:“久闻‘青玉石’石质之坚，天下无双，如今看来果然不错，此人能将青玉石一劈为二，剑法倒也不差。”

花无缺忍不住道:“此人剑法虽高，但他的功力只怕更……”

邀月宫主截断了他的话，冷冷道:“这椅背高达五尺，他一剑竟能劈开，而你一剑只能劈开尺余，你就认为他的功力至少要比你强三倍，是么?”

花无缺道："弟子惭愧。"

他接着又道："弟子一剑将石椅劈开时，自觉余力仍甚强，至少可再劈下三尺，谁知剑下一尺后余力即尽，由此可知，愈往下劈愈是艰难。"

邀月宫主道："不错。"

花无缺道："弟子将这石椅劈开一尺时，只用了三分气力，但再往下劈了三寸，却用了七分气力，此人一剑将石椅劈开五尺，功力又何止比弟子高出三倍！"

邀月宫主淡淡一笑，道："你错了，你用不着妄自菲薄。普天之下，绝无一人功力能比你高出三倍的，只是你不明白这其中道理何在而已。"

花无缺垂首道："是，弟子愚昧。"

邀月宫主道："人能一剑劈开石椅，而你不能，并不是因为他功力比你高出数倍，只不过是因为他使剑的手法比你巧而已。"

此话道理看来虽浅显，其实却正是武功中至深至奥之理，花无缺仔细咀嚼着其中滋味，只觉受用无穷，又惊又喜。

邀月宫主道："此人不但手法比你巧，出手也比你快，只因'快'，就是'力'，所以他才能你之所不能。你若和他动手，五十招内，他就可封住你的剑势，一百招内，他只怕就已可取下你的首级来！"

花无缺额上又沁出冷汗。

邀月宫主道："除此之外，他这一剑劈下时，必是满怀愤怒，只想取人性命，并未考虑到这一剑是否能将石椅劈成两半，出手的气势就自不同。而你出手时，却只是斤斤计较着能将石椅劈开多少，气势已比人弱了七分，你和人动手时若也如此，那就危险得很了。"

这一席话只说得花无缺不敢抬头，汗透重衣。

突听一人拍手笑道："移花宫主妙论武功，果然精辟入微，令人闻之茅塞顿开，就连我都忍不住有点佩服你了。"

小鱼儿已笑嘻嘻走了进来，若是换了别人，嘴上被咬破一块，必定少不得要遮遮掩掩。

但小鱼儿却一点也不在乎，眼珠子一转，悠然盯在那柄墨绿色的短剑上，悚然动容道：“这难道就是传说中那柄上古神兵‘碧血照丹青’么？”

邀月宫主冷冷道：“你眼力倒不错。”

小鱼儿道：“据说自古以来，所有神兵利器在冶造时，都要以活人的血来祭剑之后，才能铸成，还有些人竟不惜以身殉剑。是以自干将莫邪始，每一柄宝剑的历史，必定都是凄恻动人的故事！”

邀月宫主道：“现在并不是说故事的时候。”

小鱼儿也不理她，接着道：“只有这柄‘碧血照丹青’，用一个人的热血来祭剑，剑还是不成，铸剑师的妻子儿女都相继以身殉剑，也没有用，铸剑师悲愤之下，自己也跃入冶炉，谁知他自己跳下去后，炉火竟立刻纯青，又燃烧了两日后，才有个过路的道人将剑铸成。据说此剑出炉后，天地俱为之变色，一声霹雳大震，那道人吃了一惊，被霹雳震倒，竟恰巧跌倒在这柄剑上，就做了这柄剑出世后的第一个牺牲品。”

说到这里，小鱼儿才笑了笑，道：“这些话当然只不过是后人故神其说，并不足信，试想那些人既已死尽，这故事又是谁说出来的呢？”

邀月宫主道：“不错，这些事并不足信，但有一件事你却不能不信。”

小鱼儿道：“什么事？”

邀月宫主道：“那铸剑人自己跃入冶炉时，悲愤之下，曾赌了个恶咒，说此剑若能出炉，以后只要见到此剑的人，必将死于此剑之下！”

她目光冷冷地凝注着小鱼儿，一字字接着道：“唯有这件事，你不能不信！”

苏樱听得忍不住激灵灵打了个寒噤，情不自禁，转过了头去，不敢再向那不祥的凶器看一眼。

花无缺忽然“锵”地自石上抽出了剑，双手送到邀月宫主面前。邀月宫主目光闪动，淡淡道：“你留着它吧。”

花无缺脸色变了变，垂下头去，道：“弟子……”

他话还没有说出来，小鱼儿又大笑道：“你将剑送给他，可是想要他用这柄剑来杀我么？但你莫忘记，那铸剑师的恶咒若是真的很灵，你也免不了要死在这柄剑下的！”

邀月宫主的面色也忽然为之惨变，目光忽然刀一般转到花无缺身上，但这时怜星宫主已抢着道：“无缺，你去将铁心兰找回来。”

花无缺似乎又吃了一惊，失声道：“她……”他瞧了小鱼儿一眼，立刻又闭上了嘴。

怜星宫主道：“她已走了，但以她的脚力，必定不会走得太远，你一定能追得上的。”

花无缺垂首道：“但弟子……弟子……”

怜星宫主厉声道：“你怎样？你难道连我的话都不听？”

花无缺又瞧了小鱼儿一眼，虽然满面俱是痛苦为难之色，却还是不敢再说什么，笔直冲了出去。

小鱼儿却似完全没有留意到他，道：“你们进来时，这老鼠洞里已没有人了么？”

邀月宫主方才听了那句话后，到现在仿佛还是心事重重。

怜星宫主沉声道：“一个人都没有。”

小鱼儿皱眉道：“那么魏无牙呢？他难道已经逃走了么？”苏樱虽未说话，却忍不住露出惊喜之色。

小鱼儿眼珠子一转，道：“你能不能扶着我到四下去瞧瞧？”

魏无牙就算是世上最残酷恶毒的小人，但做起事来却当真不愧为大手笔，竟几乎将这座山的山腹都挖空了。

除了这一片宫殿般的主洞外，四面还建造了无数间较小的洞室，一间间排列得就像蜂房似的。

苏樱扶着小鱼儿一间间走过去，只见每间洞室都很整洁，甚至可以说都很华丽，而且还都有张很柔软、很舒服的床。

小鱼儿叹了口气，道：“我大概已经有两三年没有在这么舒服的床上睡过觉，想不到这些小老鼠的日子倒比我过得舒服。”

苏樱道：“魏……魏无牙对门下的弟子虽然刻薄寡恩，但只要他们不犯错，日常生活上的享受倒的确还不错。”

小鱼儿道：“但老鼠为什么要搬家呢？他们难道早已算准了有猫要来么？魏无牙的本事就算不小，总也不能未卜先知吧。”

苏樱默然半晌，道：“不错，这人既是突然而来的，魏无牙就绝不可能知道，他若在仓促间逃走，就绝不会走得如此干净。”

小鱼儿道："何况，他在这里苦练了二十年的武功，又建造了这许多机关消息，为的就是要准备对付燕大侠和移花宫主。"

苏樱点了点头，道："不错，他的确有这意思。"

小鱼儿道："但他自己现在却偏偏走了，这是为了什么呢？这道理你能想得通么？"

苏樱苦笑道："我想不通。"

小鱼儿道："除此之外，我还有件想不通的事。"

苏樱道："哦？"

小鱼儿道："那天我受了重伤时，魏无牙忽然匆匆而出，去迎接一位贵客，现在我才知道，这位贵客就是江别鹤。"

苏樱道："不错。"

小鱼儿道："江别鹤虽然是江南大侠，但'江南大侠'这四个字，在魏无牙眼中，只怕连一文都不值。"

苏樱道："看来只怕是早就认得的，否则江别鹤既不会找上门来，也根本就找不着他。"

小鱼儿道："所以我就又想不通了，江别鹤崛起江湖，只不过是近年来的事，魏无牙却已在这里隐居了十七八年，他们是怎么会认得的呢？"

他叹了口气，接着又道："这两人既已勾结在一起，魏无牙如虎添翼，本该更不会走的，但却偏偏走了，所以我想，这件事其中必定有些阴谋，说不定根本就是他们故意布置出来的圈套，我一走进来，就觉得这地方有些不对了。"

突听一人道："有什么不对？"

这语声忽然自他们身后发出来，但苏樱和小鱼儿非但都没有吃惊，甚至根本没有回头去瞧一眼。

因为他们知道移花宫主必定会跟在他们身后的，也知道以移花宫主的轻功，他们必定觉察不到。

小鱼儿道："这地方虽然连个人影都没有，但我却觉得到处都充满了杀机，好像已走进了座坟墓，再也出不去。"

怜星宫主冷冷道："这只不过是你疑心生暗鬼而已。"

小鱼儿道："这也许只不过是我的疑心病，但无论如何，我却不想再留在这地方了，你们若不想走，我可要先走一步……”

他的话还未说完，突听一人咯咯笑道：“你现在要走，只怕已来不及了。”

小鱼儿这一辈子虽然活得还不算长，但各式各样的笑声倒也听过不少，但无论多么难听的笑声，若和这笑声一比，简直就变得如同仙乐了。他也知道，普天之下，只有一个人的声音会如此难听。

移花宫主和苏樱都已悚然失色。

小鱼儿也忍不住叫了起来，道：“魏无牙还在这里！”这洞中的人既已走光了，魏无牙怎还在这里？

只听那人咯咯笑道：“不错，我还在这里！我在这里等候各位的大驾已有多时了。”

这笑声就是从隔壁的一间石室中传出来的。

但在这刺耳的笑声中，这洞室的石壁忽然奇迹般打开，一辆很小巧的两轮车已自石壁中滑了出来。

这辆车子是用一种发亮的金属造成的，看来非常灵便，非常轻巧，上面坐着个童子般的侏儒。

他盘膝坐在这辆轮车上，根本就瞧不见他的两条腿。

他的眼睛又狡猾，又恶毒，带着山雨欲来时那种绝望的死灰色，但有时却又偏偏会露出一丝天真顽皮的光芒，就像是个恶作剧的孩子。

他的脸歪曲而狞恶，看来就像是一只等着择人而噬的饿狼，但嘴角有时却又偏偏会露出一丝甜蜜的微笑。

小鱼儿说得不错，这人实在是用毒药和蜜糖混合成的，你明明知道他要杀你时，还会忍不住要可怜他。

移花宫主一眼瞧见他，竟也不禁骤然顿住身形，不愿再向他接近半寸，正如一个人骤然见到一条毒蛇似的。

魏无牙悠然道：“你方才说的并不错，这里实在已是一座坟墓，你们再也休想走出去了！”

邀月宫主变色道：“你说什么？”

魏无牙道：“这里就是整个洞府的机关枢纽所在地，现在我已将所有的出路全都封死，莫说是人，就算一只苍蝇也休想飞得出去了。”

小鱼儿大骇之下，就想赶出去瞧瞧，但忽又停住，因为他知道魏无牙既然说出这话来，就绝不会骗人的。

他眼珠子一转，却笑道："你将所有的出路全都封死了？"

魏无牙道："不错。"

小鱼儿笑道："那么，难道你自己也不想出去了么？"

魏无牙道："我正是已不想再出去。"

第一百零四章

见利忘义

小鱼儿大笑道："你说的话，有谁会相信？就算你要将她们活活葬在这里，你也可以找别人来发动这机关，为什么自己要来陪葬呢？"

魏无牙淡淡道："这只因我要亲眼瞧见她们死，亲眼瞧见她们临死前的痛苦之态，我还要亲眼瞧瞧她们被饥饿和恐惧折磨时，是不是还能保持这样圣女的模样！"

小鱼儿望了移花宫主一眼，只见这姐妹两人就像是忽然变成了两个石像，连动都不动。小鱼儿眼珠子一转，忽又大笑道："但你这样做，一定是因为自知还不是她们的对手，否则你就可以真刀真枪地杀了她们，用不着自己也来陪葬了，是么？"

魏无牙叹道："不错，我本以为这二十年来，武功已精进许多，已足可将她们置于死地，但见到江别鹤时，才知道自己错了。"

小鱼儿又不觉怔了怔，道："你为何要等见到他时，才知道自己错了？"

魏无牙道："二十年前，江别鹤的武功根本还不入流，但现在却已可算得上是江湖中的一流高手，这二十年来，连他的武功都进步了这么多，何况移花宫主？我和移花宫主的武功若是同样在进步，那么我再练二十年，还是一样胜不过她们，何况，她们有姐妹两人，我却只有孤零零一个。"

他笑了笑，接着道："所以我想来想去，只有用这一手了。"

小鱼儿道："既然如此，她们现在要杀你，还是简单得很，你……"

魏无牙冷冷道："这些门户俱是万斤巨石，现在已被封死，连我自己也是开不开的。"

小鱼儿也石头般怔住，再也说不出话来。

魏无牙道："何况，你们就算明知这里的门户都已被封死，还是难免要抱万一的希望，而我就是你们唯一的希望，所以我算准你们绝不敢杀了我的！"

他忽又笑了笑，道："樱儿，你为什么躲在外面不敢进来？"

苏樱垂首走了进来，脸色也苍白得可怕。

魏无牙瞪着她瞧了半晌，又瞧了瞧移花宫主，道："我一向对你不错，你可知道是为了什么？"

苏樱垂首道："我……我不知道。"

魏无牙笑道："你若瞧瞧这两位宫主，再自己照照镜子，就会知道了。"

小鱼儿心里一动，这才发现苏樱和移花宫主的容貌竟有七分相似之处。她们都是绝世的美人，面色又都是那么苍白，神情又都是那么冷漠，看来简直就像亲生母女、同胞姐妹差不多。

苏樱也不知是惊是喜，动容道："你老人家对我好，难道就是为了我长得很像她们？"

魏无牙道："不错，否则天下的孤女那么多，我为何要将你一个人救回来？我一向对你百依百顺，就因为我要将你养成冷漠高傲之态，我要你一个人住在那里，就因为我要养成你孤僻的性格……"

苏樱道："你老人家想尽法子，难道只为了要使我变得和她们一模一样么？"

只听小鱼儿拍手大笑道："我现在才明白了，原来你的心上人竟是移花宫主，就因为你得不到她们，所以因爱生恨，才会对她们恨之入骨。"

他是世上最聪明的丑侏儒，竟会爱上世上最最高贵、最最美丽的女人，这种事实在不可思议，妙不可言。

小鱼儿愈想愈好笑，笑得连气都喘不过来。

魏无牙一本正经，缓缓道："二十多年前，我专程赶到移花宫去，向她们两位求亲……"

小鱼儿喘着气笑道："你……你向她们求亲？"

魏无牙正色道："这正是智慧和美丽的结合，正是世上最严肃、最相配的事，你为什么要笑！”

小鱼儿道：“是是是，这件事实在再相配也没有，只可惜她们非但不答应，还要杀了你，你们的仇恨，就是这样结下来的，是么？”

魏无牙叹了口气，虽然没有说话，却已无异默认。

再看移花宫主姐妹两人，已气得发抖。

小鱼儿眼珠子一转，笑嘻嘻道：“有这样的大英雄、大豪杰来向你们求亲，正是你们的光荣，你们为何竟不肯答应呢？我实在觉得很可惜。”

魏无牙大笑道：“你用不着激怒她们，要她们向我出手。她们就算杀了我，你也没什么好处，你若是个聪明人，就该劝她们莫要杀我才是，等我自己饿得受不了时，说不定会想出个法子，将封死的门户再打开的。”

小鱼儿瞪着他瞧了半晌，道：“不错，你现在的确不能死，我还有很多事要问你。”

魏无牙道：“你第一样要问我的，就是方才究竟有谁来了，能一剑将青玉石椅劈开的人，究竟是谁？对不对？”

小鱼儿道：“不对，这件事我已用不着问你，只因我现在已经明白了。谁也没有来。”

魏无牙大笑道：“谁也没有来？在甬道上留下脚印的难道是我么？”

小鱼儿道：“甬道上那些脚印只是你自己刻出来的，所以才会那么整齐。”

魏无牙目光闪动，道：“外面树林中那些人又是谁杀死的呢？”

小鱼儿道：“自然就是你自己杀死的，你打他们的耳光，他们自然不敢还手，也不敢躲避，你要他们上吊，他们就不敢跳河。”

魏无牙道：“如此说来，那青玉石椅难道也是被我自己劈开的么？”

小鱼儿道：“你既然能将青玉石削成椅子，你手里就一定有柄削铁如泥的宝剑。这宝剑既能将青玉石削成椅子，就一定能将椅子劈开两半……这道理岂非明显得很么？”

魏无牙叹了口气，道：“不错，这道理实在很明显了。”

小鱼儿道：“你将树林中的那些徒弟杀死，又在甬道上刻下那些脚印，就是为了要引诱我们走进来。”

魏无牙道："这也很有理。"

小鱼儿道："但你又生怕我们一走进来，发现这里已没有人，就立刻又走出去了，所以你就将那石椅劈成两半，叫我们心中猜疑，而且……"

他歇了口气，才接着道："这里的门房既然全都是千斤巨石做成的，要将它们完全封死，也绝对不是一时半刻间做得到的。"

魏无牙接着道："所以我就要将你们的注意力全都吸引到那张石椅上，我才有时间从从容容将门户封死，是么？"

小鱼儿抚掌道："正是如此。"

魏无牙忽然大笑起来，笑得几乎从轮椅上跑到地上。

小鱼儿瞪眼道："你笑什么？我猜的难道不对么？"

魏无牙大笑道："对对对，实在太对了，你实在是天下第一聪明人。"

小鱼儿笑道："对于这一点，我倒是从来不敢自谦。"

魏无牙道："只不过我也有几句话要问你。"

小鱼儿道："哦？"

魏无牙道："你到我这地方来过，总该知道，这里到处都是奇珍异宝，现在为什么连一件都没有了呢？"

小鱼儿怔了怔，道："这……这自然是你要你的徒弟带出去了。"

魏无牙道："我为什么要他们带走？我既已决心死在这里，为什么不将这些珍宝拿出陪葬，却将它们送给别人，我既然从来也未将我的徒弟当作人，为什么要让他们落个大便宜？……这其中道理你想得通么？"

小鱼儿眼睛忽然一亮，道："这只因你想看我们死了后，再走出去。"

魏无牙道："我若有这样的打算，更不该将珍宝送走了，只因我此刻若想走出去，一定要等你们全都死光，我难道还怕你们这些已死了的人来抢我的珠宝么？"

小鱼儿这次真的怔住了："如此说来，这地方难道真有位武林高手来过么？来的这人是谁？"

魏无牙道："这人是你认得的。"

小鱼儿道："你怎知我认得他？"

魏无牙悠然道："只因他曾经问起过你。"

小鱼儿面上变了变颜色，忽然大笑道："你难道要告诉我，来的这人是燕南天么？"

魏无牙眼睛盯着他，一字字道："不错，来的这人正是燕南天！"

小鱼儿怔了许久，忽又大笑起来，道："燕南天若来过，你怎么还能活在世上害人？"

魏无牙冷笑道："你以为他武功比我高？"

小鱼儿面色又变了变，但瞬即展颜笑道："他若真的来过，甬道上的脚印就是他留下来的，石椅自然也就是被他神剑所劈开，这一剑之威，足以惊动天地，就凭你这身本事，只怕还难伤得了他一根毫发……你的本事我是知道的。"

魏无牙默然半晌，长长叹了口气，道："不错，单只他那一剑之威，已足可睥睨天下，我实在还不是他的敌手。"

小鱼儿道："他若真的来过，为何没有杀了你呢？"

魏无牙缓缓道："这自然有交换条件。"

小鱼儿道："什么条件？"

魏无牙道："我答应交给他一个人，他就答应不伤我性命。"

小鱼儿追问道："你答应将谁交给他？"

魏无牙道："江别鹤！"

小鱼儿又吃了一惊，失声道："江别鹤？燕大侠竟肯为了江别鹤，饶了你的性命？"

魏无牙道："不错。"

小鱼儿道："他为什么要救江别鹤？"

魏无牙笑道："他不是为了要救江别鹤，而是要杀他。"

小鱼儿不禁又是一怔，道："他和江别鹤又有什么仇恨？"

魏无牙默然半晌，缓缓道："你可知道江别鹤的本来面目是谁么？"

小鱼儿道："是谁？"

魏无牙道："他本来就是你父亲的书童江琴，从小就在你们家长大，你父亲和他名虽主仆，其实却无异兄弟。"

小鱼儿吃惊得张大了嘴，合不拢来，忍不住问道："江琴既然和先父也情同手足，燕大侠又为何要杀他？"

魏无牙道："江枫非但是天下少见的美男子，也是数一数二的大富翁，江湖好汉们早已想打他的主意了，只是碍着燕南天，所以迟迟不敢下手。谁知道江枫忽然鬼迷心窍，竟和移花宫门下一个女徒弟私奔了，这女人也就是你的母亲。"

小鱼儿怒道："你说话用字最好放文雅些。"

魏无牙龇牙一笑，悠然接着道："这两人虽然已爱得发晕，不顾一切，但也知道移花宫主是绝不会放过他们的，所以两人一逃回来，江枫就将家财送的送，卖的卖，自己只带着些随身细软准备亡命天涯，隐居避祸。"

小鱼儿怒道："所以你们这些臭强盗就红了眼睛。"

魏无牙道："不错，江枫的计划，是要江琴先轻骑去找燕南天，他自己再带着你母亲穿过一条久已废置的古道，赶去和燕南天会合。这计划本来不错，他走的路本来也很秘密，只可惜江琴还没有去找燕南天时，就先找到咱们十二星相了。"

小鱼儿狠狠道："难怪你认得江别鹤，原来你们早已狼狈为奸，干过买卖。"

魏无牙一笑道："这件事我虽然知道，但却没有出手，因为我就算不出手，也不怕他们得手后不分给我，而且我那时也正有别的事不能分身。"

小鱼儿道："出手的是被燕大侠宰了？他们早该明白燕大侠的手段，为什么还要出手？"

魏无牙道："他们本来打算将这笔账算在移花宫主身上的，让燕南天认为这是移花宫主动的手，再加上江琴又将你父亲带出来的东西开了张清单，这么大的买卖，十二星相又怎肯放过？"

小鱼儿咬牙道："但江琴也该知道十二星相是什么角色，这买卖既然已归了十二星相，他还有什么便宜好占的？"

魏无牙笑道："他的贪心并不大，只要占其中两成，他也知道我们十二星相做买卖最公道，只要答应分给他的，就绝不会赖账。而且，你父亲虽然将他当自己兄弟，但在别人眼中，他还只不过是江枫家里的一个奴才，你父亲若不死，他就一辈子也休想出头。"

他微微一笑，接着道："这人的贪心虽不大，野心却不小，一心只想在江湖中成名立万，所以他就非先害死你父亲不可。”

小鱼儿只觉手脚冰凉，默然半晌，道：“但我父亲后来并不是死在十二星相手上的，是么？”

魏无牙道：“后来的事，我知道得并不太详细，我只知道等燕南天赶去的时候，你父母都死了，只有你还活着。”

小鱼儿强忍住心里的悲痛道：“无论我父母是谁动手杀死的，这原因总是江琴而起。他若不出卖我父亲，这些人就一定找不到他老人家的，是么？”

魏无牙道：“正是如此。”

小鱼儿道：“既是如此，燕大侠那时为何不杀了他呢？”

魏无牙道：“燕南天那时只怕还不知道江琴是罪魁祸首，等他知道的时候，江琴早已溜了。从此之后，江湖中就再也没有听见过江琴的消息，也没有再听到燕南天的消息，后来我才听说燕南天已死在恶人谷。”

他又叹了口气，苦笑道：“谁知这消息竟是放屁，燕南天非但没有死，而且武功又精进了不少，那江琴摇身一变，竟变成江南大侠了。”

小鱼儿默然半晌。他实在也想不通燕南天怎会又现身的，他的病势怎会忽然痊愈。难道是忽然出现了什么奇迹？还是另外又有个像南天大侠路仲远那样的人，又借用了“燕南天”这名字？这人会是谁呢？

第一百零五章

勾心斗角

苏樱忽然问道："这位燕大侠是不是已经将江别鹤杀死了呢？"

魏无牙道："还没有。"

苏樱道："燕大侠为什么还不杀他？"

魏无牙道："因为他要把江别鹤留给小鱼儿，要小鱼儿亲手复仇。他一天找不着小鱼儿，江别鹤就一天不会送命，他十年找不着小鱼儿，江别鹤就十年不会送命。"

苏樱失声道："如此说来，江别鹤岂非……岂非……"她的话虽没有说完，意思却已很明显。

魏无牙大笑道："不错，江别鹤永远也送不了命的，因为燕南天永远也找不着小鱼儿了，他武功虽比江别鹤高明十倍，但却远不及江别鹤诡计多端，他将江别鹤这种人带在身侧，就好像拉着只老虎满街跑似的，迟早有一天，他的命也要送在江别鹤手上。"

小鱼儿大怒道："他饶了你性命，你却这么样对付他，你还算是个人么？"

魏无牙抑住了笑声，恨恨道："他虽然没有杀我，却将我的徒弟全都赶走，而且要他们将我的珠宝全都带走，这岂非和杀了我一样！"

小鱼儿这才完全明白了，忍不住笑道："只怕他非但赶走了你的徒弟，连你那些宝贝老鼠也被赶走了，是么？"

魏无牙咬着牙，道："哼。"

小鱼儿道："原来你是自觉活着没意思了，才想出这最后一招来的，但你平时若对你那些徒弟稍微好些，他们又怎会在你有困难时离你而去？"

魏无牙忽又阴恻恻一笑，道："但现在既已有你们陪着我死，我已经很心满意足了。”

言罢，轧轧声响中，轮车忽而消失不见。

突听移花宫主唤道：“江小鱼，你过来。”

小鱼儿本来似乎不愿过去，但想了想，还是过去了，走了两步，又回过头来望了望苏樱。苏樱本来似乎要先看看魏无牙的反应，便忽又改变了主意，只是向小鱼儿嫣然一笑，就跟了过去。

移花宫主姐妹两人站在“大厅”的中央，神情虽然还是那么骄傲而冷漠，但看来已似忽然变得很渺小、很孤独、很可怜。

但她们还是笔直地站着，没有坐下来。

她们几乎从来也没有坐下来过。

邀月宫主霍然转过身子，像是生怕自己再瞧见小鱼儿一眼之后，会忍不住出手将他杀了。

怜星宫主道：“我们方才已将这小洞四面都探查了一遍。这四面的门户的确已全都被闭死了。”

小鱼儿道：“我根本用不着去看，也知道这绝不会是假的。”

怜星宫主默然半晌，道：“这里门户俱是万斤巨石，绝非人力所能开启，但我想，魏无牙绝不会甘心将自己困死在这里。”

小鱼儿道：“你难道想要我将这条逃路找出来么？”

怜星宫主又沉默了半晌，缓缓道：“我想，你也许有法子能自魏无牙口中探听出来。”

小鱼儿道：“你以为我真有那么大的本事？”

怜星宫主道：“他若不肯说，你就杀了他！”她瞟了苏樱一眼，又道：“我看得出他对你已恨之入骨，若有机会亲手杀你，他绝不会错过。”

小鱼儿道：“这话倒是不错，只可惜我若和他动手，送命的不是他，而是我。”

怜星宫主道：“我也知道你此刻武功还不及他，但只要我教你三个时辰的武功，他就万万不会是你的对手了。”

小鱼儿道：“哦，你真有这么大的把握？我有点不信。”

怜星宫主淡淡道：“本门武功的神奇奥妙，又岂是你们所能想象！”

小鱼儿忽然不说话了。他歪着头想了半天，竟又大笑起来。

怜星宫主怒道：“你以为这是在说笑么？”

小鱼儿道：“我为什么要平白费这么大力气，去和魏无牙动手呢？”

怜星宫主又不禁怔了怔，道：“但你若能将他击倒，再以死相胁，他只怕就会将最后一条逃路说出来的。”

小鱼儿道：“我为什么要逃出去？这里不是很舒服么？”

怜星宫主气得脸色发白，话也说不出来。

小鱼儿悠然道：“我反正也中了毒，迟早总是要死的，就算你们能解了我的毒，我还是难免要死在花无缺手上。既然我算来算去，都是非死不可，倒不如索性死在这里，我看这坟墓倒也堂皇富丽。”

怜星宫主一直瞪着他，等他说完了，又瞪着他许久，忽然道：“我若保证你绝不会死在花无缺手上呢？”

邀月宫主忽然厉声道：“你和花无缺这一战势在必行，绝无更改……”

小鱼儿叹道：“既然如此，那就没法子了，我们大家只好一起在这里等死吧。”

怜星宫主道：“但你莫忘了，我若能令你的武功胜过魏无牙，就也能胜过花无缺，你若能杀了魏无牙，就也能杀了花无缺！”

小鱼儿眨了眨眼睛，道：“花无缺是你们从小养大的，非但是你们的徒弟，简直已和你们的儿子差不多了，我却是你们的仇人之子，若非我明知武功比你们差得太远，说不定我早就要了你们的命了。现在你们竟要传授我武功，要我去杀死你们的徒弟，这种话天下只怕再也没有一个人会相信。”

怜星宫主望了她姐姐一眼，邀月宫主道：“这其中自然有……”

小鱼儿目光闪动，等着她说下去，谁知她刚说了几个字，忽又顿住语声。小鱼儿追问道：“你们若要我相信，也容易得很，只要你们将这其中的原因说出来，你们无论要我做什么，我都可以答应。”小鱼儿眼睛盯着她，悠悠道：“你们难道情愿让魏无牙看见你们临死前的丑态，也不肯说出这秘密么？我可以告诉你们，一个人临死的时候，那样子非但很难看，而且还很可笑。”

邀月宫主咬了咬牙，忽又转过身。怜星宫主也随着她缓缓转过身去，两人既不愿再瞧小鱼儿一眼，也不愿再听他说一个字了。

小鱼儿木头人般愣了半晌，忽然转向苏樱道：“这件事前前后后你已知道了不少，是么？”

苏樱叹道：“我现在已知道江伯母以前本是移花宫的门下，后来……后来……”

小鱼儿咬着牙道：“我父母无疑都是死在她们手上的，她们当时没有斩草除根，现在却想杀了我，以免留下后患。可是她们为什么一定要花无缺动手杀死我呢？她们若肯自己动手，我现在早已不知死过多少次了。”

苏樱道：“她们本来以为你会很恨花无缺的，你不能找她们复仇，就一定会找花无缺，谁知你的思想却开明得很，竟认为上一代的仇恨和下一代无关，所以她们只好逼着花无缺来杀你了。据我看来，你和花无缺之间，必定还有一种极复杂的关系。”

小鱼儿眼睛一亮，又皱眉道：“但我和花无缺之间却又不可能有什么关系的，我一生下就被带到恶人谷去了，在这世上，我根本没有什么亲人。”

洞窟中静寂得实在和坟墓没什么两样，从石壁间透出来的灯光很柔和，月光般照着小鱼儿的脸。这本是张明朗、骄傲、倔强，充满了魅力的脸，但现在看来，却显得说不出的黯淡，说不出的疲倦。苏樱痴痴地瞧着，目中似乎隐隐泛起了泪光。

也不知过了多久，只听小鱼儿喃喃道：“苏樱，你要知道，我并不是怕死，但要我就这样糊里糊涂地死了，我实在不甘心……实在不甘心！”

苏樱道：“这地方门户若真的全都封死了，整个洞窟就该和坟墓般变得密不通风，可是……直到现在我们还没有气闷之感，而且不通气的地方，连火都燃烧不起来。”

小鱼儿用拳头打了打手掌，道：“好，只要他真的还留下一条路，我就有法子要他说出来。”

苏樱忽然一笑，道：“你不是已经不想出去了么？”

小鱼儿向她扮了个鬼脸，道：“那只是我故意要挟她们的，这秘密还没有水落石出之前，我非但自己舍不得死，还舍不得让她们死哩。”绝望之中，忽然又有了一线生机，两人的精神都不禁变得振奋起来。两人正想往前走，忽然身后传来一声叹息：“你们不用找了，我就在这里！”

那本来放着玉椅的石台，现在忽然移开了——魏无牙推着轮车，从下面缓缓滑了上来。“我知道你现在心里一定又在打主意，要想法子令我说出那些通风之处在哪里，那么我劝你，这心思你也不必白费了。因为那时我造那些气孔时，就怕老鼠会从气孔中逃出去。”

小鱼儿沉思了半晌，忽又问道：“你是怕我们死得太快了么？”

魏无牙笑道：“这就对了，我费了许多力气，才将你们弄到这地方来，怎么舍得一下子就将你们闷死？我当然希望你们死得愈慢愈好，这样我才能慢慢欣赏你们临死时忍不住要做出来的种种丑态，我敢担保世上绝没有一件事比这更有趣的了。”他似乎愈想愈有趣，笑得整个人都扭曲起来。

小鱼儿居然也笑了，道：“我们想问问你，你认为我们会做出什么丑态来？”

魏无牙眼睛里闪着光，笑道：“你总该知道，移花宫主姐妹是从不肯随便坐下来的，无论什么地方她们都嫌脏，但我敢担保，不出三天，她们就会躺在那些臭男人睡过的床上了。她们平时什么东西也不肯吃，但再过几天，就算有只死老鼠，她们说不定也会吞下去，也说不定会将你们两人煮来吃了。你信不信？”

小鱼儿大笑道：“她们若真会将我吃下肚里，倒也妙极，我情愿葬在她们两人的肚子里。”他虽在哈哈大笑，暗中却已不禁毛骨悚然，因为他知道魏无牙所说的话，并不是完全不可能。

只听魏无牙笑着又道：“还有，我知道你们这四个人还都是童男童女，还没有一个真正尝过人生的乐趣，到了快死的时候，说不定会忽然觉得这么一死未免太划不来了，说不定就会想尝尝那件事是何滋味。”他眼睛里充满了猥亵之意，脑子里似乎已在幻想着那时的情况，蜷曲着身子狂笑着接道：“到了那时，你这小伙子只怕就要变成宝贝了。”

“你为什么不想尝尝这滋味呢？难道你已经不行了么？”小鱼儿盯着他的两条蜷曲的腿，冷笑道，“原来你早就不行了，所以才会变成这样一个疯子，我本来觉得你很可恨，现在才发觉你原来很可怜。”

魏无牙忽然狂吼一声，向小鱼儿扑了上来。小鱼儿身形急转，双掌反切。谁知魏无牙的身子忽又多出十根短剑，划向他的手腕。原来他每根手指上都留着三四寸长的指甲，平时是蜷曲着的，与人动手时，真气贯注指尖，指甲便剑一般弹出。灯光下，只见这十根指甲隐隐闪着乌光，显然淬着剧毒，小鱼儿只要被他划破一点皮，就无救了。

他这一扑之势，竟藏着三种变化后招，每一种变化都出人意料，招式之怪异狠毒，实是天下无双。苏樱已忍不住惊呼出声来。只见小鱼儿身子就地一滚，已滚出两丈外，这一招破法更非正统武功，只是小鱼儿随机应变临时创出的。

谁知魏无牙身子一转，竟又落回那轮车上。小鱼儿正想扑过去时，轮车忽然围着他兜起圈子。刹那间，小鱼儿只觉自己前后左右，都是魏无牙的人影，竟比那威震天下的八卦游身掌还要厉害三分。

但一个人步法无论多么巧妙，也没有轮子转得快的。小鱼儿只觉头晕眼花，几乎不用魏无牙出手，他就要倒下去了。小鱼儿忽然长啸一声，冲天而起。这一招竟是昆仑派的镇山绝技飞龙大八式。普天之下，唯有飞龙大八式能破解魏无牙这种功夫，除此之外，纵是武当少林的掌门大师，也难免要被魏无牙困死。

谁知他身形方自凌空飞起，魏无牙竟又迎面扑了过来，十根闪闪发着乌光的指甲，又划到他咽喉。这人竟像是已变成小鱼儿的影子，小鱼儿竟连变招都已不及，猝然间竟使出了少林的千斤坠。

要知他身形上冲时突然落下，也并不是件容易事。但小鱼儿偏偏就在这间不容发时落了下来。谁知他身子刚落下，只听“嗖、嗖、嗖”急风破空，三道乌光，分由三个不同的方向射了过来。

原来魏无牙身子虽已飞起，但那轮车却还在不停地转动，这三道乌光，竟是自轮椅中射出来的。这一招才真的出小鱼儿意料之外，若是换了中原武林任何一门一派的高手，此番都难免要丧在这三根乌骨箭下！

只见他身子忽然一折一扭，全身的骨头竟像是都忽然分开了，三道乌光就在这一刹那间擦着他的衣裳飞过。

魏无牙固然是怪招百出，令人难斗，这轮车中也不时射出一两件暗器来，更令人防不胜防。但见魏无牙忽而和这轮椅融为一体，忽而又分开来各自进攻，不到三十招，小鱼儿已觉得吃不消了。

小鱼儿脚步一错，忽然轻飘拍出两掌。这两掌看来也没有什么奇妙之处，但也不知怎地，魏无牙竟险些闪避不开，他再也想不到小鱼儿这一招是从哪里学来的。

更令他想不通的是，小鱼儿的招式竟忽然变了，每一招都变得轻飘飘的，像是一点气力也没有。但每一招发出来，却都是攻向魏无牙自己也想不到的破绽，而且招式看来全无变化，其实却变化无穷。

第一百零六章

难以捉摸

苏樱本来已经快急疯了，此刻面上却露出了微笑。原来就在小鱼儿最危险的时候，他忽然发现了移花宫主，这姐妹两人竟也在远处过起招来。她们所用的招式一正一反，一攻一守，每一招击出时都很慢，像是生怕别人瞧不清楚。

小鱼儿就算再笨，也知道她们是在传授自己武功了，此时此刻，他就算想拒绝也无法拒绝。他随意将邀月宫主方才使出的一招拍了出来，果然令魏无牙大吃一惊，等到魏无牙再攻来时，他就以怜星宫主所使的招式来解救。但也不知怎地，十来招过后，小鱼儿竟轻轻松松地就占了上风。

等到魏无牙也发觉她们时，已被小鱼儿逼得连气都透不过来，他再也想不通自己如此奇诡的招式，怎会被如此平淡的招式克制住。他却不知移花宫主这种招式，并非平淡，而是简练，她们实已将最繁复的变化加以精淬，将无数个变化化为一个。三十招过后，魏无牙声势已弱，变化已穷。

谁知就在这时，突听“叮”的一声。这声音似乎是山洞外传来的，但回音却震动了整个山窟。

小鱼儿一惊，又一喜，魏无牙的轮车已滑开三丈。

这时山外“叮咚”之声不停地传了进来，怜星宫主目中早已忍不住露出喜色。

魏无牙道：“这里既无食物，也无饮水，你们就算有天大的本事，最多也只能维持十天不死，等到外面的人进来时，你们恐怕已剩下一把骨头。”

小鱼儿忽然大声道：“既是如此，我们就非杀你不可了！”

魏无牙道："不错，杀了我，你们也可免得在我眼前出丑，只不过……你们现在杀了我，却未免太可惜了。你们不妨先随我去看几样东西。"

小鱼儿望了移花宫主一眼，道："好，我就跟你去瞧瞧，反正也不怕你在我面前玩花样。"

魏无牙道："在移花宫主和天下第一聪明人面前，我还有什么花样好玩的？"他推动轮车向地道中滑了下去。移花宫主姐妹就像影子般跟着他。

只见魏无牙这时已滑入了一扇很窄的石门——这道石门莫非就是他留下来的秘密出口么？小鱼儿赶紧奔了过去，一走进去，就不禁大失所望，石门后竟是一间六角形的石室，再也没有别的门户。这间石室中光线特别暗，小鱼儿隐隐约约只能看出里面有一口很大的石棺，还有许多石像。小鱼儿忍不住问道："这些石像是什么玩意儿？"

魏无牙吃吃笑道："这些全都是我的精心杰作，我去点起灯，让你们看清楚些。"他笑声中竟带着种说不出的奇怪味道，小鱼儿一听这笑声，就知道这些石像必然有些古怪。

这时魏无牙已滑到墙角，取出了个火折子，将嵌在石墙中的十来盏铜灯，一盏盏燃了起来。他燃起第四盏灯时，小鱼儿已看呆了。

这些石像竟全都雕成移花宫主姐妹和魏无牙自己的模样，而且都和真人差不多大小，每三个自成一组，每一个的姿态都不同。

第一组石像是移花宫主姐妹两人跪在地上，拉着魏无牙的衣角，在向他苦苦哀求。

第二组石像是魏无牙在用鞭子抽着她们，不但移花宫主姐妹面上的痛苦之色栩栩如生，那鞭子也好像活的一样。

第三组石像是移花宫主姐妹趴在地上，魏无牙就踏着她们的背脊，手里还举个杯子在喝酒。

愈到后来，石像的模样就愈不堪入目，而每一个石像却又都雕得活灵活现，纤毫毕露。

小鱼儿忍不住叹了口气，喃喃道："想不到这疯子竟是个如此伟大的天才。"

移花宫主姐妹早已气得全身发抖了，此刻忽然扑上去，提起个石像，摔得片片粉碎。只见这些坚硬的石像，到了移花宫主手里，竟有如纸扎的一般，无数件心血的结晶，眨眼间便化为一片碎石。

魏无牙却只是在那里静静地瞧着，动也不动。怜星宫主终于扑到他面前，怒喝道："你这畜生，这次你还想要我放过你么？"

喝声中，她已拎起了魏无牙的衣襟，将他从轮车上提了起来，向石壁用力掷了出去。

只听"砰"的一声，魏无牙居然摔得粉碎！可是一个人的血肉之躯，又怎会被摔成"粉碎"呢？

怜星宫主怔了怔，才发现这个"魏无牙"原来竟也是用石头雕成的，只不过穿着衣服而已。真的魏无牙竟不知在什么时候溜走了。

这石室仅有的一道门已被封闭，四面石壁，也就是山壁，移花宫主用那么重的石像去摔，石壁也纹风不动，其坚固可想而知。

苏樱默然半晌，道："他既然已将我们困死，为何还要将我们骗到这里来呢？"

小鱼儿苦笑道："这理由太多了。第一，他将我们困在这里，他自己就可以自由活动，甚至可以大吃大喝，等我们饿死后，就可以走了。他用的这法子，就叫'置之死地而后生'，一计中还有一计，主要的目的，只怕还是想将我们骗到这里来，在外面说的那些话，做的那些事，全都是在做戏。"

苏樱垂下头，黯然叹息。小鱼儿苦笑着又道："现在我们就好像是一群关在笼里的猴子，只好做把戏给他看了。"

苏樱再也说不出什么了，过了半晌，小鱼儿又笑了起来，喃喃道："我临死前会变成什么样子，实在连我自己都想象不出，这倒有趣得很。我说不定会将你吃下去，你怕不怕？"

苏樱柔声道："那么我们两个就永远变成一个，我怕什么？"

小鱼儿注视着她的脸，良久良久，才叹息着道："只可惜你太聪明了些，否则说不定我真的会喜欢你了。"

苏樱红着脸，咬着嘴唇道："我听说女人生了孩子后，就会变得笨些的。"

若是换了平时，小鱼儿听到这话一定会放声大笑起来，但此刻他只是觉得心里泛起一阵甜蜜的温柔之意，又带着种说不出的酸楚，他也不知道这究竟是什么滋味，只知道这种滋味他平生也没有领略过。

也不知过了多久，小鱼儿忽然站了起来，走到那青石棺材前，将棺材盖抬了起来，挡在棺材前面，又将四面的碎石在棺材两旁一块块堆起。

移花宫主也不知他这是在干什么，两人愈瞧愈奇怪，虽然忍住不想问，却希望苏樱问他。但苏樱眼睛充满了柔情蜜意，含笑瞧着小鱼儿，也不开口，竟似乎很了解小鱼儿的用意。

只听小鱼儿嘻嘻一笑，道："吃、喝、拉、撒、睡，乃是一个人五样非做不可的事，现在我们虽没有吃喝，但以前吃喝的东西还是要出来，我们既没法子让它留在肚子里，也不能让它拉到裤子上，所以只有用这法子了。"

移花宫主脸都气红了，偏偏又说不出话来。只见小鱼儿已将碎石在棺材两边堆成两道墙，再加上那棺材盖子，就活脱脱是个现成的茅房了。

他拍了拍手，笑道："在下一向敬老尊贤，两位若要用，就先请吧。"移花宫主红着脸跺了跺脚，拧转身去。

小鱼儿又瞧着苏樱，笑道："你呢？"

苏樱脸也红了，道："我……我现在不……不想。"

小鱼儿笑道："既然如此，我就不客气了。"他嘴里说着话，人已钻了进去，过了半晌，才慢吞吞走了出来，一面叹着气，一面喃喃道："舒服舒服，这么舒服的事世上只怕还没有几样。"

他走回去坐下，闭起眼睛，似乎要睡着了。苏樱终于也忍不住悄悄爬起来，向那边走。谁知她身子刚动，小鱼儿左边一只眼睛忽然张开了，笑嘻嘻道："你想了么？"

苏樱红着脸啐道："你真是个小坏蛋。"

又不知过了多久，怜星宫主的脸渐渐涨红了，再过片刻，她两条腿似乎已在轻轻发抖。只听小鱼儿鼻息沉沉，似已睡着。

怜星宫主忽然一阵风似的飘了进去，她就算在和最厉害的对头交手时，也没有用过这么快的身法。

谁知小鱼儿却忽然扑哧一笑，道：“你现在只怕不会再说我无礼，反要感激我了吧！”

小鱼儿笑不出的时候，移花宫主姐妹终于也在地上坐了下来。这只不过是三两天之间的事，但在他们感觉中，却如同十年。就在这时，屋顶上忽然露出饭碗般大小的洞，还有样东西自洞里落了下来，掉在地上，竟是个柚子。

苏樱瞧着这柚子，眼睛已发直了，她从未想到一个柚子竟能令她如此动心，只见移花宫主姐妹的眼色，竟也为这一个柚子而改变。怜星宫主眼睛盯着这柚子，已缓缓站了起来。

突听小鱼儿大笑道：“想不到不可一世的移花宫主，如今竟连别人丢在地下的东西也要捡起来吃了，有趣呀有趣。”怜星宫主身子忽然僵住，指尖却已在发抖。但她的眼睛还是盯着那柚子动也不动。

小鱼儿笑道：“但我若捡别人丢在地上的东西吃，却没有人会笑我的，因为我脸皮本来就和城墙差不多厚。”他嘴里说着话，已跳起来将那柚子攫在手里。

只见小鱼儿将柚子剥成两半，带着清香的水汁，溅得他满脸都是，他伸出舌头来舔了舔，喃喃道：“好甜，好香，看来一个人的脸皮厚些，倒不是件坏事。”他忽然转头向苏樱一笑，又道：“但你的脸皮一向也薄，这柚子也该分一半给你的，是么？”

苏樱忍不住嫣然一笑，柔声道：“我有时真奇怪，一个人有了张强盗的嘴，却偏偏还有颗善良的心。”

小鱼儿将剩下的半边柚子又闻了闻，忽然站起来，走到移花宫主姐妹面前，笑嘻嘻地将半边柚子递出去，道：“这一半是你们的。我知道你们绝不肯吃别人丢掉的东西，但这半个柚子却是我恭恭敬敬送来的，你们已可放心吃了。”移花宫主面面相觑，竟都怔住。

过了半晌，怜星宫主忍不住道：“你……你为什么要这样做？”

小鱼儿默然半晌，缓缓道：“一个人在快要死的时候，还能保持自己的身份，不肯丢人，这种人连我也很佩服的。”只见小鱼儿笑嘻嘻走了过来，脸上既没有得意之色，也没什么难受，就好像他刚吃过一百个柚子，才将吃不下的半个送给别人似的。

苏樱将这半个柚子也分成两半，柔声道："你既然已将这半个柚子送给我，这就是我的，我自然也要送一半给你！"

小鱼儿道："我不要。因为你那一半比我大，我要你那一半。"

苏樱扑哧一笑，道："我若生个孩子像你，我不被他气死才怪。"

第一百零七章

人性弱点

永远高高在上，令人不可仰视的移花宫主，终于也渐渐变得和别人同样平凡。

小鱼儿到这时候，才觉得她们原来也是个人，也有人的各种需要，也有人的各种情感，甚至也有眼泪。现在，她们会不会将那秘密说出来？

苏樱揉了揉眼睛，悄悄道："我们现在难道连一点希望都没有了么？"

小鱼儿默然半晌，也压低语声道："我们若能沉得住气，静静地等死，也许还有一丝希望。"

苏樱道："既然静静地等死，还有什么希望？"

小鱼儿道："魏无牙要我们慢慢地死，就是要我们痛苦、疯狂，甚至自相残杀，因为只有这样他才能得到发泄，但我们现在却都很镇静，我们若是就这样静静地死了，他一定不甘心，一定还会有别的举动，那就是我们的机会到了。"

苏樱眨了眨眼睛，道："所以我们现在一定要想个法子来逼他。"

移花宫主也听不到他们在说什么，过了半晌，只见小鱼儿忽然站了起来，向她们姐妹两人恭恭敬敬行了个礼，然后又长叹一声，道："我江小鱼能和移花宫主死在一起，葬在一起，总算有缘。现在大家反正都快死了，我们昔日的恩怨，也从此一笔勾销，你们为何定要花无缺杀我，究竟有什么秘密，我都不想问了。"移花宫主也不知道他为何忽然说出这种话来，只有睁大了眼睛瞧着他，等他再接着说下去。

小鱼儿道："现在花无缺既然不在这里，我们看来也不会有逃出去的希望，我只求你们让我痛痛快快地死了吧！死，我并不怕，但等死却实在令我受不了。”移花宫主姐妹神情骤然沉重下来。

他一面说话，一面偷偷向移花宫主挤了挤眼睛。邀月宫主怔了怔，怜星宫主已悄悄拉了拉她衣襟，道：“好，你死吧。”

苏樱道：“我这里有两粒毒药，是魏无牙为他徒弟准备的。”

小鱼儿道：“这种毒药的厉害我知道，只要一粒已足够了。”

苏樱凄然一笑，道：“你死了，我是连一时一刻也活不下去的，你难道还不知道？”

小鱼儿默然半晌，道：“好，要死就一起死吧，也免得黄泉路上寂寞。”

突听一人大声道：“死不得，死不得，你们少年恩爱，多活一天，就有一天的乐趣，若是现在死了，岂非太冤枉了么？”小鱼儿和苏樱对望一眼，心里暗道：“他果然沉不住气了。”

只听魏无牙又道：“你们若是觉得心里烦闷，喝几杯酒就会好的，哈哈……这就算我送给你们的合卺酒吧。”话声中，上面那小洞中已抛下了一只酒瓶，小鱼儿刚伸手接着，就又有一只酒瓶落了下来。片刻间，小鱼儿怀里已抱着十二瓶酒，瓶子还都不小。

小鱼儿将六瓶酒放在移花宫主面前，道：“还是老规矩，一人一半。你们若真是素来酒不沾唇，现在更该喝两杯了，一个人若到了临死时还不知道酒的滋味，那实在是白活了一辈子。”片刻之间，他自己已经半瓶酒下了肚。

这酒若是十分辛辣，移花宫主姐妹也许还能忍得住不去喝它，但这酒却偏偏是上好的竹叶青，清香芳洌，教人嗅着都舒服，碧沉沉的酒色，更教人看着顺眼，若有人真能忍得住不喝，那才真是怪事。

怜星宫主瞧了邀月宫主一眼，终于忍不住开了酒瓶，浅浅啜了一口。这一口不喝也还罢了，一口喝了下去，但觉一股暖意直下丹田，却又忍不住打了个寒噤。接着，她全身的血液又热了起来，眼睛也亮了——这一口不喝也还罢了，一口喝下去，哪里还能忍得住不喝第二口？

只见小鱼儿用力敲着酒瓶，引吭高歌道：“君不见黄河之水天上来，奔流到海不复回。君不见……”这正是李白的千年绝唱《将进酒》，移花宫主虽然也曾念过，却总觉得这不过只是个酒鬼疯言疯语。

但此刻怜星宫主几口酒下了肚，只听了两句，已觉得这首长歌的确是气势磅礴，古来少有。

再等到一曲终了时，怜星宫主已不觉热血奔腾，热泪盈眶，不知不觉间，已将一瓶酒都喝了下去，嘴里犹自喃喃道："五花马，千金裘，呼儿将出换美酒，与尔同销万古愁……来，江小鱼我敬你一杯，与你同销这万古愁吧。"

苏樱已不觉看呆了，她想不到怜星宫主竟将一瓶酒喝下去，再想不到她会变成这样子。这实在已不像怜星宫主，就像是另外换了个人似的。

邀月宫主虽也喝了两口，但见她第二瓶酒又喝下去一半，不禁皱眉去夺她酒瓶，道："你已经醉了，放下酒瓶来。"

怜星宫主忽然叫了起来，道："我不要你管，我偏要喝！你已经管了我一辈子，现在我已经快死了，你还要管我？"

邀月宫主又惊又怒，但听到她最后一句话，又不禁长长叹息了一声，也喝了口酒，黯然道："不错，我自己反正也已离死不远，何必再来管你！"

怜星宫主这才转过头，向小鱼儿一笑，道："来，我再敬你一杯，你实在是个很可爱的孩子。"

小鱼儿好像并不在意，随口问道："既是如此，你为什么还要杀我呢？"

邀月宫主面色忽然变了，怜星宫主却只是嘻嘻笑道："这秘密等你死了之后，我一定会告诉你的。"

到了这种时候，她还能忍住不说出这秘密来。

小鱼儿道："一言为定，可是……你若比我先死呢？"

怜星宫主道："那么你就陪我死吧，我在黄泉路上，一定会告诉你。"

小鱼儿叹道："能和你一起死，倒也算不虚此生了。你以为只有魏无牙一个人为你疯狂么？像你这么可爱的人，我……我实在……"他没有再说下去，却用眼睛盯着她的脸。

怜星宫主眼波流动，忽然指着苏樱道："我难道比她还可爱么？"

小鱼儿道："她怎么能和你比，你若肯嫁给我，我现在就娶你。"

两人愈说愈不像话，简直拿别人都当作死的，像是全未看到苏樱的脸色已发白，邀月宫主更已气得全身发抖。

只见怜星宫主笑着笑着，人已到了小鱼儿的怀里，娇笑道：“我一生都没有这么样开心过，我……”邀月宫主不等她说完，已飞身掠了过来。

突听小鱼儿压低声音，悄悄道：“你想不想活着出去，想不想杀了魏无牙出气？”邀月宫主怔了怔，小鱼儿声音更低，道：“你若想，就照我的话做，先打灭这里所有的灯火。”

魏无牙果然一直在外面偷看，他看到怜星宫主扑入小鱼儿怀里时，眼珠子都快凸了出来，全身都紧张得在发抖，掌心也在淌着汗。谁知就在这时，灯火竟忽然灭了。

石室中骤然黑暗得伸手不见五指，什么也看不见。魏无牙几乎急得跳了起来。

只听黑暗中发出各种声音，先是怜星宫主的娇笑，邀月宫主的怒喝，接着又是一阵掌风激荡。黑暗中此刻偏偏连一点声音也没有了，这没有声音实在比什么声音都诱惑，都要急人。魏无牙简直要急疯了。他苦心安排了一切，就为的是等着瞧这一幕，为了这件事，他也不知花了多少心血，甚至已牺牲了一切。

但现在他却偏偏什么也看不到。他疯子似的推动着轮车，去取了盏灯，想将灯光从那小洞中照进去，谁知灯光一移到洞口，就又被打灭了。

只听小鱼儿喘息着笑道：“不准你偷看。”

魏无牙心里就像是有一把火在烧，又像是无数条小虫在爬来爬去，终于咬了咬牙，狞笑道：“你不让我看，我也要看！我死也非看不可。”

他算定邀月宫主此刻必已被打倒，怜星宫主和小鱼儿此刻也绝不会有工夫来对付别人了。只剩下个苏樱，他自然不放在心上。

他等了几十年，好容易才等到今天，这机会他怎肯错过？于是他又拿了盏灯，扳开了门上的枢纽。沉重的石门，无声无息地滑了开来。

魏无牙简直紧张得连气都透不出了，手在发抖，灯也在抖，他用力推动轮车，无声无息地滑了进去。谁知就在这时，黑暗中忽然爆发起一阵狂笑声。

只听小鱼儿狂笑着道："魏无牙，你终于也上了我一次当了！"

魏无牙大惊之下，心胆皆丧。灯光映照处，他赫然发现小鱼儿什么也没有做，正笔直站在他面前，他想后退，邀月宫主却已挡住了那道门户。

小鱼儿笑嘻嘻道："你栽在天下第一聪明人手里，难道还觉得冤枉么？这里若有人为我作传立碑，少不得也会将你带上一笔，你岂非也可名垂千古了。"

魏无牙咽下一口苦水，嗄声道："你……你现在想要怎么样？"

小鱼儿沉下了脸，冷笑道："你现在难道还想要我们相信这里的出路已全都被封死？"他嘴里说着话，已一步步向魏无牙走了过来，再看邀月宫主，目中已射出刀一般的杀气。

"你只不过是想要我带你们出去么？那容易得很。"魏无牙笑道，"我现在已经在往外面走了，你难道看不见？"

小鱼儿讶然道："你现在……"他语声忽然顿住，就像是忽然见到鬼似的，满脸俱是惊惧之色，喉咙里咯咯地响，却说不出话来。小鱼儿指着魏无牙，手指不停地发抖。

邀月宫主站在魏无牙身后，也看不到魏无牙的脸。

只听小鱼儿嗄声道："你……你过来……过来看看他。"邀月宫主赶紧掠到魏无牙面前，也骇得呆住了。灯，还在魏无牙手里，火焰不停地闪动。闪动的火光下，只见魏无牙一张脸已变成死黑色，眼睛和嘴都紧紧闭着，嘴角和眼角一丝丝地往外面冒着鲜血。

邀月宫主也情不自禁，后退了半步，骇然道："他难道竟自杀死了！"只见魏无牙扭曲的嘴角，仿佛带着一丝恶毒的微笑。邀月宫主站在那里，也呆住了。

只见苏樱苍白着脸，走到魏无牙尸身前，恭恭敬敬拜了几拜，目中已流下了几滴眼泪。

她这是在为魏无牙悲哀，还是在为自己悲哀？

突听小鱼儿惊呼一声，道："不好。"

喝声中，他已自那石门中奔了上去。

邀月宫主和苏樱对望了一眼，也不知他又发现了什么事，但此刻大家已唯小鱼儿马首是瞻，小鱼儿惊呼出声，她们面上也不禁变了颜色。

这时怜星宫主鼻息沉沉，似已熟睡。原来方才在那一片令人迷乱的黑暗中，邀月宫主已点了她的睡穴。此刻邀月宫主抱起了怜星，随着小鱼儿掠出。

掠出地道，那巨大的洞窟中仍是静悄悄的，并没有发生什么变化，甚至连四面的灯光都没有熄灭。

但小鱼儿站在那里，脸上却已看不到一丝血色。

小鱼儿沉着脸道："你可听到了什么声音？"

苏樱道："没有听到呀。"四下静寂得如同坟墓！

小鱼儿长长叹了口气，道："就因为你什么声音都听不到，这才可怕。"他话未说完，苏樱也已悚然变色。

花无缺若在外面挖掘地道，就一定会有"叮叮咚咚"的敲石声传进来，但此刻四下静无声音，他显然已住手。他们连最后一线希望都断绝了。只见苏樱已在一旁坐了下来，用手抱着头，似在苦苦思索。

小鱼儿就站在她对面，静静地瞧着她。

小鱼儿痴痴地瞧了半晌，走过去拍了拍她肩头，道："你在想什么？"苏樱仰起头嫣然一笑，眼波如雾夜的星光，看来是那么遥远，那么蒙眬，美丽得令人不可捉摸。

她轻轻抱着小鱼儿的腿，道："我在想，魏无牙必定为他自己留下了一条最后的出路，这已是绝无疑问的事，但我们为何找不着呢？"她咬着嘴唇，缓缓接道："我已在四面都很留意地探查过，这里每一条出路的确都被封死了，山壁上假如还有暗门，我也一定能看得出来的。"

小鱼儿忽然笑了笑，道："这最后一条出路在哪里，我已经知道了。"

这句话说出来，苏樱和邀月宫主几乎都忍不住跳了起来，邀月宫主已风一般掠到小鱼儿面前，动容道："在哪里？"

小鱼儿用手指点着道："那边角落里有块凸起的山石，石头下有个比较大的气孔。你们总该看到了吧？"

邀月宫主道："那气孔虽比别的大些，方圆仍不及一尺，人怎么能钻得出去？”

小鱼儿长长叹息了一声，道：“我们只知道魏无牙必定会为自己留下最后一条出路，却都忘记了一件事。”

苏樱脸色立刻变了，道：“不错，我们的确都忘了最重要的一件事。”

小鱼儿一字字道：“我们都忘了魏无牙是个畸形的侏儒！那气孔我们虽无法出入，他却可以钻得出去。他虽然留下了一条出路，我们也只有瞧着干瞪眼。”

邀月宫主身子一震，几乎再也站立不稳。现在他们所有的希望都已断绝，除了死之外，已无路可走。

第一百零八章

计脱危困

她现在也终于知道魏无牙的计划，果然周密，果然绝无漏洞，这计划中最妙的地方，就是他虽然留下了出路，别人却无法走得出去，他虽然留下了食物，别人却再也休想吃得到嘴。那是一笼看到都恶心的活老鼠。

邀月宫主只觉两条腿轻飘飘的，已无法支持下去，终于也倒了瓶酒，坐下去一口口地喝了起来。

小鱼儿也抱起个酒罐子，拉着苏樱走了出去。苏樱心中虽也充满了悲愤与绝望，却又充满了柔情蜜意。

谁知小鱼儿刚走了两步，忽然失声道："糟了！方才，我们还有希望，所以大家也只有一条心，都想逃出去，正如风雨同舟，自然齐心协力，但现在，所有的希望都已断绝，她就不会放过我了。"话刚说完，眼前人影闪动，邀月宫主已到了他们面前，小鱼儿苦笑着瞧了瞧苏樱，喃喃道："我猜得不错吧！……有时我真希望自己能猜错几件事才好。"

只听邀月宫主冷冷道："你们的话完了么？我再给你们片刻时间，你们快说吧。"

只听小鱼儿忽然大笑道："好，我们迟早总要拼个死活的，但你既说了要让我们再说几句话，你就不能像魏无牙一样在旁边偷听。"

他拉着苏樱走到角落里，嘀嘀咕咕说了几句话，一面说，苏樱一面点头，到最后才听得小鱼儿道："你明白了么？"

苏樱黯然道："我明白了，但你……你也得千万小心呀！"

邀月宫主冷笑道："再小心也没有用的，过来吧。"

小鱼儿笑嘻嘻道："你要杀我，你为什么自己不过来？"邀月宫主脸上又气得变了颜色，谁知小鱼儿这句话刚说完，身子已凌空扑起，闪电般攻出三掌。

这三掌真是凌厉无匹，强劲绝伦，武林中只怕已极少有人能逃得过他这“杀手三招”。

但在邀月宫主眼里，却看得有如儿戏一般，她身子似乎全未动弹，小鱼儿这三掌竟连她的衣角都沾不到。

苏樱只瞧了一眼，已知道小鱼儿绝非邀月宫主的敌手，她似乎不忍再看，竟垂着头走了出去。

他果然愈打愈起劲，果然丝毫没有畏怯之意，每一招使出，都带着虎虎的风声，可见是已用出了十成劲力。但无论他用出多么厉害的招式，邀月宫主只要轻轻一挥手，就将他的攻势化解于无形。

奇招连变，直到此刻为止，她既没有使出移花接玉的功夫来，也没有使出一招杀手。

小鱼儿眨了眨眼睛，忽又笑道：“你究竟是想杀我，还是在跟我闹着玩的？”他不等邀月宫主说话，又笑着道：“你是不是想等到摸清我使力的方向之后，才要我死？”

邀月宫主微微动容，皱眉道：“我为什么要摸清你使力的方向？”

小鱼儿道：“因为你若摸不清我力量发出的方向，就使不出移花接玉的功夫来，是不是？”他的嘴在不停地说着话，手也在不停地挥动攻击，但一双眼睛，却始终瞬也不瞬地瞪着邀月宫主。

邀月宫主面上的神情果然又有了变化，却冷冷道：“我要用移花接玉的功夫时，自然会用的，用不着你着急。”

小鱼儿大笑道：“你也用不着再骗我了，我早已看破了你那移花接玉的秘密，你要不要我说给你听听？”

邀月宫主冷笑道：“就凭你，只怕还不配说起移花接玉这四个字。”

小鱼儿道：“我为什么不配？移花接玉又有什么了不起？那只不过也是种借力使力的功夫罢了，和武当的四两拨千斤、少林的沾衣十八跌也差不了多少，只不过因为你的出手特别快，而且能在对方力量还未充分使出来之前，就抢了先机，先将他的力量拨回去，所以在别人眼中看来，就变得分外神奇，再加上你们自己故作神秘，故弄玄虚，将本来很简单的一件事，故意渲染得十分复杂，十分神秘，所以别人就更认为这种功夫了不起了。”

他滔滔不绝，说到这里，才歇了口气。邀月宫主面上已露出惊讶之色，厉声道：“你还知道什么？”

小鱼儿道：“我虽然还不知道你是用什么手法将别人经脉中的真气拨回去的，但这也无关紧要，因为我已知道了你这种功夫最大的关键，就是要先摸清对方的真气是从什么地方、什么方向发出来的！”

邀月宫主道：“哼。”

小鱼儿道：“因为普通一般人的力量，大多是发自丹田附近几处穴道，所以你不费什么事，就可以将他的力道摸清，但是我……”

他大笑着接道：“我学的武功却和任何人都不同，我的师父至少也有七八十个，甚至连你自己也是其中之一。就因为我学的武功太杂，所以内功也不佳，说来是我最大的缺点，但和你动手时，这反而帮了我的大忙了。”

邀月宫主道：“你以为……”她只说了三个字，就又顿住了语声。

小鱼儿道：“就因为我的内功不佳，出手又没有规矩，所以你一时间竟摸不清我内力发出的方向，就根本使不出移花接玉的功夫来。”

邀月宫主一声冷笑中，她纤纤十指，已向小鱼儿“曲泽”“天泉”两穴之间点了过去，手势如采花拂柳。

这两处穴道属“手厥阴经”，小鱼儿此刻攻出两招，力道正是由此而发，显然她已摸清了小鱼儿真气流动的方位。

谁知小鱼儿身形一转，转开三尺，连一点事也没有。这百发百中万无一失的移花接玉功使到小鱼儿身上，竟变得一点用也没有了。

邀月宫主这才真的吃了一惊，她既已看准了小鱼儿出手的力道发自“手厥阴经”，那就万万不会错的。

只听小鱼儿大笑道：“你想不到吧！告诉你，你以为我那两招用了很大力气，其实我却是一点力气也没有用，你想借我的力气打我自己，但根本连一点力气也没有，这就是我对付移花接玉功的法子，你说这法子好不好？”

邀月宫主变了变颜色，冷笑道：“很好，也亏你想得出这么笨的法子来。你出手若不用力气，就根本无法伤人，自己实在已立于不胜之地，两人交手，若根本无法求胜，难道还不算笨么？”

小鱼儿点了点头，笑嘻嘻道：“不错，我自己也觉得这法子的确很笨，但对付你这样的人，有时愈笨的法子，往往会愈有用。何况，是你想杀我，我根本就不想杀你，我只要能令你伤不了我，就已经很满意了。”

邀月宫主厉声道：“我不用移花接玉的功夫，难道就杀不了你么？”

小鱼儿道：“我正是想瞧瞧你到底还有什么本事能杀得了我！”

他话还未说完，已觉得有一股劲气扑面而来，接着，邀月宫主的一双手就仿佛已化为七八双手了。

小鱼儿只觉得眼前到处都是邀月宫主的掌影，也分不清哪只是实，哪只是虚，更不知道如何招架闪避。

他实在想不到一个人的手动作怎会这么快。他虽然勉强躲过了几招，但连他自己也不知道邀月宫主下一招攻出时，他是否还能躲得开了。

她只差还未使出最终致命的一击！突听小鱼儿大喝：“等一等，我还有最后一句话要说。”

邀月宫主根本不理他，闪电般出手，但一招使出后，却又忽然顿住，只不过手掌仍不离小鱼儿方寸之间，目光始终不离小鱼儿面目，冷冷道：“此时此刻，你还想玩什么花样？”

小鱼儿叹道：“现在你总也该知道，无论如何，我都再也逃不了的，也绝不会再有人来救我，我已没法子不死在你手里。那么，到了这种时候，你总该将那秘密告诉我了吧！”

他满脸都是渴望乞求之色，看来真是说不出的可怜，谁也想不到小鱼儿竟也会露出这样的可怜相。邀月宫主瞧着他，许久没有说话。

邀月宫主忽然道：“你死了之后，我一定将这秘密告诉苏樱。”

小鱼儿嗄声道：“你……难道就不能告诉我吗？”

邀月宫主道：“不能！”

这回答又变得和以前同样坚决，全无商量的余地。

小鱼儿长叹一口气，道：“你这人真比强盗还凶，连我临死前最后一个要求都不肯答应。我若要求别的事，你肯不肯答应呢？”

邀月宫主犹疑了半晌，终于缓缓道：“那也要看你要求的什么事。”

小鱼儿道：“我要小便，行不行？”

在这种时候，他居然提出这种要求来，实在令人哭笑不得，邀月宫主苍白的脸都似乎被气得发红。

小鱼儿道：“我方才酒喝得太多，现在已憋不住了，你若还不肯答应我，我只有在这里就地解决了。”

邀月宫主怒道：“我现在就杀了你！”邀月宫主咬着牙瞪了他半晌，忽也冷笑道：“好，你去吧，我就不信你现在还可玩得出什么花样。”

小鱼儿道：“这地方就是死路一条，我难道还会七十二变，能变个苍蝇飞出去么！”

他又回到方才那地室，只见魏无牙的尸身已渐渐开始干瘪缩小，那模样看来更是令人作呕。

小鱼儿眨了眨眼睛，道：“你不进来？难道不怕我跑了么？”

邀月宫主也不理他，这地室只有这一个出口，她自然知道小鱼儿就算有多大的本事，也无路可逃的。

过了半晌，只听里面“哗啦哗啦”地响了起来，邀月宫主这一辈子几曾听过这种“可怕”的声音？她的脸不禁又红了，只恨不得紧紧堵住耳朵，幸好任何人小便都不会太长的，她忍耐最多也只不过是片刻间的事。

谁知过了半天，那声音还在“哗啦哗啦”地响着。又过了两三盏茶工夫，那声音还在响个不停。

邀月宫主愈等愈不耐烦，愈等愈奇怪。邀月宫主忍不住道：“江小鱼，你为何还不出来？”里面却只有“流水”的声音，竟没有人答话。

邀月宫主虽然明知小鱼儿无路可逃，还是不免有些惊疑，又呼唤了两声，听不到回答，就不禁暗忖道：“这鬼灵精难道真的找到了另一条出口么？他已知道出口在此，所以才使出这诡计让自己逃出去，却将我们困死在这里！”想到这里，她手足都已冰冷，再也顾不得别的事，冲了进去。

不，这里并没有什么变化，那声音还是在“哗啦哗啦”地响，只不过有“墙”挡住视线，也看不出小鱼儿是否还在里面。邀月宫主一冲进去，就挥手发出一股真气。

只听“轰”的一声，那以碎石和棺材盖隔成的三面墙，就都已被震倒，里面果然没有小鱼儿的影子。

只有几只酒瓶，被人用布带捆在一起，从上面那气穴里吊下来，吊在半空中，瓶底都被开了个小洞。

瓶里的酒，就都流入那棺材里，响个不停。

邀月宫主一惊之下，眼角忽然瞥见有条人影蹿了出去。原来小鱼儿一直躲在那道门的后面，邀月宫主的注意力全被那边吸引住时，他就一溜烟蹿了出去。邀月宫主发现他时，他已溜到门外。

等到邀月宫主想追出去时，那石门已无声无息地阖了起来，连小鱼儿的大笑声都被隔断。邀月宫主这才真的吓呆了。

她平生无论遇着什么事，从来也没有惊呼出声，更没有哀求过别人，但此刻她却忍不住大呼道：“江小鱼，开门，让我出去。”

过了半晌，小鱼儿的声音就自上面那气穴中传了下来。只听他笑嘻嘻道：“让你出来？我难道会让你出来杀我么？”

邀月宫主咬着嘴唇道：“我……答应绝不杀你就是！”

小鱼儿已大声道：“你就算不杀我，我也不会放你出来的，只因你不杀我，我却要杀你。你莫忘了，我和你之间的仇恨并不小。”邀月宫主心里一震，再也无话可说。

第一百零九章

明玉神功

邀月宫主几乎连头都已垂了下去。

忽听小鱼儿道："我并不是真的想让你死得这么惨的，只要你肯答应我一件事，我立刻就让你出来。"

邀月宫主脱口道："什么事？"这句话她说出口，已知道小鱼儿要她答应的是什么事了。

小鱼儿果然道："只要你说出那秘密，我就立刻放了你。"

邀月宫主叹息道："你……你休想……"

小鱼儿道："你难道情愿同魏无牙死在一起么？以后若是有人到这里来，发现你们同穴而死又会有什么想法？"他笑着接道，"那时别人一定要说，邀月宫主看来虽然冷若冰霜、高不可攀，其实却也有个秘密的情郎，两人竟到这种地方来幽会，而且……"

他一笑顿住语声，故意不再说下去。邀月宫主身子早已在发抖。

小鱼儿道："你不妨再考虑考虑吧，你什么时候说出来，我就什么时候放你，反正我听了这秘密后，也活不长的。"

邀月宫主没有说话——她至少已不再拒绝了。一直伴在小鱼儿身旁的苏樱却叹息了一声，道："到了这种时候，你为什么一定要逼她说出那秘密来呢？她说出来之后，于你又有什么好处，那只不过使你更添些烦恼而已。"

小鱼儿且不回答，却反问道："你总该也知道，我和花无缺之间，总有一个人要死在对方手上，不是他杀死我，就是我杀死他。但我却不相信世上真有命中注定的事，我一定要想法子将它改变，所以我只有逼她说出这秘密来。我若知道她为何一定要我们拼命，我就有法子解决。”

苏樱黯然道：“可是……可是现在你们的命运岂非已经改变了么！现在，你既无法杀他，他更无法杀你，只因你……你已将死在这里。”

小鱼儿道：“谁说我一定要死在这里？我这人天生福气不错，无论遇着什么危险，到时候总能逢凶化吉。我可以跟你打赌，一定会有人来救我的。”

苏樱默然半晌，道：“本来花无缺是一定会想法子来救你的，但现在，他自己也不知道遇到什么意外了，否则他绝不会停手的。”

小鱼儿抚掌笑道：“不错，他最可能遇见的人，就是李大嘴他们了，因为他们在这里有个约会，这两天一定会来的。”

苏樱道：“那么，你以为他们会想法子进来救你么？”

小鱼儿苦笑道：“当然不会，我现在也知道他们以为我会和别人勾结，来对付他们，所以就巴不得我早些死了才好。但他们总以为有一批珠宝被魏无牙藏了起来，若不进来绝不死心，我算准他们不出一天就会进来。”

苏樱道：“他们有法子能进得来么？”

小鱼儿道：“凭他们那几个人的本事，这里就算是铜墙铁壁，他们也有法子能进来的。”

苏樱终于展颜一笑，道：“我只望你这次莫要猜错才好。”话未说完，外面响起了“叮叮咚咚”的开山声。

小鱼儿抚掌大笑道：“你现在总该相信我的本事了吧！”

邀月宫主激动的情绪似已渐渐静了下来，正在静静地闭目调息，且已渐渐进入了物我两忘的状态。

小鱼儿道：“看来现在我只有告诉她，花无缺快进来了。”

苏樱眼睛一亮，道：“不错，我们先告诉她花无缺已经快进来，再告诉她，她若不肯说出那秘密，我们就将这地方封死。我想，她就算将这秘密看得十分重要，也绝不会将它看得比自己生命更重要的。”她的话声还未消失，身后忽然响起了另一个人的声音。

只听怜星宫主一字字道：“你错了，她实在将这秘密看得比性命还重要得多。”这声音虽然十分缓慢，十分平和，但听在小鱼儿和苏樱耳里，却简直好像半空中忽然打下个霹雳。

灯光下，怜星宫主的脸色苍白如纸。

怜星宫主继续道："也许我永远莫要醒过来反倒好些。"她神色仍是一片迷惘，似乎连自己在说什么都不知道。

小鱼儿眼珠子一转，忽然笑道："看样子你好像很难受，其实，喝醉酒也不是什么丢人的事，这世上每天至少有几十万人喝醉的，你何必难受呢？你以为自己做出了什么事？你喝醉后立刻就睡着了，只不过说了几句梦话，像是做了个梦而已。"

怜星宫主顿时吐出口气，眼睛里渐渐有了光辉，苍白的脸上也渐渐有了神采，喃喃道："不错，我的确做了个梦，而且是个很奇怪的梦。"

苏樱瞧着他，目光充满了赞赏之意，像是深深以他为骄傲——每个少女都希望自己的情人慷慨、热情而仁慈。小鱼儿为了求生，虽然也做出过一些不择手段的事，但却有一颗对人类充满了热爱的仁慈的心。

过了半晌，怜星宫主才缓缓道："现在她已不能杀你了，你放了她吧。"她说这句话时的口气很奇怪，非但丝毫没有勉强之意，而且竟像是个局外人在劝解似的。

小鱼儿瞧了她两眼，什么话也没有说，就拉着苏樱，走到那机关枢纽的所在之地，怜星宫主竟没有跟来。

他们忍不住要下去瞧瞧，但他却再也未想到邀月宫主竟真的留在那石室中没有出来，而且反而已靠着石壁坐下。

怜星宫主正远远站在一旁，出神地瞧着她，面上的神情看来既有些惊奇，又有些欣羡，甚至还有些妒忌。

小鱼儿愈看愈觉得奇怪，怜星宫主的表情虽奇怪，邀月宫主的脸色却更奇怪，她一张脸非红非白，竟已变成透明的。灯光映照下，她肌肉里的每一根筋络、每一根骨头，都仿佛能看得清清楚楚，这一张绝顶美丽的脸，竟变得说不出的诡秘可怕。

苏樱骇然道："这是怎么回事，难道她已经……已经走火入魔了？"小鱼儿摇摇头，还没说话，怜星宫主已悄悄退了出来，站在那里痴痴地出神，也不知在想些什么。苏樱和小鱼儿就在她对面，她也像是没有瞧见。

小鱼儿不住搭讪着道："一个人的脸会变成透明的，这倒也少见得很，这难道也是你们练的功夫么？"

他见到怜星宫主如此模样，以为她绝不会回答这句话的，谁知怜星宫主虽然还是没有望他一眼，却缓缓道："不错，'明玉功'练到最后一层，就会有这种现象。"

小鱼儿试探着问道："那么，这种功夫一定很厉害了？"

怜星宫主道："这种功夫共分九层，只要能使到第六层，已可与当代第一流高手一争长短，若能使到第八层，就可无敌于天下。二十年前，我们已练到第八层了。本来要将这功夫练到第八层，至少也得要花三十二年苦功，但我们却只练了二十四年，这进境实已超越古人，我们以为最多再过四五年，就可练至巅峰。"

小鱼儿知道她谈锋已被引起，就不再开口，只是静静等着她说下去。过了半晌，怜星宫主果然又叹息着接道："谁知这二十年来，我们的功夫竟一直没有进境，竟似已只能到此为止，再也无法更上一层楼。"

小鱼儿又忍不住地道："但你们……你们为什么练不成呢？"

怜星宫主凝注着小鱼儿，许久没有说话，像是在考虑是否应该回答他这句话，小鱼儿也只有沉住气等着。又过了很久，怜星宫主终于长叹了一声，缓缓道："这乃因前二十四年，我们练功的时候心无旁骛，但到了后二十年，我们却也像凡俗中人一样，也有了烦恼和痛苦，再也无法像以前那么专心一意了。"

小鱼儿默然半晌，喃喃道："二十年前？……二十年前……"他忽然停住了话声，怜星宫主的脸色渐渐又变得苍白，只因她发现小鱼儿已猜出二十年前令她们烦恼和痛苦的是什么事了——二十年前，岂非就是她们第一眼瞧见江枫的时候？

苏樱忽然道："现在……现在邀月宫主莫非已练到第九层了么？"

怜星宫主道："不错。"她目中又露出一丝羡慕和妒忌之色，幽幽道："我实在想不到她苦练二十年不成，居然能在这种时候、这种地方练成了，我……我实在为她高兴。"

小鱼儿咬了咬嘴唇，笑道："这只怕是因为我帮了她的忙。"

怜星宫主叹道："只怕正是如此，因为她被你困在那地方之后，才真的断绝了生机，到了这种时候，人的思想往往会有意想不到的变化，也许在一刹那间，她便已豁然贯通了，她自己只怕也想不到会有这种意外的收获。”

外面的开山声还在不停地响着。小鱼儿耳里听得这“叮叮咚咚”的声音，心里也不知是什么滋味。邀月宫主若已真的天下无敌，此番出去后，他的日子只怕更难过了。

谁知就在这时，开山声竟然又停顿下来。苏樱和怜星宫主不禁为之悚然失色，忍耐着等了很久，只望这声音会再度响起。但她们却失望了。

过了一天，外面还是连丝毫动静也没有，这一天简直比一万年还长。这次连小鱼儿也无法猜得出，能令十大恶人住手的实在不多。现在他们根本已毫无希望。

第一百一十章

恶人恶计

花无缺并没有找到铁心兰。铁心兰竟忽然神秘地消失了。

以花无缺的轻功，无论铁心兰往哪里走，他都必然能追得到，但他寻遍了整个龟山，都找不到铁心兰的影子。等他失望地回去时，魏无牙的洞穴已被封闭。

这变化实在令花无缺吃惊得不知所措，他狂呼大喊，也没有人回答，移花宫主和小鱼儿显然已被封锁在这洞穴中，否则绝不会不告而去，花无缺只觉手足发麻，竟不知该如何是好。

等他自半山的樵子手中借来一柄铁锹和一柄斧头的时候，日色已渐渐西沉，夕阳晚照，晚霞如血。他用尽全身力气，动手开山，开始时，山石在他铁锹下似乎十分脆弱，但后来却愈变愈坚硬，坚硬如铁。

他知道气力也已渐渐不支了，但他却不能停下来，他也不知道洞穴中究竟发生了什么事，他简直要发疯。这时暮霭苍茫，夜色已临。

苍茫的暮色中，忽然冉冉出现了一条人影，她也不说话，只是静静地站在那里，痴痴地望着花无缺。花无缺虽然没有听到她的声音，但本能上却似已觉察出什么，缓缓停住了手，很快地转过身。

然后，他也就像这人影一样怔在那里，不会动了。他再也想不到此刻站在他面前的人，竟是他苦寻不着的铁心兰。在他满山遍路地去追寻铁心兰时，他的思潮正也就像他的脚步一样，始终都没有停下来过。

他想起许多许多话，要对铁心兰说，但此刻，他已面对铁心兰，他反而连一句话都说不出了。铁心兰也没有说什么，甚至连目光都不敢接触他，却悄悄垂下了头，垂头弄着被风吹起的衣角。

“你……你方才到哪里去了？”

铁心兰头垂得更低，道：“我什么地方都没有去，我一直都在这里。”花无缺嘴角动了动，像是想笑，却没有笑出来。

于是他也垂下头，道：“原来你根本就没有走远，难怪我找不到你了……”

铁心兰眨了眨眼睛，道：“你方才见到了魏无牙么？”

花无缺道：“我没有见到，里面一个人也没有，但我以为魏无牙一定躲起来了，趁他们没有防备时，将出路全都封死。”

铁心兰垂头笑了笑，道：“看来现在你的疑心病也不小。”花无缺也不禁垂下头一笑，这才发现自己还是握着铁心兰的手，他的心一跳，立刻就想将手松开。

谁知铁心兰有意无意间，竟也握起了他的手，道：“这山洞是被你师父封死的，她似乎不愿意别人再进去，我只恨……只恨方才为何不进去看看。”花无缺只觉自己的心跳得很厉害，长长呼了口气，勉强笑道：“其实那里面也没有什么好看的。”

铁心兰道：“听说魏无牙一生最喜欢搜集奇珍异宝，有许多东西都是世上很少能见到的，你难道也没有瞧见么？”

花无缺道：“我什么都没有瞧见，也许他把东西全带走了。”

铁心兰道：“也许你根本没有注意。”

花无缺还想说什么，忽然发现她的目光变得很奇怪。她的眼睛本来清澈而纯净的，只不过这些日子来，又添了些忧郁的神色，令人见了心碎。但现在，她的眼睛竟变得仿佛鹰隼般锐利，狐狸般诡谲，而且还带着种令人毛骨悚然的邪气。

在夜色中看来，她的身材体态、她的神情面貌，都和铁心兰一般无二，只有这双眼睛……这双眼睛无论如何也不会是铁心兰的。花无缺只觉心里一寒，就想后退。但这时已经太迟了！

花无缺只觉掌心一麻，接着，麻木就传遍了四肢。他拼尽最后一丝力量，反手切了过去，可是这“铁心兰”的身子已像风一般退了两三丈。他再想追过去，手脚已无法动弹。

只听“铁心兰”笑道：“花无缺呀花无缺，看来你比小鱼儿还差得多哩，要是小鱼儿，我说不到三句话他只怕就看出我来了。”

花无缺心念闪动，突然想起了不男不女屠娇娇的名字，但此刻他连站都站不住了，一句话尚未说出，人已倒了下去。

只听一人冷笑道："你也用不着太得意，依我看来，你那点易容术也稀松得很，到最后还不是被人家看破了么？"

屠娇娇笑道："不错，他到最后是看出来了，但那也只不过是因为我没有时间多学学铁心兰的样子。我总共也不过只将她研究了半个时辰而已，只要能给我半天工夫，就算白天，这小子也未必能瞧得出我来。"

花无缺已隐隐约约猜出这几人是谁了，也知道自己此番落在这几人手里，简直有如肥羊到了屠场。但他并没有为自己的处境担心，因为他知道移花宫主和铁心兰她们的处境，一定比他还要险恶得多。

李大嘴大笑着走过来，将花无缺上上下下、从头到脚，都仔仔细细瞧了一遍，嘴里"啧啧"连声，喃喃道："好，好，简直太好了，这么好的肉，十万人中也未见得有一个，只不过稍微嫌瘦了一点点而已，若是红烧，油就太少了。"

他嘴里说着话，口水似乎要流了下来，一面已伸出手，像是要去捏花无缺的肚子，就像是老太婆上菜市场买鸡似的。花无缺又急又怒，却已偏偏无法阻止。杜杀忽然出声道："住手！"

李大嘴的手缩回去一半，笑道："我现在又不宰他，只不过捏一把有什么关系？"

杜杀冷冷道："此人不失为当世之英雄，我虽不能以武功胜他，至少也该以礼相待，你杀了他倒无妨，却不能羞辱于他！"

花无缺直到此刻才听到句人话，忍不住长长叹了口气，道："多谢。"

花无缺默然半晌，沉声道："在下既已落在各位手中，便已将生死置之度外，'尊敬'两字更不敢奢望，只不过铁心兰……"他眼睛盯着杜杀，一字字道："铁心兰是否也落在各位手里了？"他不问别人，只问杜杀，因为他已看出这五个人中，唯有这满面杀气的人是不会说假话的。

杜杀果然道："是！"

花无缺还是不理别人，只盯着杜杀，道："阁下若肯放了她，在下死而无怨。"

杜杀道："我不妨告诉你，她父亲本是我的八拜之交，我怎会难为她？铁战虽也名列十大恶人，但除了性情狂傲外，若论他的所作所为，和他那把硬骨头，绝不会在那些自命侠义的角色之下……”

花无缺长叹了一声，道：“阁下既如此说，我就放心了，只想再请教阁下，家师……”他刚说了两句，屠娇娇已笑道：“这件事你也该放心了，她们都被魏无牙困死在这山洞里，除非有什么人能从日莲和谷那里借来柄开山巨斧，否则他们这辈子也休想出得来。”

花无缺全身发冷，道：“这话可是真的？”

杜杀沉声道：“我并未见到他们出来。”

花无缺闭起眼睛，不再说话。

第一百一十一章

奇异赌场

屠娇娇道："魏无牙既能将她们困在里面，必定早已计划周详，那山洞里就绝不会有任何吃喝的东西留下来。"

李大嘴道："不错，魏无牙一定早已算准了要将她们饿死在里面。"

屠娇娇道："但你又能饿多久呢？"

李大嘴眼睛一亮，道："光只是没有东西吃，我至少还可以挨十天半个月，但没有水喝，两天都受不了的。"

屠娇娇笑道："正是如此，无论多么强的人，光是两天没水喝，就得要躺下去，移花宫主就算比别人都强些，也必定挨不过三天。"

哈哈儿抚掌道："哈哈，是呀，我们为何不能等上个三五天后再进去呢？"

话未说完，白开心已一个筋斗自树林翻了出来，大笑道："是呀，我们为何不能等三天后再进去取，哈哈，屠娇娇呀屠娇娇，你实在比我想象中还要聪明得多。"

花无缺虽闭着眼睛，耳朵却没有闭着，这些话听入他耳里，他的心已不觉沉了下去，仿佛已沉入万劫不复的无底深渊里。

只听屠娇娇道："现在大家既已留在这里不走，就有几件事要做了。"

白开心道："不错，咱们既已决定留在这里，就该将那两个妞儿也带到这里来。那个半人半鬼的怪物虽然答应在那边看着她们，我还是有些不放心。"

屠娇娇道："正是如此，那两位姑娘我说不定还用得着她们，所以，哈哈儿，就烦你去将她们带到这里来吧。”

白开心“哼”了一声，道：“那么我呢？你要我去干什么？”

屠娇娇道：“你去找一些吃喝的东西来，最少也要够咱们三天吃的。”

李大嘴跳了起来，道：“你为何要他去？这小子根本就不懂得吃，啃个冷馒头就可以过一天了，他弄回来的东西，只怕连狗都不闻。”

屠娇娇笑道：“不错，色鬼大多不讲究吃的，但总也比要你去好，你先去弄条肥肥胖胖的烤人腿回来，咱们就只好饿肚子了。山下的小镇里，好像有家铁器铺，你到那里去弄几件开山的家伙来，依我看，要想将这山洞打通，只怕还不是件容易事。”

哈哈儿道：“哈哈，若是容易，移花宫主她们岂非早就打出来了？”

三个人分头而去，最先回来的是哈哈儿。他拉着一匹骡子，骡子拉着一块大石头。

花无缺正满心焦急地等待着铁心兰，哈哈儿却只不过带回一匹骡子来，花无缺既是惊奇，又是失望。

就在这时，更奇怪的事发生了——这块石头中，竟忽然发出一种很奇异的呻吟声，还夹着吃吃的笑声。

花无缺几乎不相信自己的眼睛，更不相信自己的耳朵。屠娇娇瞟了他一眼，忽然道：“你可瞧见了这块石头么？这是一块魔石，它会吃人，所以又叫作吃人石，你那位铁姑娘就被它吃进肚子里去了。”

花无缺咬着牙，忍耐着不说话。花无缺心里就算一万个不信，但眼睛还是忍不住要往那边看。他眼睛虽在看着，心里还是一万个不相信。

谁知屠娇娇一扬手，那块石头竟真的开了，石头中竟真的有两个人。竟赫然是那白夫人和铁心兰。

此时此刻，此情此景，花无缺倒真的吃了一惊，但哈哈儿和屠娇娇都已一起拍手大笑起来。花无缺也终于发现，这块石头原来是用帆布架起的，然后又将青苔一块块地黏在帆布上。制作得本来已可乱真，再加上夜色如此黝黯，所以花无缺的目光纵敏锐，一时间也未看清。

揭开帆布，里面竟是个精钢铸成的架子，就像是个铁笼，白夫人和铁心兰就被关在这铁笼里。

铁心兰蜷曲在角落里，双手盖着脸，仿佛既不愿让人看到她，她也不愿意看到任何人。白夫人的身子却几乎是完全赤裸着的，而且不停地在扭动着，不停地在笑，又不停地在呻吟。

花无缺只看了一眼，就闭起眼睛不忍再看到铁心兰的模样，也不忍看到白夫人的模样。铁心兰令他伤心，白夫人却实在令他觉得有些恶心。

屠娇娇悠然笑道："铁心兰，铁姑娘，你可知道我们是在对谁说话么？"铁心兰还是以手蒙着脸，不肯抬头。

哈哈儿道："你为什么不张开眼睛来瞧瞧呢，我保证你只要张开眼睛，准会吓一跳。"

花无缺只望铁心兰莫要张开眼睛来，莫要看到他此刻的模样，他永远不愿铁心兰为了他伤心。但铁心兰的手已滑落，头已抬起。

她身子立刻颤抖起来。她冲过来，手抓着铁栅，目光充满了悲痛与绝望，她并没有呼号呐喊，但她的眼色却更令人心碎。花无缺闭起眼睛，只望大地忽然裂开，将他永远吞没。

就在这时，白开心已回来了。

他带回了两大包东西，不停地在喘着气，嘴里喃喃道："我居然会辛辛苦苦去为你们找东西来吃，这简直连我自己都不相信。"

杜杀道："李大嘴呢？为何还不回来？你没有和他一起到那小镇去？"

白开心叫了起来，道："我怎么会和那大嘴狼走一条路？他若能上西天，我宁可下地狱。"

屠娇娇道："那么，这些吃的东西你是从哪里找来的？"

白开心道："就在山脚的那庙里，你难道以为庙里的和尚都是吃素么？告诉你，你的运气不错，我找的这间庙，是个酒肉和尚开的。连老板带伙计都不吃一两肉……他们要吃就一斤一斤地吃。"

他自麻袋中摸出块肉大嚼起来，喃喃又道："嘴是用来吃东西的，不是用来骂人的，谁若用错了地方，倒霉的是他自己。"

笼子里的白夫人忽然跳了起来，瞪着那两只麻袋。她身上已布满了一条条伤痕，有的是鞭子抽出来的，有的是她自己抓的，她实在已被折磨得不像个人，已完全没有人的尊严。就连她的目光看来都已像是只野兽。

屠娇娇拿出个馒头，道：“你也想吃么？抱歉得很，我却非要你们挨饿不可。”

白夫人没有说话，只因她身上的奇痒又发作了。

杜杀皱眉道：“你为何要她们挨饿？”

屠娇娇微笑道：“只因我要拿她们做个试验，看她们饿到什么时候才没有力气，到了那时，我们就可以开始挖洞了。”

最后回来的是李大嘴。他回来的时候，天已经完全亮了。他奔驰了一夜，非但丝毫没有疲倦之意，反而显得很兴奋。

白开心撇着嘴，冷笑道：“你们瞧瞧他得意的模样，就活像牛魔王吃到了唐僧肉。”

屠娇娇抢着道：“你莫听他放屁，快说说你遇见了什么奇怪的事吧！”

杜杀冷冷道：“究竟是什么事？”

李大嘴道：“我下山的时候已经快到子时，我以为那小镇上的人一定都睡着了，谁知那小镇上却是灯火通明，满街上都是人来人往，竟比京城的庙会还热闹。所以我也觉得奇怪，拉了个人一问，才知道原来是有两个人在镇上摆了个赌场，不但镇上的人通宵去赌，连附近几百里地的人都闻风而来，所以这本来很荒凉的小镇，竟变得比通商大埠还热闹。”

哈哈儿道：“哈哈，开赌场是一本万利的生意，咱们不如也去凑凑热闹，我和那两个小子打打对台吧。”

李大嘴笑了笑，道：“像他们那样的赌场，咱们只怕还开不起。只因他们开赌场为的根本不是赚钱，而是为了要过瘾，到那里去赌钱的人，若是赢了，庄家照赔不误，若是输了，只要叩个头就可走路。据说还不到三天，做庄的那两位仁兄已赔了十几万两。”

白开心张大眼睛，道：“杀头的生意有人做，赔本的生意没人做，这两人莫非有毛病？”

李大嘴悠然道：“这两人也没有什么别的毛病，只不过赌瘾大得骇人而已，只要有人陪他们赌，他们就乐不可支，输赢他们根本就不放在心上。”

哈哈儿忽也一拍巴掌，道：“哈哈，我知道了，这样的赌鬼世上的确再也找不出第二个。”

杜杀皱眉道：“真的是轩辕三光？”

李大嘴道：“我看见了他，他却没有看到我，只因那时他眼睛里除了骰子和牌九，就算是他亲爹，他都不会认得了。他那里赌注倒真妙得很，磕一个头算一两，打一记屁股算五钱，他若赢了，赌场里就立刻响起了一片扑通扑通的磕头声，噼里啪啦的打屁股声，再加上他得意的笑声，真是热闹得很。”

屠娇娇道：“他若输了呢？”

李大嘴道：“他若输了，倒真的是一锭一锭的银子拿出来赔给人家，一文都不少。”

杜杀忽然道：“和他一起做庄的那人，你认不认得？”

李大嘴笑道：“那人瘦小枯干，其貌不扬，我连见都没见过。”

屠娇娇悠然道：“这倒说不定，也许我对这人倒蛮有兴趣哩。”

白开心笑道：“我对这人的兴趣也不小，倒真想看看他是怎会和那恶赌鬼交上朋友的，恶赌鬼输的银子，说不定就是他在掏腰包。”

屠娇娇眼珠子一转，笑道：“既然我们两个都对他很有兴趣，那么今天晚上我们就去看看他吧。”

虽已夜深，小镇上果然仍是灯火通明，街上走着的人，大多都是喜气洋洋，但十个中倒有九个看来不像规矩人。

屠娇娇现在的模样，却规矩得很，她打扮得就像是个银子不多，气派却不小的穷酸秀才。白开心自然只好做她的跟班了。

屠娇娇选了个卖云吞面的摊子坐下来，要了一碗面、一个卤蛋，外加一碟卤牛肉。白开心只有在旁边看着的份。

那面摊的老板是个老头子，一面捞面，一面搭讪着道：“你家也是赌钱的么？”

屠娇娇也笑了笑，道：“开赌场的那两人，你可曾见过？”

那老头子叹了口气，道：“那是两个疯子，你家，尤其是瘦的那个，不赌钱的时候，就像是刚死了亲爹似的，成天哭丧着脸，一赌起来，立刻就精神百倍了，我看他这次已赌了三天三夜，连手都没有转过，你家。”

屠娇娇道：“他们输得起么？”

那老头子道：“据说他们整整带了两大车的银子来的，你家说，这不是祖宗缺了德，才生出这种败家子么。”那湖北佬说话倒真是客气，一口一个“你家”，叫人听得受用得很。

说话间，他们已随着几个人走进了小镇里唯一的一家客栈，客栈并不大，现在几乎已经快被挤破了。轩辕三光的赌场就在这家客栈里。

屠娇娇走进去，只见到处都是人挤人，人推人。她的个子本不高，根本就看不到轩辕三光的人在哪里。但她终于听见轩辕三光的声音。

只听一人大笑着吼道：“格老子，你们这些龟儿子一个个地上来好不好，再挤就连你们的蛋黄都要挤出来了。”

屠娇娇虽已有二十年没听过他的声音，但一听到这“格老子”三个字，已知道准是恶赌鬼无疑。

屠娇娇眼珠子一转，拉着白开心挤到墙角，忽然出手点了前面两个人的穴道，那两人连哼都没有哼一声就倒了下去，别的人竟连看都没有往这边看一眼，屠娇娇居然就站到这两人身上去。于是她就终于见到那恶赌鬼轩辕三光了。

现在他们赌的是“单双”，一张八仙桌上，铺着块白布，白布中间画着条黑线，左面的是单，右面的是双。

骰子开出来，若是“单”，那么押在“双”上的人就得磕头打屁股，这种赌钱的法子，当真是简单明了，痛快得很。

他半边衣裳已褪了下来，头发也乱了，却用条又脏又臭的毛巾扎着头，满面俱是油光，眼睛里满是血丝，看来活脱脱就像是个杀猪的。

他面前还摆着几个夹着肉的馒头，显见得非但没睡觉，连饭都来不及吃，而那馒头也不过只咬了一口而已。他模样看来实在狼狈得很，但脸上却是兴高采烈，声音虽已嘶哑了，但还是在直着嗓子穷吼。

屠娇娇眼睛盯在轩辕三光旁边一个人的身上，白开心终于也随着她目光望了过去。

只见这人果然是又黑又瘦，其貌不扬，可是一双满布血丝的眼睛，看来却仍然是炯炯有光。

只听轩辕三光大吼道："龟儿子们，快下注吧，老子要开了。"桌上单、双两边，都押着东西，有的押几个铜板，有的押两块石头，还有的就在破纸上写几个字。桌子旁边，还有两个人在磕头，显然是输得太多了。

轩辕三光手里摇着个破碗，骰子在碗里不停地响，那又黑又瘦的汉子在一旁瞪着眼瞧着，头上直冒汗。突听轩辕三光大喝一声，道："开！"

"砰"的一声，破碗已在桌子上揭了开来。

第一百一十二章

惊人豪赌

人丛中立刻爆发出一片欢呼，有人大笑道：“七点，是单，我赢了。”

轩辕三光大笑道：“有赢家就有输家，入你先人板板，输钱的龟儿子先来磕头吧！”

他自桌上拈起一串铜钱，一面数，一面笑道：“格老子，五十个，你龟儿子居然想赢老子们五十两银子……是哪一个，快出来磕头。”

他一连问了三次，人丛里却没有人答应。

话犹未了，那又黑又瘦的汉子忽然凌空飞了起来，就像是只大鸟似的，盘旋一转，提起了一个人的头发。

那人惊呼道：“不是我押的……不是我押的……”但是那瘦汉子脚尖在另一人肩上只轻轻一点，竟然就将这么大一个人凭空提了起来，“嗖”地掠了回去。

屠娇娇沉声道：“此人不但轻功高明，而且身法古怪得很，我简直连见都没见过。”

白开心沉吟着道：“我们好像见过，只不过……”

屠娇娇冷笑道：“只不过现在已经忘记了，是么？”

这时那黑瘦汉子已将一个太阳穴上贴着狗皮膏药的青衣汉子摔在桌子上，那人还在大叫道：“不是我，你看错了。”

轩辕三光一把拎起他来，怒喝道：“格老子，你龟儿你以为老子们的眼睛不管用么，你龟儿不妨问问这里的人，老子们几时看错过？”

他愈说愈气，反手一个耳光掴了过去，一面打，一面骂道：“赌奸赌猾不赌赖，你龟儿连这规矩都不懂，还敢来赌钱……快滚你妈的臭蛋吧。”

他的手一扬，竟将这人自人丛上直抛了出去，果然没有一个人敢赖账了，赌场里立刻就“噼里啪啦”“扑通扑通”地响了起来，再加上轩辕三光的哈哈大笑声，听起来果然热闹得很。

屠娇娇摇着头笑道：“我看这‘恶赌鬼’现在已经该改个外号了。奇怪的是，这黑小子怎会也跟着他一起发疯呢？难道他们这些银子是从天上掉下来的么？”她笑了笑，又接道：“这也许是因为这小子太年轻，还不懂得银钱的可爱，等他到了我这样的年纪，他就会知道世上再也没有比银钱更可爱的东西了。”

这时轩辕三光又在大吼道：“龟儿子们，都押好了么？老子又要开了。”

他“啪”的一声，刚将那只破碗盖在桌上，突听一人道：“且慢，等我一等。”这声音娇柔清脆，竟是女子的口音，听来说话的人还在门外，但一个字一个字地传进来，竟将四下乱糟糟的人声都压了下去。

轩辕三光咧嘴一笑，道：“赌场里的规矩，你既然来迟了，就得押下一把，但看在你说话的声音很好听的份儿上，就等你一等。”

那声音银铃般笑道：“多谢。”

她的笑声比说话的声音更好听，大家都不禁想瞧瞧来的是何许人也，前面的人都扭过头，伸长脖子去望。

他们什么也没有瞧见，只见靠着门的一群人忽然惊呼着向两旁倒了下去，又听得一个男人的声音喝道：“闪开，让条路出来。”接着，大家就都瞧见五六个铁塔般的锦衣大汉，手里提着皮鞭子，横冲直闯地走了进来。说话声中，外面又有四条锦衣大汉走了进来，两人抬着很大的两口箱子，箱子的分量似乎很重，他们将箱子抬到赌桌前，也叉起手往两旁一站。

轩辕三光一双眼珠子滚来滚去，大笑道：“想不到我们这小庙里竟来了大菩萨。”

他重重一拍那黑瘦汉子的肩头，又笑道：“兄弟，你不是总说赌得不过瘾么？看样子过瘾的已经来了！”

那黑瘦汉子面上什么表情也没有，嘴里也不说一个字——若不是他的眼睛还没有闭上，别人一定要以为他已经睡着了。就在这时，已有三个艳光照人的少妇姗姗而来。

赌场里本来还是乱哄哄的，但她们三个人一进来后，四下忽然变得一点声音都没有了。每个人都张大了嘴，眼睛发直，连呼吸都几乎停顿，只因这三位少妇实在太美，美得简直令人连气都透不过来。

除了衣服的颜色不同外，这三位少妇看来几乎就是一个模子里铸出来的，连走路的步子都完全一样。这时她们已姗姗走到轩辕三光面前，嫣然一笑。

当中的紫衣少妇道："有劳久候，抱歉得很。"

轩辕三光笑道："没得关系，我已有很久没有跟美人赌钱了，再等等都没得关系。"

锦衣大汉们已自外面搬进来三张椅子，用衣襟擦得干干净净，再恭恭敬敬地请那三位少妇坐下。

轩辕三光拍了拍手，道："好，现在姑娘们已经可以下注了，请！"

那紫衣少妇向身旁的锦衣大汉微微点头，那大汉立刻打开一只箱子，大家只觉银光耀目，照得眼睛都花了。

轩辕三光的眼睛也立刻亮了起来，笑道："原来姑娘们竟真的是准备来好好赌一场的，姑娘们找到了我，实在真是找对了人了！"

那紫衣少妇道："这里限不限注的？"

轩辕三光大笑道："你只管放心，随便你押多少，庄家都照赔不误。"

紫衣少妇道："这样最好。"

她挥了挥手，道："五万，双！"

这"五万"两个字说出来，别人只当自己的耳朵有了毛病，但那大汉却真的将五万两白花花白银子堆了上去。

白开心忍不住问道："你看这三个美人儿真是来赌钱的么？"

屠娇娇摇了摇头，道："像她们这样的人，就算要赌钱，也不会巴巴地赶到这里来。"

白开心道："那么，她们难道是想来找这赌鬼麻烦的么？"

屠娇娇沉吟着道："我现在也还看不透她们的用意，反正你等着瞧吧！这‘恶赌鬼’今天绝不会有好日子过的。”

这时那黑瘦汉子也似乎忽然自梦中惊醒了，黑脸上已冒出了红光。

轩辕三光更是不停地摩拳擦掌，不住道：“好，要得，硬是要得，硬是过瘾。”

他一双蒲扇般的大手忽然将那破碗攫了起来，口中大喝道：“开！”两粒骰子都是红的，一粒是幺点，一粒是四点。

人丛中立刻传出了一阵叹息声：“五点，单，庄家赢了。”那紫衣少妇却连眼睛都没有眨，好像输出去的只不过是五个小钱，她竟又轻轻挥了挥手，淡淡道：“五万，还是双。”

轩辕三光大笑道：“对，有赌不为输，再来。”骰子在碗里“咯啷咯啷”地响，突听“啪”的一声，轩辕三光将那只破碗用力掀了起来。

两粒骰子都是黑的，一粒是三点，一粒是六点。又是单。

那紫衣少妇竟一连押了六把“双”。骰子开出来一连六次竟都是“单”！

两口大箱子已空了一口，赌场里的人头上都冒出了汗。但那紫衣少妇竟还是面不改色。

她身旁的两人，嘴角竟始终带着微笑，既没有说一句话，也没有皱一皱眉，甚至连坐的姿势都没有变一变。

锦衣大汉道：“还有二十万。”

紫衣少妇淡淡道：“这次全押上吧！”紫衣少妇的樱唇中只轻轻吐出了一个字：“双！”

她押的还是双！人丛中已忍不住发出了骚动声，但骰子声一响，别的声音立刻全都安静了，甚至连喘息的声音都没有。

轩辕三光“啪”地又将破碗盖在桌子上，用两只大手紧紧包住，眼睛瞪着那紫衣少妇，道：“这次你真的还是押双么？好，要得，连老子都服你了。”

他“老子”两个字终于还是说了出来，可见此刻连这恶赌鬼的心里都开始紧张起来。那黑瘦汉子的眼睛仿佛已比方才大了一倍，瞬也不瞬地盯着轩辕三光的一双手，额上也已在冒汗。

只听一声大喝：“开！”

骰子开出来又是单！这次连轩辕三光都怔住了，他实在连自己都不相信自己有这么好的运，骰子竟一连开出七次单！

人丛中又是惊呼，又是叹息。

但那三位少妇却还是面不改色，甚至连头上的珠花都没有颤动，三个人只瞟了那两粒骰子一眼，就站了起来，一言不发，静静地转过身子，静静地走了出去。

轩辕三光忽然道："姑娘们且慢走。像姑娘们这样的赌客，虽非千载难逢，也是天下少有的。一个赌鬼遇见姑娘这样的对手，若是轻轻放过了，这赌鬼就该打下十八层地狱。姑娘们难道不想翻本？"

紫衣少妇笑了笑，道："只可惜我们今天已输光了，过两天吧。"

轩辕三光道："赌场本来讲究的是现赌现赔，绝不赊欠，但对姑娘们这样的赌客，却可以例外。"

他"啪"地一拍桌子，笑道："姑娘们尽管押吧，无论要押多少，只要一句话就算数。"

紫衣少妇眼角瞟了她身旁的姊妹两人一眼，悠然笑道："你信得过我们？"

轩辕三光大笑道："只要姑娘肯赌，我还怕姑娘会少了我一两银子么？"

紫衣少妇沉吟着，三个人又交换了个眼色，终于一起转回身，又缓缓走回那张赌桌前。屠娇娇微笑着悄声道："我早就知道这恶赌鬼不肯放她们走的。"

第一百一十三章

情有独钟

只见轩辕三光满面红光，开心得直搓手笑道："姑娘们这次押多少？"

紫衣少妇笑道："你虽信得过我们，我们却不愿破坏赌场的规矩，何况，空口说白话，赌起来也没什么意思。我们的银子虽已输光，人却还未输出去。"

轩辕三光怔了怔道："人？"

紫衣少妇微笑道："人，有时也可作赌注的，赌鬼若是拿到把好牌，就恨不得将人都睡上去作赌注。阁下赌了五十年，难道连这都不懂？"

"妙极妙极，我这赌鬼赌遍天下，到今天才总算遇见了对手。姑娘要怎么赌，只管说吧，我总奉陪就是。"

紫衣少妇道："我们的赌法也简单得很，也是押一个，赔一个。"

轩辕三光目光在她们身上一转，大笑道："但像姑娘们这样的人，在下却赔不出来。"

紫衣少妇道："我们若赢了，你们两位中只要有一个跟着我们走就行了。"

轩辕三光眼睛瞪得更大，道："姑娘们若是输了又如何？"

紫衣少妇微微一笑，道："我们若输了，我们姊妹中自然也有一人要跟着你们走的。"

这句话说出来，赌场里又起了骚动，大家都觉得这样赌法，轩辕三光也未免太上算了些。他们若能赢得这么一个千娇百媚的美人儿，固然是艳福齐天，他们就算输了，能跟着这么样三个人一起走，也等于一步走入温柔乡了。

白开心瞪着眼道："这三人难道看上了这恶赌鬼么？否则为何要如此赌法？"

屠娇娇皱眉道："到现在连我都愈来愈不明白了，实在想不通她们是为什么来的。"

只听轩辕三光不停地大笑道："要得，要得，硬是要得……"

紫衣少妇等他笑完了，才缓缓道："如此说来，我们的赌注你已同意了？"

轩辕三光笑道："我还有什么不同意的！"

紫衣少妇道："那么你这位伙伴呢？他也同意么？"

她这句话虽是问轩辕三光的，但目光却已瞟向那沉默寡言、令人难测的神秘黑瘦汉子。除了在开宝的时候，他脸上会有些激动的神色，目中会射出些狂热的光芒外，其他的时候，他始终只是呆呆地坐在那里，什么表情也没有，非但好像已脱离了这赌场里烦嚣的人群，简直已像是脱离了这个世界。

轩辕三光笑道："我这老弟跟我一样的毛病，什么都不喜欢，就喜欢赌，只要是赌，无论赌什么他都同意。"

紫衣少妇眼珠子一转，道："但我还是要听他自己说一句话。"

轩辕三光用手拍了拍他肩头，道："好，你就自己说一句吧。我们若输了，你肯不肯跟她们走？"

黑瘦汉子想也不想，道："好。"

紫衣少妇立刻追问道："无论到哪里，你都肯去么？"

黑瘦汉子长长叹了口气，道："无论到哪里都没关系，在我说来，无论任何地方都是一样。"

轩辕三光笑道："你们莫看我这位老弟有些呆头呆脑的，其实他却是个响当当的男子汉，只要说出来的话，就绝不会反悔！"

紫衣少妇嫣然一笑，道："我绝对相信。"

轩辕三光大笑道："既是如此，姑娘们就来押吧。"他一把攫起了那破碗，瞪着紫衣少妇道："这次你押单还是双？"

紫衣少妇道："双！"她居然还是押双，就好像输不怕似的。

人群中不禁又"嘘"地发出一声叹息，大家好像都算定她这次还是有输无赢，非输不可。

只听“啪”的一声，轩辕三光已将碗放了下来，但一双大手还是盖在碗上，没有掀起来。

在摇骰子的时候，他一点也不紧张，因为赌徒只要一听到那清脆的骰子声，就立刻忘记了一切。但现在，骰子停下来，他却不禁有些紧张了。无论怎么算，这赌注都实在不小。

那三位美丽的少妇却还是神色不动，面带微笑，竟好像还是没有将这场赌局的胜负放在眼里，就连轩辕三光都不禁有些佩服她们，别的人更全都屏住了呼吸，整个赌场里静得连一根针掉在地上都可以听见。

猛听得一声大喝：“开！”

开出来的骰子，又全都是红的。是一对四。少妇们这次终于押中了！

赌场中竟有人情不自禁欢呼了起来——赌徒们毕竟也是人，人都是同情弱者的，赌徒们也大多同情输家，只要赢家不是他们自己。轩辕三光反倒又不紧张了，反倒笑了起来。他若输不起，还有资格算得上赌鬼么！

他大笑着道：“好好好，赌神爷在收徒弟了，所以一定要让你们赢一次，若是总叫你们输，你们以后也不会赌得起劲的。”

紫衣少妇嫣然一笑，道：“如此说来，这一把是我们赢了。那么，做庄的就该赔呀！”

她的手已指向那黑瘦汉子，微笑着接道：“就请阁下跟着我们走吧。”黑瘦汉子沉默了半晌，霍然站起来，大步走出。

轩辕三光一把拉住他，道：“你……你真的要走？这里的赌本，还有一半是你的。”

黑瘦汉子道：“全给你。”他连自己的身子性命都全不顾惜，又何况这些身外之物呢！

轩辕三光叹了口气，黑瘦汉子已转出赌桌，木立在少妇们的面前。紫衣少妇嫣然一笑，道：“你放心，你跟着我们走，绝不会吃亏的。”黑瘦汉子好像又神游物外，什么话都听不见了。

轩辕三光一直瞪着她们，忽又大喝一声，道：“且慢！”喝声中，他魁伟的身子竟已凌空飞起，就好像一只大鸟似的，掠到门口，挡住了那三个少妇的去路。

轩辕三光冷笑道：“我现在才知道三位竟是为了我这黑老弟来的，你们究竟想拿他怎样？想将他带到什么地方？”

紫衣少妇也冷笑着道：“这些事，你都管不着，你自己说过‘赌奸赌猾不赌赖’，现在你既已输了，难道还想赖么？”

恶赌鬼的脸竟像是有些发红，忽又问道：“你们若输了，难道真肯跟着我走不成？”

紫衣少妇淡淡道：“我们姊妹若输了，自然会有人跟着你走，反正我们家姊妹多得很……”

轩辕三光的眼睛忽然眯成一条线，上下瞧了这少妇几眼，道：“你们的姊妹真的多得很？有没有九个？”

紫衣少妇沉默了半晌，缓缓道：“不多不少，正是九个。”

这句话说出来，轩辕三光眯着的眼睛忽又睁开，而且瞪得比铜铃还大，那死气沉沉的黑瘦汉子身子一震，一张脸陡然变得通红，全身的血像是全都冲上了头顶，也瞪着那少妇道：“你……你是慕容……”

紫衣少妇微微一笑，道：“我是七娘，这是我六姊……这是八妹。”

她身旁的两位少妇也嫣然一笑，年纪较大的那人道：“你虽未见过我们，我们却久已知道你了。”那黑瘦汉子的脸色又变成苍白，脚下一步步向后退。

慕容七娘微笑道：“我们也知道你说出来的话如白衣染皂，永无更改，你既然输了，就一定会跟着我们走的。”

轩辕三光忽然仰首大笑起来，大笑着道：“江湖传言，都说慕容九姊妹非但都找到个万中选一的好丈夫，而且姊妹九人个个都有两下子。江湖中人也都知道，慕容姊妹中武功最高的是二姊慕容双，最能干的是七娘，但最聪明、最美丽的却还是幺妹慕容九。”

听到“慕容九”这名字，那黑瘦汉子的脸忽又涨得通红。

轩辕三光道：“我还知道这位姑娘运气没有她八位姐姐好，有一年竟莫名其妙地忽然失踪了，她八位姊夫虽然都是赫赫有名的世家子弟，而且可说是交游满天下，但找了好几年都没有将她找到。但我这黑老弟却将她找着了，而且就像个呆子似的将她护送回去，谁知别人却丝毫不领他的情，反而好像以为慕容九就是他拐走的，竟将他当成个小偷般盘问了两三天，只差没有打屁股、上夹棍了。”

慕容七娘道：“二姊和三姊不是要盘问他，对他更没有丝毫恶意，只不过想问清楚九妹这些年来的遭遇而已。”

慕容八娘道：“所以他临走的时候，她们坚持要重重酬谢他。”

轩辕三光道：“不错，他走的时候她们一定要送他五千两金子，这实在不算少数了，若打发叫花子，至少可以打发一两万个。”他脸色早已发青，此刻忽然跳了起来，大吼道：“但我这黑老弟却不是叫花子，他为了你们那九妹，有好几次差点连命都送掉了，吃的苦更不知有多少，他难道就是为了你们那几两破铜烂铁么？你们姊妹都是聪明人，难道真不懂他的意思？”

慕容七娘叹了口气，苦笑道：“我们不是不懂，只不过……”

轩辕三光冷笑道：“只不过慕容姊妹嫁的都是金龟婿，我这黑老弟却既没有钱，又没有势，更不是什么世家子弟，你们自然不能将慕容九嫁给他。”说着说着，他又跳了起来，怒吼道：“但我这黑老弟又有哪点配不上她？他虽然不是什么大亨，但却是个顶天立地的男子汉，你们的姊妹能嫁到这样的老公，正是你们祖宗积了德！”

他指手画脚，大叫大嚷，手指几乎已快指到慕容七娘的鼻子上，慕容七娘居然没有发脾气。

她反而叹息道：“我们也知道他是个很好的人，并不辱没九妹……”

轩辕三光冷笑道：“据我所知，黑老弟将她送回去的时候，她病势已有了起色，你们就因为认定她的病会好的，是以才舍不得将她嫁给他。”

慕容七娘叹道：“那时我们的确认为她的病会好的，因为那时她好像已认得大姊了，谁知这位黑……黑老弟走了之后，她的病情又忽然恶化，非但连大姊都不认得了，而且整天不说一个字一句话。”

慕容六娘也叹了口气，道：“她只要一开口，就必定是问，‘他走了么？’到后来，她连这句话都不说了，每天只是坐在那里流泪。”

那黑瘦汉子自然就是骄傲而孤僻的黑蜘蛛。他就像是个木头人似的站着，听到这里，他僵木的面容忽然扭曲起来，就仿佛有人用针在他心上刺了一下。

轩辕三光却大笑道："原来那位九姑娘也是个多情人，这也不枉黑老弟对她那么好了。"慕容七娘叹道："到了这时，我们才知道她的心意，我们自然也知道世上无论什么事都能勉强，只有'情'这一字，是谁也勉强不得。"

轩辕三光附和道："你们总算还不太糊涂。"

慕容六娘叹道："九妹已病得那么厉害，却还能领受到他的情意，可见他对九妹必是情深义重。人心都是肉做的，到了这种时候，无论他是什么人，我们都不会反对他了。"

慕容八娘道："所以我们就出来找他。但我们也知道他的行踪一向很飘忽，正发愁不知是否能找得到他，幸好那时五姊夫恰巧经过武汉，恰巧瞧见你和他的一场豪赌。"

慕容七娘笑了笑，道："我五姊夫就是'神眼书生'骆明道。他多年前曾经见过你一次，只要被他看过一眼的人，他就永远不会忘记。五姊夫本来也认不出黑蜘蛛的，但为了要找黑蜘蛛，三姊早已为黑蜘蛛画了很多幅像，五姊夫一瞧见画像，立刻就想起他在什么地方见过这人了。"

慕容八娘道："我们听了五姊夫的话，就立刻赶到武汉这边来，幸好你们两位的豪赌已在这一带出了名，所以我们很快就找到了你们。"

轩辕三光瞪眼道："但你们莫弄错了，我这黑老弟跟我不一样，他并不是赌鬼，他只不过是心情不好，所以才赌的。"

慕容七娘笑了笑，道："他的心情，我们都很了解，我们也知道他是个心高气傲的人，我们若就这样来找他，他一定不会跟我们走的，所以我们才想出赌的法子。"

轩辕三光忍不住问道："但你们若又输了，那怎么办呢？"

慕容七娘道："我们若输了，我们姊妹中就要有一人跟着你们走，对不对？所以我们若输了，就会要九妹跟着你们走，我们知道你们绝不会亏待她的，只要她快乐，谁跟谁走岂非都是一样么？"

轩辕三光大笑道："我只要能亲眼看到这位黑老弟和那位九姑娘成亲，能喝到他们一杯喜酒，就算叫我三个月不赌都没关系。"

他忽又顿住笑声，摇着头道："不行不行，这杯喜酒只怕是喝不得的。慕容家的姑娘成亲，喜筵上一定全都是有名有姓、有头有脸的人物，我这‘恶赌鬼’若是忽然闯去了，岂非大煞风景？”

慕容七娘笑道：“你放心，这杯喜酒少不了你的，我们就算什么人都不请，也一定要请你。”

轩辕三光抚掌笑道：“要得，我若不去，我就是龟儿子。”他忽又挥手道：“抬走抬走，将那些银子全都抬走，连一两都不要留下来。”

慕容七娘道：“这……这是为了什么？”

轩辕三光笑道：“要喝喜酒，自然就得送礼，你们若不收，就是看不起我，就是不准备请我喝喜酒了。”

慕容七娘嫣然笑道：“纵然如此，你也该留下一些做赌本才是呀。”

轩辕三光道：“千万留不得，我这人天生是不输光不肯停手的脾气，所以我自从发了笔横财后，简直就没有一天好好睡过觉，我愈是拼命想输光，愈是输不光，现在好容易有机会将它送出去，你们若不完全收下来，就又害苦了我了。”

黑蜘蛛终于笑了笑，忽又悄声道：“小鱼儿必定还在山上，你若看到，莫要忘记告诉他……”

轩辕三光笑道：“你放心，我若看到他，一定会要他去喝你喜酒的。”原来他们交成好朋友并非完全是为了赌，而是为了小鱼儿，因为他们始终都认为小鱼儿是个好朋友。

轩辕三光将他们送到门口，忽又笑道：“七姑娘，你以后若是手痒，千万莫要忘记来找我，像你这样的赌客，我平生实在没有遇见几个。”

第一百一十四章

邪不敌正

银子一搬走，赌场里的人立刻也跟着散了。轩辕三光望着已然发白的天空，长长伸了个懒腰，喃喃道："格老子，真他妈的是天光、人光、钱光，反正弄不到鸟蛋精光，老子也睡不着觉。"他忽然发现赌场里的人竟还没有走光，还剩下四个人，有两个人躺在地上，像是已睡着了。

另外两个人却在笑嘻嘻地望着他。

轩辕三光眼睛一瞪，道："你们两个龟儿子为什么还不走，难道还想跟老子赌？"

那两人中有个比较高的抢着笑道："这里只有一个半龟儿子，还有半个是龟女儿。"

轩辕三光眼睛瞪得更大，瞪着那矮的一人。屠娇娇笑嘻嘻道："这里只有一个龟儿子，我却是你祖奶奶。"

她也不知道轩辕三光是否已认出她是什么人了，但却未想到轩辕三光不等她话说完，忽然好像条被人踩着尾巴的猫似的，飞一般夺门而出。

屠娇娇他们追出去的时候，轩辕三光已连人影都瞧不见，街上的人，却都扭着头往左面瞧。

轩辕三光显然就是从左面逃走的。

屠娇娇笑了笑，道："你放心，那赌鬼的轻功一向并不高明，咱们一定能追得上。"

话刚说完，轩辕三光忽然又从左面街角后倒退了回来，退得竟比逃的时候还要快得多。

一退到这条街上，他就转过身子，向这边逃了回来，只见他满脸俱是惊慌之色，一头又冲回了赌场。屠娇娇他们自然又立刻跟了进去。

白开心笑道："你这是干什么？难道撞见了鬼么？"

轩辕三光正将眼睛凑在门缝上，向外面偷看，嘴里道："正是撞见了大头鬼。"

他的神情看来更紧张，连脸色都有些发白了。屠娇娇和白开心对望了一眼，也忍不住将眼睛凑到门缝上，向外面望了出去，果然看到左面那边的街角后已转出两个人来。

走在前面的一人，身材很高，肩膀很宽，但却骨瘦如柴，身上穿着件短蓝布袍子，空空荡荡的，看来就活像是个纸扎的金刚，只要被风一吹，他整个人都像是要被吹到屋顶上去。他不但人长得很奇怪，脸也长得很奇怪，因为他脸上皱纹虽不少，但却连一根胡子也没有，也没有眉毛。

他眼睛已瘦得凹了下去，所以就显得特别大。他脸上虽也是面黄肌瘦，满脸病容，但一配上这双眼睛，就显得威风凛凛，令人不敢逼视。

白开心道："这小子长得倒真有些奇怪，江湖中有这么样一个怪人，我居然没听说过，也没有见过，可见我这些年来实在太懒了。"

屠娇娇也不禁皱起了眉头，道："恶赌鬼，你认得这人么？"

轩辕三光道："不认得。"他眼睛只瞪在这怪人后面的一个人身上。

走在这怪人身后的一个人，长得非但不奇怪，而且还很好看，年纪也已过了中年，一张脸却还是保养得很得法。他身上穿着的衣服颜色也配合得很好看，很大方，只不过他脸上虽然在拼命想装出微笑来，看来还是有些垂头丧气，愁眉不展。

这人赫然竟是江别鹤。

屠娇娇更惊讶，皱眉道："江别鹤怎会没有跟着魏无牙？反而跟这怪人走到一起来了？"

这时右边的街角忽然冲出一匹马来。马是红色的，就像是一团火，飞也似的冲入这条街，眼见就要将街旁的一个面摊子撞倒。

可是马上人的骑术实在不错，竟在这间不容发的一刹那，将马勒住，连一只碗都没有撞翻。

大家这才看清这马上的人也和马一样，穿着一身火红的衣服，手里还提着根火红的马鞭。健马轻嘶中，她已跃下了马鞍。于是大家又发现她的人原来比她的骑术更美，那双又俏皮、又灵活的大眼睛，简直就美得令人透不出气来。

别人的眼睛都在望着她，她却将这些人全都当作死的一样，根本没有瞧这些人一眼，只是跺着脚道："喂，快来呀，你骑的马难道是三条腿的么？"

这时候街首后才又有匹马奔过来，马上人道："不是我慢，而是你骑得实在太快了。"语声中，这人也下了马，身手也很矫健，却是个很清秀、很斯文的少年，身上衣服的质料也很高贵。

那红衣少女嘟起了嘴，瞪着眼道："谁敢说我马骑得太快，我撞过人么？"

那少年发现这么多人在看他，脸竟似有些红了，讷讷道："你……你不快。是……是我太慢。"

红衣少女这才嫣然一笑，道："这样才乖，姐姐请你吃夜宵。"

那少年脸更红，简直连头都不敢抬了。大家觉得这位少年实在太斯文、太害臊，就像是个大姑娘，但这位大姑娘实在太刁蛮、太泼辣，简直叫人有些吃不消。

就连那怪人都在注意这少年男女两人了。只有江别鹤瞧见这两人时，却立刻低下了头。

因为只有江别鹤认得这两人是谁。这红衣少女就是小仙女张菁；这很斯文、很害羞的少年人，自然就是神拳世家的公子顾人玉了。

小仙女展颜笑道："今天真可说是九丫头的好日子，我也很开心，所以我一定要大吃一顿，而且还要喝两杯。"

顾人玉像是忍不住轻轻叹了口气。

小仙女立刻又瞪眼道："你叹什么气？九丫头心上有了别的人，你难道很难受么？"

顾人玉赶紧赔笑，道："我怎会难受？我……我……"他非但脸发红，连脖子都粗了。

小仙女扑哧一笑，道："你不难受最好，你看，这里居然还有粉蒸肉，还有珍珠丸子，我已经有好几年没有吃过这种小吃了，因为除了湖北外，别地方做得都不好吃。"她叽叽喳喳，又说又笑，刚拉着顾人玉在摊子上坐了下来，忽又站起，瞪着街对面的江别鹤，道：“你看，这是什么人？”

顾人玉随着她目光望了过去，面上也变了颜色，沉声道：“他怎会到了这里？”

小仙女冷笑道：“是呀，堂堂的江南大侠，怎会躲到这种小地方来了？难道是已经不敢见人了么，难怪江湖中人都说江大侠已失踪了。”

她说话的声音就算聋子都能听得到，街上的人也有知道江南大侠名声的，又都不禁直着眼去瞧江别鹤。只有江别鹤却像是什么都没有听见，低着头往前走，像是恨不得一步就走过这条街似的。

可是小仙女一步就蹿到了他面前，冷笑着道：“江别鹤，江大侠，你为什么不开口了？你以前不是能说会道的吗？而且我还记得你的威风不小。”

江别鹤非但不说话，连头都不抬。

小仙女厉声道：“江别鹤，你用不着装傻，装傻也没用，不知有多少人正等着找你算一算旧账，你就跟着我走吧。”

江别鹤站在那里，连动都不动，脸上也没有丝毫表情，堂堂的江大侠，竟像是已变成个死人。

他身旁的那怪人却忽然道：“他不能跟你走！”这人的声音低而嘶哑，嗓子仿佛已撕裂了，他说话的声音，只不过是自那些裂隙里一个字一个字挤出来的。

小仙女骤然见到这样的人，听到这样的声音，也不禁怔了怔，脱口道：“他为什么不能跟我走？”

那怪人道：“只因他要跟我走。”

小仙女怒道：“跟你走，你是什么东西！”

这一声怒呵斥出，她掌中的鞭子也跟着飞出。这条死的皮鞭到了她手里，就像是忽然变成条活的毒蛇，又像是变成了道闪动的火焰，卷向那怪人的脸。

那怪人的反应却迟钝得很，似乎根本不知道鞭子抽在人脸上会疼的，他只是出神地望着这鞭子。

眼看着这鞭子就将在他脸上留下条血痕，谁知鞭梢到了他手里，一条长鞭就忽然断成了十几段，一段段落在地上，小仙女的人也站不稳了，踉跄向后直退，终于倒在顾人玉怀里。

别人只瞧见长鞭寸断，小仙女跌倒，至于那人是如何出的手，如何用的力气，谁也没有瞧见。

就连小仙女自己也弄不清这是怎么回事，她只觉一股奇异的力道自长鞭上传了过来，她身子立刻如遭雷电所击。若是换了别的人，骤然遇到如此惊人的武功，就算不被吓得半死，也是万万不敢再出手的。小仙女自出道以来，从没有吃过这么大的亏。

顾人玉见到这怪人的武功，正想悄悄劝她忍口气，谁知她已跳了起来，双手一分，就拔出了两柄短剑。

只见剑光闪动，如惊鸿掣电，就在这一刹那间，小仙女已向那怪人攻出七剑，每一剑都恨不能将他刺个透明窟窿。

只听那怪人轻叱一声，也未看清他有什么动作，小仙女掌中的两口剑，就忽然脱手飞出！宛如两道青色的火花般，在黑暗的天空中闪了闪，就消失不见，竟不知飞到什么地方去了。

再看小仙女，竟又跌到顾人玉怀里，只不过她这次虽然用尽平生力气，也休想再爬得起来。

那怪人沉着脸道："你是谁家的子弟？怎地不分皂白，就敢对人下这么重的手？江湖中的后辈，怎地愈来愈不懂规矩了？"

小仙女大骂道："你才是后辈小子！你才不懂规矩，你可知道……"她声音忽然顿住，因为顾人玉忍不住掩住了她的嘴。

小仙女用尽全身的力气，用手肘在他肚子上一撞，顾人玉虽疼得松了手，但她的身子也滑了下去，跌坐在地上。她索性赖在地上，指着顾人玉的鼻子道："我被人如此欺负，你非但不帮我的忙，还不准我说话，你还能算是男人么？难怪别人要叫你顾小妹了。"

顾人玉一张脸涨得通红，吃吃道："我……我……我实在……"

"我实在是看错你了，我本来还以为你是个男子汉大丈夫，谁知你却比……比豆腐还要软，你实在太令我伤心了。"

说到后来，眼泪已流了满脸。

顾人玉忽然咬了咬牙，大步向那怪人走了过去，大声道："阁下武功的确高明，但在下还是要来领教领教。"那怪人沉着脸，也不说话。

顾人玉喝道："留神，我要出手了！"他做人虽然有些婆婆妈妈的，但出手倒十分干净利落，而且又稳、又狠、又准、又快。

只听“砰”的一声，这一拳竟着着实实打在那怪人身上，那怪人也不知怎地，竟没有将这一拳闪开。

小仙女眼泪也不流了，眼睛里也发出了光，只因她早知道顾家神拳的威力，也很了解顾人玉手上有多大的力道。

顾人玉武功虽不花哨，但却很精纯，若被他一拳打实，莫说人吃不消，就算是一条牛，只怕也要被他打扁。

小仙女几乎忍不住要拍起手来，但她立刻又发现那怪人非但没有被打扁，而且连脸色都没有变。顾人玉这祖传的神拳，打在他身上，竟好像是在替他敲腿捶背似的，顾人玉自己的身子反而站不住了，摇摇欲倒。

小仙女这才吃了一惊，只听那怪人瞪着顾人玉道：“你是顾老四的什么人？”

顾人玉头上直冒冷汗，道：“前……前辈莫非认得家父？”

那怪人“哼”了一声，道：“听说顾老四的家教很严，怎容得你这样的子弟在江湖中招摇？要知愈是会武功的人，愈该要自己收敛，若是一言不合就胡乱出手，那就是盗贼匹夫所为，这道理你爹爹难道未曾教训过你么？”

顾人玉被骂得连头都不敢抬，哪里还敢说话？小仙女却忍不住大声道：“你究竟是什么人？凭什么来教训我们？”

江别鹤一直木头人般站在一旁，一点也没有吃惊，好像早就知道那怪人一出手就可将小仙女和顾人玉两人击倒。

此刻他忽然笑了笑，道：“你们连他老人家是谁都不知道么？他就是大侠燕南天！”

燕南天！

这三个字一说出来，小仙女已不敢发横，瞪大了眼，张大了嘴，再也合不拢来。顾人玉更早已翻身拜倒，就连那些从赌场里散出来的地痞流氓，也有几个听过“燕南天”这名字，更吓得连大气都不敢喘。

燕南天沉声道：“江别鹤以后永远再也不能欺世盗名，为非作歹了，你们也用不着再找他算账，因为已有别的人要先找他算账，那是二十年前的旧账。”

顾人玉汗流如雨，连声道：“是，是……”

燕南天道：“只望你们以后也莫要以武凌人，妄动杀手！”

顾人玉垂首道：“是。”

燕南天挥了挥手，道：“你们走吧。”

躲在门后面偷看的白开心和屠娇娇，两条腿早已吓得发软，全身的衣服也早已全都湿透。轩辕三光见了燕南天虽然也有些心虚害怕，但却没有他们怕得这么厉害，瞧见他们的模样，轩辕三光忍不住笑了，悠然道：“你龟儿现在为什么不叫了？听说你们将燕南天在恶人谷中困了二十年，老子本来还不相信，现在看来，只怕真有这回事。”

白开心抢着道：“那是她和大嘴狼他们干的事，与我无关。”

轩辕三光笑道：“既然与你无关，你龟儿为什么怕成这副样子？”

白开心道：“你见了他难道不害怕么？”

轩辕三光道：“老子坏事做得没有你多，用不着像你龟儿这么害怕。”

白开心忽然咧嘴一笑，道：“常言道，只有强奸的，没有逼赌的。可见逼人赌钱要比强奸更坏，我干的坏事最多也只不过是强奸而已，可是你……嘿嘿，你小子等着瞧吧，若知道你就是恶赌鬼，不打扁你的脑袋才怪。”

轩辕三光擦了擦汗，也说不出话来。

他们三个人都希望燕南天快些带着江别鹤远远走开，谁知燕南天却要了壶酒，坐在小摊子上自斟自饮起来。

江别鹤垂着手站在一旁，既不敢走，也不敢坐下，别的人也都吓得坐不住了，就连那小摊子老板的手都在发抖。燕南天却旁若无人，一杯杯喝个不停，每喝一杯，就长长叹口气，仿佛有很重的心事。

轩辕三光皱着眉，喃喃道：“江别鹤这龟儿子怎会和燕南天走到一路的？这倒真是怪事。”

他以为这句话绝不会有人回答，谁知屠娇娇却忽然叹了口气，道：“我现在才想出江别鹤的来历了。”

“他有什么来历？”

“他一定就是江琴。”

“江琴又是什么人？”

“燕南天到恶人谷去，就是为了要找江琴复仇，因为江琴害了他的拜把兄弟江枫。”

轩辕三光怔了怔，道：“他既要找江琴复仇的，现在为何还不宰了他，反而带着他满街跑呢？”

“因为他要先找到小鱼儿，叫小鱼儿亲手报仇。”

“不错，想必就是这缘故，可是，他若找不到小鱼儿呢？”

白开心忽又咧嘴一笑，道：“他这辈子只怕是再也找不到那小坏蛋了。”

轩辕三光悚然道：“为什么？”

白开心张开了嘴，却只笑了笑，再也不说话了，因为屠娇娇已在暗中悄悄地拧住了他的手。

就在这时，突见一个人手里提着壶酒，也走到燕南天正坐在那里吃东西的小摊子上去，而且还在燕南天身旁坐了下来。面摊上吊着盏灯笼，灯光照在这人的脸上，只见他年纪轻轻的，长得倒也眉清目秀，只不过脸色苍白得可怕。

轩辕三光又吃了一惊，道：“这龟儿岂非就是江别鹤的儿子江玉郎么？”

白开心道：“一点也不错。”

只见江玉郎就像是没有见到他老子似的，江别鹤也像是根本不认得他，父子两人，谁也没有瞧谁一眼。

轩辕三光皱眉道：“这父子两人究竟在搞什么鬼？”

屠娇娇道：“看来他必定是想来救他老子的。”

轩辕三光冷笑道：“就凭这小杂种，只怕还没有这么大的本事。”

屠娇娇忽然笑了笑，道：“他本事虽不大，花样却不少，连小鱼儿有时都会上他的当。”

轩辕三光瞪着眼睛，冷笑道：“老子也知道他花样不少，但若要比小鱼儿，他还差得远。”

屠娇娇眼珠子一转，不说话了，她已发现这恶赌鬼和小鱼儿交情不错，否则就绝不会帮小鱼儿说话。

这时江玉郎竟已在向燕南天敬酒，而且还赔着笑说话，燕南天显然不知道他就是江别鹤的儿子，也没有给他难看。说了几句话后，燕南天忽然长身而起，大声道："你真的认得江小鱼？"

江玉郎也站了起来，赔笑道："非但认得，而且还可以说是患难之交。"

燕南天一把拉住他的肩膀，道："你……你最近见过他么？"

"前两天他还和晚辈在一起喝酒……"

燕南天不等他说话，就抢着问道："你可知道他现在到哪里去了？"

江玉郎沉吟着道："他的行踪一向很飘忽，但晚辈却也许能找得到他。"

燕南天道："真的？"

江玉郎躬身道："晚辈就算有天大的胆子，也不敢在前辈面前说谎。"

燕南天道："好，好，好……"

他实在太欢喜，竟一连说了十几个"好"字，那只紧紧握着江玉郎肩膀的手，也忘记松开。江玉郎虽然被他捏得骨头都快断了，但面上却不禁露出微笑。

江别鹤目光闪动，忽然大声道："这小子来历不明，燕大侠你怎可轻信他说的话？"

燕南天怒道："闭嘴，在我面前，哪有你说话之处？"他匆匆撒了把铜钱在摊子上，拉着江玉郎就走。江别鹤只好也垂头丧气地跟着走，但嘴角却正在偷偷地笑。

第一百一十五章

恶人再聚

躲在门后偷看的屠娇娇见燕南天上了江玉郎的当，不由也笑了，喃喃道："我早已知道燕南天必定要上他的当，我猜得果然不错。"

白开心吃吃笑道："这小鬼果然有两下子，也难为他装得真他妈的像极了，燕南天居然真跟着他走，真是鬼迷了心窍。"

屠娇娇笑道："这下子燕南天非但永远休想找得到小鱼儿，只怕连命也要送在这父子两人的身上。"

轩辕三光呆呆地出了会儿神，忽然推开门，就想冲出去。谁知屠娇娇的手早已等在他背后，他刚推开门，屠娇娇就闪电般点了他五六处穴道，将他的人往肩上一扛，转身从后面的窗子蹿了出去。

轩辕三光又惊又怒，怎奈连话都已说不出来。只见屠娇娇从屋子后面绕出了这小镇，天色虽已很亮了，但入山的道路上，并没有人踪。她似乎吃奶的力气都使了出来，飞也似的蹿上山，也不知走了多久，突听一阵铁器敲击声自风中远远传了过来。

李大嘴、哈哈儿和杜杀正在开山，突见屠娇娇和白开心两人飞掠而回，就像是被鬼追着似的。最奇怪的是，屠娇娇背上还扛着个人。李大嘴他们立刻全都停住了手，迎了上去。

哈哈儿目光转处，失声笑道："我当是谁呢，原来是恶赌鬼到了，哈哈，久违久违。"

李大嘴大笑道："恶赌鬼，多年不见，怎地一见面你就爬到屠娇娇身上去了？难道你这赌鬼已变成了色鬼了么？"

杜杀却皱眉道："这是怎么回事？"

屠娇娇先不答话，却将轩辕三光重重往地上一掼，这一掼便将他穴道全都解了开来。他人还未站起，已大笑道："原来你们这些龟儿子全都到这里来了，龟山上有了你们这么多龟儿子，倒真的名副其实。"

白开心哈哈一笑，道："屠娇娇莫名其妙地点了你七八处穴道，又像条狗似的将你掼在地上，你不找她拼命，反而开起玩笑来了，嘿嘿，看来你这人实在是好欺负得很。"

轩辕三光生性豪爽，骤然见到这许多老朋友，已将别的事全都忘了，但此刻被白开心挑拨了几句，他立刻又火冒三丈，跳起来指着屠娇娇的鼻子道："我问你，你这不男不女的龟儿子为什么要点老子的穴道，难道真当老子是好欺负的么？"

屠娇娇道："我问你，你方才冲出去是不是想去通风报信，叫燕南天莫要上江别鹤父子的当？"

"燕南天"这三个字说出，李大嘴、哈哈儿、杜杀全都悚然失色，好像连站都站不稳了。

杜杀失声道："燕南天？"

李大嘴道："难道他……他的病已好了么？"

屠娇娇道："他非但病已好了，而且功夫仿佛比以前更强，我见到他的人时，还没有认出他来，但见他露了一手功夫后，就知道必是燕南天无疑。因为除了燕南天之外，世上再也没有第二个人有那么高的武功。"

哈哈儿牙齿打战，非但再也笑不出来，连话也说不出了。

白开心抢着道："他已被江别鹤父子骗走，但恶赌鬼却想将他找回来。"

这句话还未说完，李大嘴、杜杀、哈哈儿已将轩辕三光团团围住，三个人俱是咬牙切齿，满面凶光。

杜杀瞪着他，一字字道："你这是什么意思？"

轩辕三光别的人不怕，但对杜杀却也有三分畏惧，此刻见到他杀机毕露，显见一伸手就要杀人，轩辕三光心里也不觉有些发毛，勉强笑道："老子不过是想要他将江别鹤父子宰了而已，并没有别的意思。老子难道还会要燕南天来找你们的麻烦不成？"

白开心笑道："我问你，你若没有做亏心事，为什么一见到我们就跑呢？"

轩辕三光脸色变了变，道：“这……这个……”

白开心拍手笑道：“你说呀！你怎地说不出话来了？这不是做贼心虚是什么？”

轩辕三光跳了起来，吼道：“老子又没有掘你祖坟，你龟儿子为什么找老子麻烦？”

白开心知道目的已达，无论轩辕三光怎么骂，他都不开腔了。李大嘴、哈哈儿俱是满面怒容，杜杀更是面笼寒霜，厉声道：“你方才是不是一见他们就跑？”

轩辕三光道：“我，格老子，不错，我是跑了。”轩辕三光挺起了胸膛，大声道：“只因老子已将你们的钱都输光了！”这句话说出来，大家又吃了一惊。

哈哈儿抢着道：“我们的钱？什么钱？”

轩辕三光道：“你们都知道老子是恶赌鬼，却不知老子虽喜欢赢钱，也喜欢输钱。只要有钱输，实在比赢钱更过瘾，尤其是输给那些没有钱的小赌鬼，看到他们赢钱后那种欢天喜地的模样，那其中的乐趣，你们这些龟儿子只怕永远也想象不到。”他歇了口气，接着又道：“前几个月，我替一个朋友将一票银子送回去给江南的大富翁段合肥，虽然因此得罪了江别鹤父子，却跟段合肥斗了半个月蟋蟀，赢了他几十万。我手头有了赌本，就想送出去一些了。”

李大嘴冷笑道：“想不到你这恶赌鬼倒真是劫富济贫的侠盗。”

轩辕三光道：“但是老子愈是想输，那银子就偏偏跟老子作对，总是输不出去。有一天我正在一家菜馆里喝茶，旁边居然有人赌起骰子来了，我一看，正中下怀，就和那些龟儿子赌了起来。”

李大嘴道：“你又赢了？”

轩辕三光笑道：“该当那些龟儿子走运，老子的赌运恰巧在那里走光了，别人掷出个四点，老子都赶不上，竟一连输了几天几夜。”

白开心忽然插嘴道：“输得好。”

轩辕三光道：“那家茶馆在一条小巷里，老子输了三天，那巷子里老老少少都赢了老子不少。只有个糟老头子，虽然每天都到这茶馆里来喝茶，每天都看到老子输，却硬是不动心，硬是不肯下场来赌一手。”

他笑了笑，接着道：“他愈不肯赌，老子就愈找他赌，别人都说这老头子非但不赌钱，而且不抽烟、不喝酒，是个标标准准的木头人，大家都叫他李老实，还说只要我能引得这李老实跟我赌钱，他们每天就跟我磕个头。”

屠娇娇瞟了李大嘴一眼，笑道：“想不到李家门里还有这么样的老好人，难得难得。”

轩辕三光道：“那条巷子里还有个屠寡妇，据说县里已快替她立贞节牌坊了，她虽在巷口摆了个小摊，但十年来来往往，就没有人看到她笑过。她家里也没有别的人，只有着一条狗，替她看守门户。”

李大嘴大笑道：“想不到屠家门里居然还有人肯守寡，难得难得，只不过可惜她还是养了一条狗……哈哈，狗最大的好处就是不会说话。”

轩辕三光道：“赌到第四天，我还剩下三万两银子，我就将银子全都堆到李老实面前，我说我只要说一个字，就能令那屠寡妇笑起来，再说一个字，就能叫她打我一个耳光，我问李老实信不信？”

哈哈儿忍不住问道：“他信不信？”

轩辕三光道：“屠寡妇从来不笑的，男女授受不亲，寡妇更不能打男人的耳光，李老实自然不信，于是我就跟他打赌，我若输了，就将剩下的银子全都给他，我若赢了，只要他再陪我赌十把骰子。他望着面前的银子，足足望了半个多时辰，终于还是跟我赌了。他虽然老实，但老实人见到送上门来的银子，也舍不得不要的，只因每个人都认定我这场赌实是有输无赢，连半分机会都没有。”

哈哈儿道：“但你却赢了？”

轩辕三光道：“只为了要跟他再赌个痛快，我自然非赢不可。”

听到这里，连杜杀都不免动了好奇之心，忍不住问道：“你是怎么样赢的？”

屠娇娇道：“只说一个字就能令寡妇发笑，再说个字就要她翻脸打人……这实在连我都被难住了。”

李大嘴、白开心，面面相觑，实在想不出轩辕三光说的那是什么字？怎会有那么大的魅力？

只听轩辕三光悠然道：“到了下午，那寡妇才摆起她那卖煎饼的摊子，那条狗和她寸步不离，自然也跟在她身旁，于是我就走过去，恭恭敬敬向那条狗磕了头，叫了声‘爹’。那寡妇怔了怔，虽然想板起脸，终于还是忍不住笑了起来。”

李大嘴等人听了也都笑了起来。

轩辕三光道：“别人见到我果然只说了一个字，就令那寡妇发笑，虽然又佩服，又好笑，但还是想不出我怎能令她翻脸打我。”

屠娇娇笑道：“老实说，连我都想不出你是有什么法子。”

轩辕三光道：“我只不过又跪到她面前，叫了她一声‘妈’，她立刻就满脸通红，连脖子都粗了，狠狠打了我一耳光，转身就走。”他话未说完，李大嘴等人已笑弯了腰。

轩辕三光道：“于是李老实只好陪我赌骰子，谁知我手气竟转了，一连赢了十场。开始时他还赌得很少，但到后来，他也输急了，竟将家里的夜壶、棉被都拿出来跟我赌，赌了十场后，他已输得干干净净，我就问他，你既然连赌本都没有了，还赌什么？他呆了半晌，忽然咬了牙，把我带到他家里去，他家里已被搬空了，但却还有个小屋子，里面堆着好几口大箱子。”

屠娇娇失声道：“大箱子？什么样的大箱子？”

轩辕三光道：“黑黝黝的大箱子，上面积满了尘土，李老实说，这本是别人托他看管的，他从来也没有碰过，但现在，他却顾不得这些了。”

他笑着接道：“一个人若是输急了，连老婆儿子都会押上赌桌的，这李老实虽然一生都很老实可靠，但老房子着火，烧得更快。”

屠娇娇道：“他……他难道将那些箱子全都输给你了？”

轩辕三光道：“不错，可是我却未想到，那些箱子里竟装着全都是黄金白银，更未想到那些箱子竟是你们的，若非箱子里有你们的记号，我永远也不会想到你们竟会将箱子交给一个老头子保管，哈哈，这法子实在妙极。”

他大笑接着道：“但我却正如天上掉下了大元宝，凭空落下了几百万，于是我就大赌特赌，到这里，已输得差不多了，剩下的已全都送别人做嫁妆，现在我已又是囊空如洗，你们要我还钱，我是一分也没有，要命倒有一条！”

白开心、哈哈儿、杜杀、李大嘴、屠娇娇五人全都听得怔住，面如死灰，如丧考妣一般。

哈哈儿道：“原来……原来欧阳丁、欧阳当并没有将箱子藏在龟山，却存在李老实那里，我们还是上了他的当。”

哈哈儿忽然将地上的铁锹、铁铲全都抛了出去，大笑道：“其实我们倒该感激这赌鬼才是。”

白开心道：“感激他？”

哈哈儿道：“他若不说，我们就还要在这里做苦工、挖山洞，现在我们反倒可以休息休息了。”

杜杀缓缓道：“其实他并没有说错，若非轩辕三光，我们永远也不会知道箱子究竟在哪里，反而多费些事，多着些急。”

白开心叫了起来，道：“如此说来，你们不准备要他赔了么？”

李大嘴笑了笑，道：“他早已说过，要钱没有，要命一条……”

白开心道：“但他这身肉也不错，你难道不想尝尝味道么？”

李大嘴笑道：“我若将这赌鬼吃进肚子里，那还得了？他若要我的肠子和胃打起赌来，我怎么吃得消？”

他瞪着轩辕三光又道：“你将银子都输光了，难道将箱子也输了么？”

轩辕三光道：“没有。”

李大嘴眼睛一亮，大喜道：“箱子在哪里？”

轩辕三光道：“老子嫌那些箱子太重，早已全都抛进扬子江了。”

李大嘴、屠娇娇面面相对，再也说不出话来。

轩辕三光重重啐了一口，道：“格老子，你龟儿喜欢的是吃人肉，人肉却是银子买不到的，丢了几两银子，你难过什么？”

李大嘴叹了口气，道：“这你就不懂了，一个人年纪愈大，就愈贪财，我虽也知道那玩意儿吃不得，穿不得，也带不进棺材，但我却偏偏愈来愈喜欢它。”

哈哈儿道：“不错，我每天什么都不干，只要让我关起门来数银子，我已经觉得很过瘾了。”

轩辕三光道：“我看你们这些龟儿子只怕真的已经快进棺材了，一个人若是什么都不喜欢，只喜欢钱的话，他就已经死了大半截。”

他又啐了一口，接着道：“但你们既然如此喜欢钱，为什么不再去偷、去抢？那些银子反正是你们这些龟儿子偷来抢来的。”

李大嘴正色道：“这你又不懂了，恶人也得有恶人的身份，像我们这样有身份的恶人，若再去杀人越货，岂不叫人笑掉大牙？”

轩辕三光怔了半晌，忽然大笑起来，道：“想不到你们这些龟儿子连强盗都不敢做了，你们还有什么用？我看你们不如屙泡尿自己淹死算了。”

屠娇娇道：“放你妈的屁，谁敢说十大恶人没有用？”

轩辕三光冷笑道：“二十年前，你们也许可以算得上‘十大恶人’，但在那乌龟洞里躲了二十年之后，你们已只能算是‘五十缩头乌龟’了。”

屠娇娇怒道：“你以为你是什么东西？就算在二十年前，你也没有资格称得上‘十大恶人’，别人只不过是将你拿来凑数的。”

轩辕三光道：“既然我们都算不上是什么‘恶人’，为什么不索性做件好事呢？”

李大嘴道：“做什么好事？”

轩辕三光指着地上的花无缺和笼子里的铁心兰道：“我们为什么不将这三个可怜虫放了，让他们感激一辈子？”

李大嘴沉吟着道：“不错，我们被人家恨了一辈子，偶尔也叫几个人感激我们，倒也不错。”

轩辕三光道：“杜老大，你的意思怎样？”

杜杀冷冷道：“反正这三个人已离死不远，我杀他们也甚是无趣。”

白开心眼珠子直转，忽然道：“你们既然要做好人，为什么不索性好人做到底？”

哈哈儿大笑道：“哈哈，损人不利己难道也做得出什么好事么？”

白开心道：“我坏事做了一辈子，如今也想尝尝做好事是什么滋味了，否则我死了到阎王爷那里去都不好交代。”

轩辕三光道：“你龟儿子究竟玩什么花样？”

白开心背着花无缺和铁心兰，笑嘻嘻道：“这两人你爱我、我爱你，已爱了好多年，只是中间多了个小鱼儿，现在小鱼儿既然已翘了辫子，我们为什么不索性将这两人结成夫妇？哈哈，让天下有情人终成眷属，岂非是最大的好事？”

哈哈儿拍手笑道：“不错，我们闲了这么多年，现在能为他们办办喜事，好好热闹一场，倒也开心得很。”

李大嘴笑道：“我已有二十多年没吃过喜酒了，这想必有趣得很。”

屠娇娇却指着白开心笑道：“我就知道这小子没存好心，干的果然还是损人不利己的事。”

白开心道：“替别人做媒，正是天大的好事，连阎王知道了，都要添我一记阳寿，你怎么还说这不是好事呢？”

屠娇娇笑道：“你明知这两人现在都很伤心，却偏偏要他们现在成亲，这岂非比杀他们更缺德？”

白开心眨着眼：“他们就算现在很伤心，一尝到成亲后那种妙不可言的滋味，我保险他们绝不会再伤心了。”

李大嘴道：“这条狗嘴里真是连一根象牙都吐不出来。”

屠娇娇笑道：“这就叫狗改不了吃屎，坏蛋永远做不了好人的。”

哈哈儿道：“我不管你们怎么说，反正是非要这两人成亲不可的了，哈哈，我还要亲手替他们换上红衣裳，亲手替他们倒交杯酒。”

李大嘴瞟了白夫人一眼，忽又笑道：“这里反正还有一条母大虫，我们索性也替她找个老公吧！”

哈哈儿瞧了瞧白夫人，又瞧了瞧白开心，大笑道：“不错，不错，这两人正是天生的一对。”

屠娇娇吃吃笑道：“看来这位大嫂子福气不差，也真和姓白的有缘，嫁来嫁去，都是姓白的，连姓都不必改了。”

白开心已叫了起来，道：“你们……你们……”

他嘴里说着话，人已想溜。

但屠娇娇、李大嘴，早已一边一个夹住了他。

屠娇娇笑道：“这是天大的喜事，你为什么还想溜呢？”

李大嘴道：“你溜也溜不了的。”

轩辕三光自从听到“小鱼儿已翘了辫子”，一直都没有说话，此刻眼珠子也转了转，忽然道：“我知道还有两个人要成亲，既是喜事，索性大家合在一起办吧，既省钱，又热闹。”

屠娇娇道：“你说的是那慕容永的小丫头和你那黑小子的朋友？”

轩辕三光道：“不错。”

李大嘴大笑道：“慕容家的人，怎么会和咱们一起办喜事呢？这赌鬼发疯了。”

轩辕三光道：“我们何必跟他们商量，到了那时候，我们就一起拥进喜堂，将三对新人排在一起，再吃他们一顿喜酒，他们还能在好日子里跟我们翻脸么？”

哈哈儿拍手大笑道：“好主意，好主意，哈哈，我们就跟他来个霸王硬上弓。”

李大嘴道：“我真希望他们酒席上有道菜是用人肉做的，到时你们吃你们的山珍海味，我也有人肉吃，那就真的皆大欢喜了。”

白开心忽然冷冷道：“只望那天燕南天也去喝喜酒才好。”

这句话说出，大家又全都笑不出了。

只听轩辕三光道：“燕南天绝不会到那里喝喜酒的。”

白开心冷笑道：“你怎么知道？你又不是他肚子里的蛔虫。”

轩辕三光也不理他，道：“燕南天现在一心只想找小鱼儿，哪有工夫去喝喜酒？”

白开心道：“你莫忘了，要找人一定会往人多的地方去找，办喜酒的地方人最多，我要是燕南天，也会去凑热闹的。”

轩辕三光道：“你龟儿子也莫忘了，现在替燕南天带路的人是谁。”

白开心怔了怔，不说话了。

屠娇娇笑道：“现在替燕南天带路的是江玉郎，江玉郎非但绝不会将燕南天带到慕容家去，也不会将燕南天带到人多的地方，他怕别人揭穿他的把戏。”

白开心道：“如此说来，岂非人愈多的地方反而愈安全？”

轩辕三光道：“最安全的地方，就是慕容家那些姑娘的所在之地。”

屠娇娇笑道：“一点也不错，想不到这赌鬼近来也变得聪明了。”

哈哈儿跳了起来，道：“既是如此，我们现在还等什么，赶快走吧！哈哈，我这人天生就喜欢热闹，人愈多愈好。”

第一百一十六章

鬼童复出

李大嘴忽然一拍巴掌，道："我们倒忘了一件事。慕容家的人最讲究排场，怎么会在这种穷乡僻壤办喜酒呢？我们总该去打听打听，他们走了没有、准备在哪里办喜酒。"

屠娇娇道："就叫这赌鬼去吧，他和她们有交情。"

突听窗外有人阴恻恻一笑，道："活鬼已经去过，赌鬼就不必去了。"

轩辕三光大笑道："格老子，你这半人半鬼的龟儿子还没有被打下十八层地狱么？"

阴九幽自窗外露出一张青森森的脸来，嘻嘻笑道："这世上鬼已够多了，又是赌鬼，又是色鬼，再加上穷鬼、酒鬼、讨债鬼、小气鬼……世上既有这么多鬼，我怎舍得再到别的地方去？"

杜杀沉声道："你是说你已去打听过慕容家的消息了？"

阴九幽道："不错，她们本来是准备要回去再办喜事的，但后来却改变了主意。"

杜杀道："为何改变主意？"

阴九幽摇着头道："她们没有说，也没有人敢去问她们。"

李大嘴笑道："女人家决定一件事后，若是不改变主意，倒是件怪事了。"

哈哈儿道："她们为何改变主意，屠娇娇也许知道，哈哈，她至少有一半是女人。"

屠娇娇道："不错，我的确知道。"

哈哈儿反倒怔了怔："你真的知道？你是怎么知道的？"

屠娇娇道："你若肯花些心思，也猜得出来的，只可惜你的心已经给猪油蒙住了。”

杜杀道：“你说她们究竟是为何改变主意的！”

屠娇娇道：“你想，她们若是真的规规矩矩地办喜事，江湖有头有脸的人物必定会到齐，大家都想知道这位慕容家的九姑娘究竟是怎么一位聪明标致的人物，都想瞧瞧她选来选去选到怎么样一位了不起的好姑爷。”

她嘻嘻一笑，接着道：“怎奈我们这位慕容九姑娘却已变成了个痴痴呆呆的半疯子，选到的姑爷也是个才貌不扬，还有点疯疯癫癫的人物。这样的一对夫妻，若是被她们的亲戚朋友瞧见，岂非丢尽了慕容家的人么？”

李大嘴笑道：“不错，她们家的亲戚朋友，不是公子哥儿，就是千金小姐，这种人吃饱了饭没事做，就想着看别人的笑话，还有的说不定早就瞧着她们眼红了。她们若丢了这次人，以后在别人面前怎么抬起头来？倒不如省些事了。”

屠娇娇道：“所以她们就索性在这小地方为这对见不得人的夫妻成亲，然后再将这对夫妻往别地方一送，叫他们安安分分地过日子。以后别人若是问起来，也可以说，不敢惊动啰，新姑爷脾气有些古怪啰，以后再补请喜酒啰……”

李大嘴抚掌道：“妙极妙极，这么一来，别人心里就算怀疑，也抓不着她们的把柄了。”

屠娇娇道：“话虽如此，但这种人天生死要面子，还是不会太省事的，她们一定还是要铺张一番，请请客，表示她们并非为了想省钱，只不过她们请的一定是些不相干的人，谁也不敢去笑话她们。”

阴九幽嘻嘻笑道：“屠娇娇真他妈的不愧是女诸葛，说得一点也不错。”

杜杀道：“她们在哪里请客？”

阴九幽道：“她们已在江边搭起了一两里长的长棚，摆下了流水席，无论谁都可以去吃她们一顿，就连叫花子每人都有两斤肉、一瓶酒。”

杜杀道：“什么时候？”

阴九幽道：“就在今天。”

虽然还没有天黑，但长棚内外都已点起了大红灯笼，上面还用金纸剪着双“喜”字，看起来倒真是喜气洋洋，蛮像那么回事。

长棚里的人，比苍蝇下的蛋还多。有新娘子可看，这些乡下人已经要挤破头了，何况这里还有不花钱的黄酒白酒、大鱼大肉。但有些人并不是完全白吃，居然还用红纸、红布、红绸子做成些喜联喜幛，上面还写“天作之合”“鸾凤和鸣”一类的吉词，有的居然还有下款，也莫非是张阿大、李洪发一类的名字。慕容家居然还将这些喜联喜幛挂了出来，一眼望去，到处都是红纸贴在竹子上，被江风吹得哗啦哗啦地直响。

江边停着三艘油漆崭新的大官船，舱里舱外不时有穿得花团锦簇般的丫头使女们进进出出。长棚里喝酒的人，都不时伸长颈子，往这艘官船上去瞧。

有人道：“这家人也真奇怪，无缘无故地请了这么多人来喝喜酒，主人家都躲在船舱里不肯露面，新郎官也不出来敬我们几杯。”

又有人道：“你就马虎些吧，你可知道人家是什么身份，怎会来跟我们这些人喝酒？”

那人道：“看他们这种势派，我这真猜不透他们是干什么的。”

另一人道：“听说他们不但是江南首屈一指的大富翁，而且还是武林中响当当的人物，请我们来，只不过是为了想要我们凑凑热闹而已，我们还是多喝酒、少说话的好，莫要说错了话，犯了人家的忌讳。那就真是敬酒不吃要吃罚酒了。”大家正在纷纷议论，谈得高兴，忽然一起闭住了嘴，扭过头来望，就好像瞧见了什么怪物似的。

原来这时已有辆马车在长棚外停下，这辆马车的式样已经够奇怪了，从车上下来的人却更奇怪。赶车的是一条很魁伟的大汉，身上穿的虽是件质料很好的新衣服，纽扣却一粒也没有扣上，露出了满胸黑毛。他不笑还好，一笑起来，一张嘴几乎咧到耳边，看来一口就可以吃下两个半斤重的大馒头。接着，车上又走下几个人，有的又矮又胖，有的妖里妖气，还有个人手上竟装着个钢钩，那张脸白里发青，叫人一看就害怕。

这些人的模样已经是稀奇古怪，天下少有，谁知他们又从车上推推拉拉地拉下三个人来。

这三个人有气无力，面容憔悴，看来已奄奄一息，身上却偏偏穿着红绸绿绸，打扮得和新娘子一样。长棚里几百双眼睛都在盯着他们，他们却大摇大摆，若无其事，忽然一窝蜂地拥进竹棚。

其中一条满脸大胡子的彪形大汉大声道："格老子，你们这些龟儿子知不知道主人在哪里？老子要找她们。"大多数人都认得这就是那开赌场的怪人，都领教过他们的手段，虽然被叫作龟儿子，也不敢出声。

偏偏有两人是刚从城里来的，还是什么镖局里的趟子手，总认为自己混得蛮不错的，怎肯受这个气？再加上七八分酒意，两人一起拍桌子跳起来，吼道："你这浑蛋在骂谁？""浑蛋"两个字刚说出口，两人已忽然被人夹着脖子提了起来，两人平日以为已练得很不错的武功，竟连一招也使不出。大家都瞧得呆了，只听一个穿着绿衣服的怪人哈哈笑道："这两个小子居然敢骂轩辕兄是浑蛋，胆子倒真不小，轩辕兄若是不教训教训他们，以后别人就全都可以叫你浑蛋了。"

那大胡子火气本来已够大了，再被人一挑拨，更是火上加油，两只手一抬，眼看这两人的脑袋就要被撞得稀烂。

幸好这时那圆脸胖子已拉住了他的手，笑道："哈哈，今天是人家的好日子，你却一来就要杀人，岂非叫做主人的脸上难看？"

那张嘴奇大无比的人也笑道："你要杀人，也不该砸坏他们的脑袋，我虽不吃人头，但一个人脑袋若被砸坏了，瞧着都恶心，老母鸡的头若已被砸得稀烂，你也吃不下去的，是么？"

那大胡子"哼"了声，手一甩，两个人就飞了出去，各个跌在一张桌子上，脑袋恰巧栽入一碗刚端上来的酸辣汤里，烫得鬼叫，桌子上的碗筷杯盏，已被震得跌在地上，砸得粉碎。长棚里立刻大乱，有些小姑娘、老太婆，已吓得鬼叫着往外面逃，有些小孩子更已吓得放声大哭起来。

突听一人道："是哪位朋友在这里撒野，莫非是想给我兄弟难看么？"这人说话的声音也并不十分响亮，但一个字一个字说出来，每个人都听得清清楚楚，而且语声中自有一种慑人的威力，叫人不敢不听话，哭声、叫声、嘈乱声，竟全都被这声音压了下去。

只见一个年轻人站在船头，背负着双手，看来文绉绉的，就好像是个刚入学的秀才，但气度沉稳，站在那里如渊渟岳峙，明眼人一望而知，此人必是个内外兼修的武林高手！

长棚里的人纷纷闪开，让这些怪人走了过去。

那圆脸胖子嘴里打着哈哈，道：“乡下人毛手毛脚，若是礼数欠周，小朋友你原谅则个。”他虽然像是在赔礼，却开口就叫人“小朋友”，那人面色一沉，似乎要发作，但忽然又似想起了什么，面上露出了惊奇之色，目光在这些人面上一扫，又瞧见了打扮得怪里怪气的花无缺。

这一看更吃惊，失声道：“各位莫非是……莫非是……”

那圆脸胖子笑道：“小朋友，我们的名字你最好莫要说出来，否则只怕要说脏你的嘴。”

那人沉吟了半晌，微一抱拳道：“在下秦剑……”他刚说了四个字，船舱里已又走出几个人来，有男也有女，女的固然是千娇百媚，艳丽中带着华丽，男的也都是风度翩翩的浊世佳公子，他们显然都知道来的是些什么人了，但面上却仍然都带着微笑。他们若是不知道这些人的来历，含笑迎客本是礼数当然，但知道这些人的底细后，居然还能带着微笑，这就很难得了。江湖中人见十大恶人时，通常不是怒发冲冠，就是咬牙切齿，不是伸手就打，就是掉头就跑的。

哈哈儿先打了哈哈，大笑道：“你们瞧，人家慕容家的姑爷们多有风度，多有教养，瞧见咱们这几块料，礼貌居然还如此周到。”

屠娇娇嘻嘻笑道：“这才叫盛名之下无虚士，否则人家千娇百媚的大姑娘怎么会嫁给他们呢？”

李大嘴长身一揖，道：“在下等闻得公子们家有喜事，是以特来致贺，却不知公子们可容得在下等这些山野狂夫登堂入室么？”

站在船头的除了三姑爷秦剑外，还有大姑爷“美玉剑客”陈凤超夫妇、二姑爷南宫柳夫妇、四姑爷“梅花公子”梅仲良夫妇、五姑爷“神眼书生”骆明道夫妇，江南武林的精英，可说已大多在此。

他们见到被打扮得奇形怪状的花无缺，面上都不禁露出了惊讶之色，但还是满面笑容，彬彬有礼。

直等李大嘴的话全都说完了，美玉剑客才抱拳笑道：“各位既肯赏脸，便是在下等的贵客……”

慕容双抢着说道：“何况轩辕先生更是我们新姑爷的生死之交呢！

各位快请上船吧。”

李大嘴也抱拳笑道：“既是如此，在下等就恭敬不如从命了。”

这其中只有秦剑和梅花公子面上微带着警戒之色，屠娇娇走过他们面前时，忽然回头一笑，道：“你放心，咱们今天是专程喝喜酒来的，既不会找麻烦，也不会偷东西，你用不着像防小偷似的防着我们。”

轩辕三光大声道：“不错，今天是我黑老弟的大喜之日，若有哪个龟儿子敢胡说八道，老子第一个先找他算账。”

白开心冷笑道：“就凭你，只怕还差着一点，李大嘴吃人的瘾若又发了，你难道还能用脑袋塞住他的嘴不成！”

这几人一面说，一面笑，嘻嘻哈哈、骂骂咧咧，全都上了船。竹棚中，人人侧目而视，不知道这几人究竟是什么玩意儿，这些贵人公子为何要对他们如此客气。

船舱中居然能摆得下好几桌酒，六姑爷“小白龙”夫妇、七姑爷“洞庭才子”柳鹤人夫妇、八姑爷“万花剑”左春生夫妇，以及“神拳”顾人玉，和“小仙女”张菁，自然全都在船舱里。

小仙女瞧见他们几个人走进舱，就斜着眼睛瞪他们，但大多数人的目光，却还是都在好奇地望着花无缺。他们实在猜不透移花宫的传人怎么会变得如此模样。但有教养的世家子弟是绝不能过问别人的私事的，别人若不说，他们心里就算好奇得要命，也只有装作没有见到。

他们几个人恰好占据了一桌，杜杀高居在首席，坐在主位相陪的是美玉剑客陈凤超和南宫柳。这两人温文尔雅，礼貌周到，坐在这一桌奇形怪状的人中间，更显得品貌出众，风神如玉。若是换了平日，他们和花无缺惺惺相惜，一定要倾心接纳，但此刻他们却连看也不便多看花无缺一眼。

花无缺更是眼观鼻，鼻观心，木头人似的坐在那里，就仿佛是坐在无人的旷野之中，别人是在可怜他也好，是在窃笑也好，他已全不放在心上。酒过三巡，一双新人竟还未露面。

李大嘴忽然道：“既有喜事，为何无礼乐？”

陈凤超沉吟着，赔笑道：“仓促之间，难以齐备，还望各位恕罪。”

李大嘴正色道：“纵然如此，礼亦不可废，何况……”

屠娇娇抢着笑道：“何况咱们这里还有两对新人，要沾沾你们的喜气，等着和九姑爷、九姑娘一起成礼哩。”

陈凤超道：“哦？”

南宫柳道：“却不知新人是……”他们虽然慎重而多礼，但此时还是忍不住瞧了瞧花无缺，只见花无缺苍白的脸上，既无悲切之容，亦无欢喜之色。他身旁一个美丽少女的表情却复杂得多，复杂得令人更猜不透这究竟是怎么回事。

哈哈儿道：“哈哈，常言道，好事成双。又道，一二不过三，三对新人一起成礼，日后这三对夫妇必定三多，多福多寿多子孙。”

陈凤超微微一笑，道：“阁下善颂善祷，这一番好意在下更无推却之理，只可惜……”

李大嘴皱了皱眉，道：“只可惜什么？”

陈凤超淡淡道：“只可惜舍下九妹吉礼已成，此刻已驾舟归去。”

南宫柳接着道：“各位想必也知道，九妹夫妻俱都饱尝忧患，是以这一次他们既然想静静地度过此一佳期，在下等自不便反对的。”

屠娇娇、李大嘴他们对望了一眼，居然声色不动。

哈哈儿道：“哈哈，若是换了别人这么说，我们一定要以为他这是在瞧不起人，但这话既然是从两位嘴里说出来的，那自然就不同了。”

陈凤超道：“多谢。”

屠娇娇嘻嘻笑道：“若是换在平日，各位见到我们这几个人，少不得要替天行道的，因为各位全都是大大的好人，好人遇着恶人，正如冰炭不能相容，是么？”

陈凤超微笑不语。

屠娇娇道：“所以，若是换在平日，我们也绝不敢来拜望你们，因为慕容家声势大得吓人，我们实在也惹不起。”

陈凤超欠身道：“不敢。”

屠娇娇道：“但今天可就不同了，我们就因为早已算准各位今天绝不会给我们难看的，所以才敢到这里来……”

哈哈儿道：“哈哈，常言道，既来之，则安之。我们既已来了，就少不了得要厚着脸皮赖在这里，好在各位俱是彬彬有礼的君子，今天又是大好的日子，我们就算有些失礼，各位也绝不会将我们赶走的。”

另一张桌上的秦剑忽然长身而起，沉声道：“各位究竟有何打算，不妨……”

李大嘴大笑着接口道：“在下等也没什么别的打算，只不过是想借各位这里做喜堂，为这两对新人成亲而已。”

秦剑还想说话，陈凤超却拦住了他，微笑道：“各位既肯赏脸，这又是大好的喜事，在下等欢迎唯恐不及，只不过……无乐不能成礼。”

李大嘴悠然道：“孟子曰：嫂溺，援之以手者，权也。何况，乐为礼奏，便无须悦耳，是么？”

陈凤超笑道：“阁下通达，非弟能及。”

李大嘴抚掌大笑道：“既是如此，何患无乐？”他忽然用两根筷子，在碗上敲打起来，哈哈儿也用一双手包着嘴，“呜哩哇啦”地吹个不停。

屠娇娇笑得直不起腰来，道：“此乐只应天上有，人间哪得几回闻？有此妙乐还不行礼？”她将白夫人和铁心兰一边一个架了起来，白开心瞪着眼，忽然咧嘴一笑，也架起了花无缺。

李大嘴一面敲着碗，一面大声道：“新人行礼，一拜天地……”

慕容家的姊妹们虽然都是秀外慧中的才女，八位姑爷也都是声名久著的俊杰，但实在也没有遇到过这么荒唐这么离奇的事，大家面面相觑，竟没有一人想得出如何应付之策。

就在这时，突听阴九幽阴森森的语声叱道：“什么人？”

又听得一人笑道：“我不是人！”

这两句话传入耳里，大家不禁全都一惊。

李大嘴他们虽然明知阴九幽必定游魂般在附近，但他遇见的人却是谁呢？“我不是人”这四个字，是阴九幽自己常说的。

阴九幽显然也怔了怔，才怪笑着道：“你不是人，难道还是鬼？”

那人道：“一点也不错。”

阴九幽笑道：“你是鬼？你可知道我是什么？”

那人道：“你只不过是‘半人半鬼’，我却是一整个鬼，你还有一半是人，我却完完全全不是人。”

听到这里，白开心忍不住拍手大笑道："妙极妙极，想不到阴九幽今天真是白日见鬼了。"大家虽然都很惊讶，也不禁都觉得有些好笑。

只听那人大笑道："一点也不错，你们全都白日见鬼了，我就是白日鬼！"笑声中，一条人影已自舱外风一般卷了起来。

船舱中可说没有一人不是武林中一等一的高手，屠娇娇、白开心、万花剑左春生、神眼书生骆明道，这几人的轻功在江湖中更是赫赫有名，但他们见到这人的轻功，还是不免吃了一惊。

李大嘴他们更知道半人半鬼阴九幽只要缠住一个人，便如附骨之疽，永远不会让那人脱身的。但这人竟轻轻松松地就自阴九幽身旁掠入船舱来，可见他的轻功竟比身法如幽灵般的阴九幽还高明得多。

他们实在不敢想象这人是谁！因为除了移花宫主和燕南天外，世上有这么高轻功的人实在不多。

但这人并不是燕南天，自然更不会是移花宫主。灯光下，只见他身高不满三尺，竟是个侏儒。别的侏儒长得必定奇形怪状，难看得很，这侏儒却是不同，他的头、手、脚和身子的发育都很相称，一张脸更是眉清目秀，而且颔下还冒着五绺须，看来居然仙风道骨，很有几分道气。

他身上的打扮，却是非道非俗，穿着件青灰色的短袍，背后还斜插着剑——这柄剑比别人的匕首还短两寸，就像是小孩子的玩具。若是小孩子见到这人，一定会拉起他的手，要他陪自己捉迷藏；若是走江湖卖艺的见到此人，一定要认为是奇货可居；若是贵胄大臣见着此人，一定要将他引见给帝王，做宫廷的弄臣。

但屠娇娇见到此人，却忽然笑不出了。杜杀、李大嘴瞧见她面上变了颜色，心里也忽然想起一个人来。

这时阴九幽也跟着掠进船舱，似乎想要向这人出手，但屠娇娇、李大嘴却赶紧拦住了他，在他耳旁悄悄说了两句话。阴九幽面色也变了变，拍出去的手也立刻缩了回去。

只见这人四下作了个揖，笑嘻嘻道："不速之客，闯席而来，恕罪恕罪。"

陈凤超、南宫柳等人心里自然也很惊讶，但还是很客气地答礼，只有三姑娘慕容珊珊目光闪动，忽然道："晚辈年纪小时，曾听说过江湖中有位奇侠，形迹如神龙，人所难测，晚辈久已想一睹风采了。”

慕容双眼睛一亮，抢着道：“三妹说的这位奇侠，可是人称……人称……”

那人哈哈笑道：“姑娘用不着避讳，只管将‘鬼童子’这名号叫出来就是，我早已听得很习惯了，非但不会生气，而且还觉得这名字蛮不错的哩。”

“鬼童子”这三字说出来，陈凤超、南宫柳等人也不觉都为之悚然失色。他们小时候也曾听人说起过，此人不但轻功绝高，而且据说还是东瀛扶桑岛伊贺谷秘宗忍术的唯一传人。

第一百一十七章

狂狮铁战

据说鬼童子最善于隐迹藏形，他若想打听你的秘密，就算藏在你的椅子下面，你都休想能发觉到他。但此人五十年前便已成名，近三四十年来已没有人再听到过他的消息，据说他又已远走扶桑，去领略那里的异国风光去了。又有人说，因为扶桑岛上的人，大多是矮子，所以他住在那里，觉得开心些。此人竟又忽然现身，来意实在难测。

陈凤超躬身道："晚辈等久慕前辈的大名，今日能一睹前辈风采，实是不胜之喜。"

鬼童子笑道："你嘴里虽然这么说，心里只怕是想问我这老怪物为何到这里来吧？"

陈凤超道："不敢。"

鬼童子道："其实你不问，我也要说的。"

陈凤超道："是。"

鬼童子道："我这次来，是为了两件事。第一件，我听说这位铁姑娘要成亲了，就特地去请了一班礼乐来，我可以保证那些人全都是一等一的好手，他们现在还没有到，铁姑娘就成礼了，岂非令我老头子脸上无光？所以，我只好请铁姑娘千万要等一等。"

陈凤超等人暗中似乎都松了口气："原来老怪物不是为了我们来的。"

李大嘴等人心里却不禁暗暗吃惊："这老怪物和铁心兰有什么关系？为何要为她的事担心？"

鬼童子向他们嘻嘻一笑，道："其实我老头子和这位铁姑娘根本就不认得，我只不过是天生的好管闲事而已。"

李大嘴心里虽然还是有些怀疑，嘴里并没有问出来。在那恶人谷闷了二十年之后，此番他们重出江湖，行事虽然有些几近胡闹，但他们毕竟是十大恶人，十大恶人这名字毕竟不是随随便便就可以得来的，真的遇到大事时，他们每个人都很能沉得住气。

“还有一件事，说起来更有趣了。”鬼童子道，“这次我无意中救了一个人，这人据说是个浑蛋，但我老头子天生的怪脾气，最喜欢和浑蛋交朋友，因为别人都不喜欢跟浑蛋交朋友，我若也和别人一样，那么浑蛋岂非就很可怜了么？一个人若很可怜，又怎能称作浑蛋呢？”这人当真是歪理十八篇，慕容姊妹们听得暗暗好笑。

白开心也笑道：“前辈若喜欢和浑蛋交朋友，那是再妙也没有的了，因为这里的浑蛋，比别的地方所有的浑蛋加起来还多十倍。”他这人若不说两句挑拨离间、尖酸刻薄的话，不但喉咙发痒，而且全身都难过，正如一条狗见到屎时，你若想要它不吃，那实在困难得很。

鬼童子望着他嘻嘻一笑，道：“看来这位就是损人不利己白开心了，果然名不虚传，我老头子这次上船来，就是为了要找你。”

白开心吃了一惊，道：“我……找我？为……为什么？我既不吃人，也不赌钱，这些人里，实在没有比我更老实的了。”

鬼童子道：“其实也不是我老头子要找你，只不过我那浑蛋朋友，跟你还有些手续未清，所以想跟你好好地谈谈。”

他忽然高声唤道：“快来吧，你这只没牙的老虎，难道真的已不敢见人了么？”这句话说出来，白开心就要开溜，只因他已猜出来的是什么人了。白夫人本来还在羞羞答答的，故作娇羞，听到这句话，也变了颜色。可是白开心纵然脚底抹了油，这时也跑不了的，他刚一掠而起，却已看到鬼童子的一张脸挡在他的眼前。

这时甲板上“咚”的一响，已有个人大步走了进来，却不是那老婆被人抢走的白山君是谁？

白开心叹了口气，喃喃道：“这笔糊涂账，该怎么样才能算得清呢？”

李大嘴咧嘴一笑，道：“算不清就慢慢算，反正你们是同靴的兄弟，还有什么话不好说呢？”

白开心狠狠瞪了他一眼，恨不得找他拼命，可是这时白山君已走到他面前，他赶紧赔笑道：“咱们都姓白，一笔写不出两个‘白’字，千万莫要听信别人的挑拨离间，伤了我们白家兄弟的和气。”

李大嘴冷冷道：“一笔写不出两个‘白’字，一只靴子怎么套得下两只脚呢？”

白开心跳起来，似乎就要扑过去。

白山君反而拦住了他，居然笑道：“这位兄台说的其实也是实话，我……”

白开心叫道：“实话？他这简直是在放屁，我和你老婆并没有什么……什么关系，我也并不想娶她，你来了正是再好也没有了。”

白山君道：“岂有此理，贱内既已和兄台成亲，此后自然就是兄台的老婆了，小弟虽不才，但也知道朋友妻不可戏，怎能调戏大嫂哩！”

他居然说出这么一番话来，大家全都怔住了。

白开心吃吃道：“你……你这是什么意思？你难道不想要回你自己的老婆？”

白山君笑道：“在下万万没有此意，这次在下到这里来，只不过是想和兄台办妥移交的手续而已，此后手续已清，谁也不得再有异议。”

白开心怪叫道：“我抢了你的老婆，你不想跟我拼命？”

白山君道：“在下非但全无拼命之意，而且还对兄台感激不尽……”

白开心的鼻子都像是已经歪了，失声道：“你……你……你感激？……”

白山君哈哈笑道：“在下享了她二十年的福，也该让兄台尝尝她的滋味了。她脾气虽然不好，醋性又大，虽然既不会烧饭，也不会理家，但有时偶然也会煮个蛋给兄台吃的，只不过盐稍微多放了些而已！”

白开心听得整个人全都呆在那里，嘴里直吐苦水。

白夫人却跳了起来，嗄声道：“你……你这死鬼，竟敢说老娘的坏话……”

白山君笑嘻嘻道：“大嫂莫要找错对象，在下现在已不是大嫂的丈夫了，这点还求大嫂千万莫要忘记才好。”

白夫人也怔了怔，再也说不出话来。

白山君长身一揖，笑道：“但愿贤伉俪百年和好，白头到老。在下承两位的情，放了在下一条生路，日后必定要为两位立个长生祠，以示永生不忘大德。”他仰天打了两个哈哈，转身走了出去。

大家面面相觑，都有些哭笑不得，谁也想不到天下居然真的会有这样的人，这样的事。

过了半晌，只听这位白夫人喃喃道：“他不要我了，他居然不要我了，这是真的么……”

白开心呻吟了一声，道：“若不是真的就好了，只可惜他看来一点也不像假的。”

白夫人大叫道：“这一定不是真的，他一定不是真心如此，我知道……我知道他现在一定难受得要发疯，我绝不能就这样让他走。”她一边叫着，一边往外面跑，在饿了三四天之后，白开心他们只让她吃了半个馒头，喝了一小杯水，现在她就将这点力气全都用了出来，就好像生怕有人会在后面拉住她两条腿似的。

其实谁也没有拉住她的意思，尤其是白开心。

白开心本来倒也觉得这女人蛮有趣的，最有趣的一点，就因为她是别人的老婆，大多数男人都觉得别人的老婆比较有趣，何况是损人不利己的白开心？所以别人要他和这女人成亲，他并没有十分反对。

他只希望白山君知道这件事后，会气得大哭大叫，来找他拼命，谁知白山君却将她双手送给了他，就好像将她看成一堆垃圾似的，还生怕送不出去，这下子白开心才真的失望了。他忽然也觉得这女人实在并不比一堆垃圾有趣多少。

这就是大多数男人的毛病，就算是条母猪，假如有两个男人同时抢着要她，那么这母猪全身上下每个地方都会变得漂亮起来。但其中假如有一个男人忽然弃权了，另一个男人立刻就会恍然大悟：“原来她是条母猪，只不过是条母猪。”

白开心现在就恨不得这女人赶快跑出去，愈快愈好，若是一脚踩空，掉在河里，那更是再好也没有了。谁知白夫人刚冲到鬼童子面前，鬼童子一伸手，夹着脖子将她拎了起来。他身材虽然比她矮得多，但也不知怎地，偏偏能将她从地上提起来，而且看来还轻松得很。

他一直将她拎回白开心的身旁，才放下来，白夫人直着眼睛似乎已经被吓呆了。连她自己都弄不懂自己是怎会被这小矮子拎起来的。

她嗫嚅着道：“我要去找我的丈夫都不行么？”

鬼童子板着脸道：“你的丈夫就在这里，你还要到哪里去找？”

白夫人道：“可是……我并不想嫁给他，这完全是被别人强迫的。”

鬼童子道：“你若不想嫁给他，方才为什么要羞答答地做出一副新娘子的模样来？”白夫人用力揉眼睛，想揉出眼泪来，可惜她的眼泪并不多，而且很不听话，该来的时候偏偏不来。

鬼童子笑了，忽然拍了拍花无缺的肩膀——他要踮起脚尖来，才能拍得到花无缺的肩膀。

他笑嘻嘻地道：“小伙子，你能娶得到我们的铁大侄女做老婆，实在是你的运气。”花无缺虽然是站着的，但他除了还能站着外，再也没有做别的事的力气，也许他还能说话，可是，到了这种时候，他还能说什么？

鬼童子望着他脸上的神色，皱眉道：“无论如何，你总算得到她做老婆了，你还有什么不开心呢？”

铁心兰忽然道：“前辈，我……我……”

屠娇娇他们并没有点住她的哑穴，因为他们并不怕她说话，假如她说了不该说的话，他们随时都可以阻止她的。

但是现在，有这鬼童子在她面前，他们只好让她说下去，因为谁都不愿被人夹着脖子拎起来的。

这鬼童子就算没有别的功夫，就只这一样功夫，已经够要命的了。因为他们方才看到他拎起白夫人的时候，那么样一伸手，谁也不能保证自己一定能躲得开，他伸手的时候，就像他的手本来就长在白夫人的脖子上似的。幸好铁心兰只说了三个字，就说不下去了。

鬼童子却笑道：“我知道你有很多话要问我，但现在不要着急，用不着多久，你什么事都会明白的。”

慕容家的姊妹已开始在悄悄地交换眼色，似乎正在商量该如何招待这怪人，慕容家的人从来不愿对客人失礼。

但她们还没有说话，鬼童子已笑着道：“你们用不着招待我喝酒，我向来不喝酒的，因为我个子太小，要喝酒一定喝不过别人，所以就索性不喝了。”

陈凤超赔着笑道：“既是如此，却不知前辈……”

鬼童子道：“你是不是要问我喜欢什么？好，我告诉你，我只喜欢看女人脱光了翻筋斗，你们若想招待我，就翻几个筋斗给我看好了。”

慕容姊妹脸上都变了颜色，秦剑、梅仲良、左春生，已振衣而起，屠娇娇眼睛却发了光，只望他们快打起来。谁知就在这时，江上忽然飘来一阵乐声，在这清凉的晚风中，听来是那么悠扬，那么动人，而且还充满了喜悦之意。无论任何人听到这种乐声，都不会打起来的。

乐声乍起，四下的各种声音立刻都安静下去，似乎每个有耳朵的人全都被乐声沉醉了。就连血手杜杀的目光都渐渐变得温柔起来，乐声竟能使每个人都想起了自己一生中最欢乐的时光、最喜悦的事。乐声中，少年夫妻们已情不自禁依偎到一起，他们的目光相对，更充满了温柔与幸福。

花无缺的目光也不由自主向铁心兰望了过去。铁心兰也正在瞧着他。他们心里都已想起他们在一起所经历过的那段时光。在那些日子里，他们虽然有时惊惶，有时恐惧，有时痛苦，有时悲哀，但现在，他们所想起的却只有那些甜蜜的回忆。

鬼童子看着他们，微笑着喃喃道：“你们现在总该相信，我请来的这班吹鼓手，非但是天下第一，而且空前绝后，连唐明皇都没有这种耳福听到的。”

乐声愈来愈近，只见一叶扁舟，浮云般自江上漂了过来，舟上灯光辉煌，高挑着十余盏明灯，灯光映在江上，江水里也多了十余盏明灯，看来又像是一座七宝光幢，乘云而下。

舟上坐着七八个人，有的在吹箫，有的在抚琴，有的在弹琵琶，有的在奏竽，其中居然还有一个在击鼓。那低沉的鼓声，虽然单调而无变化，但每一声都仿佛击在人们的心上，令人神魂俱醉。

灯光下，可以看出这些人虽然有男有女，但每一个头发都已白了，有的甚至已弯腰驼背，像是已老掉了牙。

但等到他们上了船之后，大家才发现他们实在比远看还要老十倍，没有看到他们的人，永远无法想象一个人怎会活得到这么老的，甚至就连看到他们的人也无法想象……这么多老头子、老太婆居然坐在一条很小的船上奏乐，这简直就是件令人无法想象的事。

更令人无法想象的是，这种充满了青春光辉、生命喜悦的乐声，竟是这些已老得一塌糊涂的人奏出来的。这种事若非亲眼瞧见，谁也无法相信。但现在每个人都亲眼瞧见了，只不过谁也没有看清他们是怎么样上船的，这小船来得实在太快。

等到慕容姊妹想迎出去的时候，这些老人忽然已在船头上了，甚至连乐声都没有停顿过。

只见击鼓的老人头发已白得像雪，皮肤却黑如焦炭，身上已瘦得只剩下皮肤骨头。他用两条腿夹着一面很大的鼓，这面鼓像是比他的人还要老，看起来重得很，但是他用两条腿一夹，连人带鼓就都轻飘飘掠上了船，看来又仿佛是纸扎的，只要一阵小风就能将他吹走。

陈凤超抢先迎了上去，躬身道："前辈们世外高人，不想今日竟……"

他话还没有说出，击鼓的老人忽然一瞪眼睛，道："你是不是姓曹？"

陈凤超怔了怔，道："晚辈陈凤超。"

他"陈"字刚说出口来，那击鼓老人忽然怒吼道："姓陈的也不是好东西。"吼声中，他枯瘦的身子暴长而起。

鬼童子皱了皱眉，一把拉住了他，道："你就算恨姓曹的，姓陈的人又有什么关系？"

击鼓老人怒道："谁说没有关系？若不是陈宫放了曹操，我祖宗怎会死在曹操手里？"他这么样一闹，乐声就停止了下来，大家也不知道他胡说八道在说些什么，只有慕容珊珊忽然笑道："如此说来，前辈莫非南海烈士祢衡的后人？"

击鼓老人道："不错，自蜀汉三国以来，传到我老人家已是第十八代了，所以我老人家就叫祢十八。"

陈凤超这才弄明白了，原来这老人竟是祢衡的子孙，祢衡以"渔阳三挝"击鼓骂曹，被曹操借刀杀人将他害死，现在这祢十八却要将这笔账算到陈凤超的头上，陈凤超实在有点哭笑不得。

只听慕容珊珊正色道："既是如此，前辈就不该忘了，陈宫到后来也是死在那奸贼曹阿瞒手里的，所以前辈和姓陈的本该敌忾同仇才是，若是自相残杀，岂非让姓曹的笑话？"

祢十八怔了半晌，点头道："不错，不是你提醒，我老人家倒忘了，你这女娃儿有意思。"

突听一人道："这里可有姓钟的吗？"

这人高瘦颀长，怀抱着一具瑶琴，白开心只当他和姓钟的人有什么过不去，立刻指着李大嘴道："这人就姓钟。"他以为李大嘴这次一定要倒霉了，因为慕容家的姑娘绝不会帮李大嘴说话的，谁知道这抚琴老人却向李大嘴一揖到地，道："老朽俞子牙，昔日令祖子期先生，乃先祖平生唯一知音，高山流水传为千古佳话，今日你我相见，如蒙阁下不弃，但请阁下容老朽抚琴一曲。"

李大嘴少年时本有才子之誉，否则铁无双也就不会将女儿嫁给他了，伯牙先生和钟子期的故事他自然是知道的，所以白开心说他姓钟，他一点也没有反对，此刻也立刻长揖道："前辈如有雅兴，在下洗耳恭听。"

只见俞子牙端端正正坐了下来，手拨琴弦，琤琤一声响，已令人觉得风生两腋，如临仙境。

李大嘴装模作样地闭起眼睛听了许久，朗声道："巍巍然如泰山！快哉，妙哉。"

俞子牙琴音一变，变得更柔和悠扬。

李大嘴抚掌道："洋洋然如江河，妙哉，快哉。"

俞子牙手划琴弦，戛然而止，长叹道："不想千古以下，钟氏仍有知音，老朽此曲，从此不为他人奏矣。"

屠娇娇早已看出这些老人莫不是身怀绝技的高手，但她却未想到他们竟如此迂腐，如此容易受骗。

她忍不住暗笑忖道："一个人愈老愈糊涂，这话看来倒没有说错。这些人实在是老糊涂了。"

只见俞子牙竟拉起了李大嘴的手，将那些老头子、老太婆一一为他引见。吹箫的就姓萧，自然是萧弄玉的后人，击筑的就姓高，少不得也和高渐离有些关系，吹笛的会是什么人的后代呢？原来是韩湘子的后人，自然和文起八代之衰的韩愈也有亲戚关系。

慕容姊妹在一旁听得真是几乎要笑破肚子，她们已渐渐觉得这些人都是疯子，而且疯得很有趣。

最妙的是，吹竽的一人竟自命为南郭先生的后代，而且居然叫南郭生，慕容珊珊实在忍不住了，嫣然道："齐宣王好吹竽之声，必令三百人同吹，其中只怕有二百九十九人是比南郭先生吹得好的，前辈吹竽妙绝天下，怎么会是南郭先生的后人呢？"

这位南郭先生矮矮胖胖的，看来很和气，所以慕容珊珊才敢开开他玩笑，他果然也没有生气，笑眯眯道："姑娘只知道先祖滥竽充数，传为千古笑谈，却只知其一，不知其二。"

慕容珊珊道："晚辈愿闻其详。"

南郭生道："宣王死，愍主立，欲令三百人一一吹竽，先祖闻得后，就乘夜而逃，这段故事是人人都知道的。却不知先祖逃走之后，从此奋发图强，临死前已成为当代吹竽的第一高手，而且严诫后人，世世代代都不能不学吹竽，为的就是要洗刷'南郭吹竽'这段笑话。"

他笑了笑，接着道："姑娘放眼天下，还有谁吹竽能比姓南郭的更好？"

慕容珊珊立刻整容谢道："晚辈孤陋寡闻，失礼之处，还望前辈恕罪。"

其实谁都可以看出南郭先生并不姓南郭，祢十八并不姓祢，那位姓韩的老头子更不会是韩湘子的后代。

因为韩湘子一生中根本就没有娶老婆，哪里来的儿子？没有儿子，孙子更不会从地下钻出来了。

但这些老人一定要这么说，大家也没有法子不相信。大家虽然也都已看出，这些老人必定都是五六十年，甚至六七十年前的江湖名侠，怎奈谁也猜不出他们本来的姓名身份。铁心兰更猜不透这些老人为什么要赶来为自己奏乐，这些人的年纪每一个都可以做她的太祖父了，怎会和她有什么渊源关系？

慕容大姑娘温柔端庄，正是"大言不出，小言不入"的贤妻良母，她始终都是面带着微笑，静静地坐在那里，此刻忽然悄悄拉她夫婿的衣袖，柔声道："时候已不早，大家也都很累了……"

陈凤超微笑着拍了拍她的手，道："你的意思我知道。"

其实他自然也早就看出今日的局面已愈来愈复杂，也不愿再和这些稀奇古怪的邪门歪道再纠缠下去，当下抱拳笑道："此刻礼乐俱已齐备，还是快些为这两对新人成礼吧，大家也好痛痛快快地喝几杯喜酒。"

屠娇娇拍手笑道："这话对极了。"

哈哈儿道："哈哈，常言道，春宵一刻值千金。咱们只顾着打岔，却忘了新人们正急着要入洞房哩。"

他们也看出这些老人来历诡异，也巴不得早些脱身才好。谁知鬼童子却忽然大声道："不行，现在还不行，还要等一等。"

屠娇娇笑道："难道前辈们也约了客人来观礼么？"

鬼童子道："不是客人，是主人。"

屠娇娇也不禁怔了怔，道："主人？主人岂非都在这里么？"

鬼童子再也不理她，却向祢十八道："老幺是不是跟你们一起来的？"

祢十八翻了翻白眼，道："他不跟我们一起来，跟谁一起来？"

鬼童子道："他的人呢？"

祢十八道："他的人在哪里，你为何不问他去？"

鬼童子道："我若知道他在哪里，还问个屁！"

祢十八瞪眼道："我又怎会知道，我又不是他的老子。"

鬼童子笑骂道："你这人简直跟你那老祖宗是一样的臭脾气。"

南郭生笑道："你明知他的臭脾气，为何要问他，为何不问我呢？"

李大嘴在一旁听得暗暗好笑，这几人原来也是愈老愈天真，斗起嘴来，竟不在自己之下。

陈凤超生怕他们再纠缠下去，幸好南郭生已接着道："老幺本来和我们一起坐船来的，但他却嫌船走得太慢，所以就跳上岸，要一个人先赶来。"

俞子牙道："这就叫欲速则不达。"

鬼童子笑道："他这火爆栗子的脾气，只怕到死也改不了。"

那吹箫女插口笑道："以他近来的脚程，就算绕些远路，此刻也该到了，就只怕他又犯了老脾气，半路上又和人打了起来。"

韩笛子笑道："若是真打起来，那只怕再等三天三夜也来不及了。”

屠娇娇眼珠子一转，忽然道：“前辈们的这位朋友，难道和人一动上手就没完没了的么？”

鬼童子叹道：“不打得对方磕头求饶，他死也不肯罢手的。”

屠娇娇瞧了李大嘴一眼，道：“莫非是他？”

李大嘴也已想起了一个人，突地失声道：“前辈们的这位朋友莫非是……”

他话还没有说完，突听岸上一人大吼道：“李大嘴、恶赌鬼，你们这些孙子王八蛋在哪里，快滚出来吧！”

屠娇娇叹了口气道：“一点也不错，果然是这老疯子。”

轩辕三光抚掌大笑道：“这个龟儿子一来，就更热闹了。”

一听到那雄狮般的大吼，铁心兰全身就不停地发起抖来，也不知是太惊奇，还是太欢喜。慕容姊妹却在暗暗奇怪，这些老怪物的兄弟又怎会是十大恶人的老朋友呢？她们实在想不通。

只见李大嘴和轩辕三光已跳上船头，大笑着道：“你这老疯子还没有死么？”

岸上一人也大笑着道：“你们这些孙子王八蛋还没有死，我怎么舍得先死？”笑声中，一人跳上了船头，这么大的一条船，竟也被他压得歪了一歪，杯中的酒都溅了出来，这人分量之重，也就可想而知了。

但若说他轻功不行，却也未必，他自岸边跃上船头，这一掠之势，至少也有四五丈远近！梅花公子、神眼书生，这些人的轻功在江湖中也可算是顶尖的身手，但自忖能力，未必能一掠四丈。这人的轻功既然不弱，落下来时却偏偏要故意将船震得直晃，也就难怪李大嘴他们要骂他是“老疯子”了。

大家连看都不必看，已知道来的必定又是个怪人，一看之下，更不禁抽了口凉气。这人身材也不太高，最多也只不过有六七尺，但横着来量，竟也有五尺六七，一个人看来竟是方的，就像是一块大石头。他的头更大得出奇，头砍下来称一称，最少也有三五十斤，满头乱蓬蓬的生着鸡窝般的乱发，头发连着胡子，胡子连着头发，也分不清什么是胡子，什么是头发了，鼻子嘴巴，更是连找都找不到。

远远望去，这人就像是一块大石块上蹲着一头刺猬，又像是一头被什么东西压得变了形的雄狮。

只见这人一跳上船头，就和李大嘴、轩辕三光两人嘻嘻哈哈地纠缠到一起，三个人加起来已经两百多岁了，却还是老不正经。陈凤超看得只有苦笑，正不知是该迎出去，还是不该迎出去，那怪人忽然一把推开了李大嘴，吼道："我倒忘了先看看你们这些孙子王八蛋究竟替我女儿找了个什么样的女婿，若是不合我的意，看我不把你们打扁才怪。"他狂吼着跳了起来，屠娇娇迎上去笑道："我们替你找的这女婿，凭你这老疯子就算打锣也找不到的，包你满意。"

铁心兰看到这怪人，眼泪早已忍不住夺眶而出，挣扎着扑了上去，颤声道："爹爹……"她满心凄苦，满怀幽怨，只唤了这一声，喉头已被塞住，哪里还能说得出第二个字来？

花无缺这时也知道"狂狮"铁战到了，看到铁心兰这样的女儿，他实在想不到她的爹爹竟是这副模样。

铁战拍着他女儿的头，大笑道："好女儿莫要哭，老爸爸没有死，你该高兴才是，哭什么？"他话还没有说完，已跳到花无缺面前，从头看到脚，又从脚看到头，将花无缺仔仔细细瞧了几遍。花无缺似已饿得完全麻木了，动也不动。

铁战点着头道："看来这小子长得倒还蛮像人样的，只不过……怎地连站都站不稳，莫非你们找的竟是个痨病鬼么？"

鬼童子笑道："这不是痨病，他这病只要有新出笼的包子就能站得好。"

铁战怔了怔，道："他这难道是饿病？"

鬼童子笑道："不错。"

铁战跳了起来，怒吼道："是谁把我女婿饿成如此模样？"

鬼童子道："除了你那老朋友还有谁？"

铁战霍然一翻身，双手张舞，已抓住了哈哈儿和屠娇娇的衣襟，竟将这两人硬生生提了起来。他武功在十大恶人中算来本非好手，只不过打起架来特别不要命而已，若论真实的功夫，他也未必能强过屠娇娇。但现在他随手一抓，就将屠娇娇和哈哈儿两个都抓了起来，他们两人非但不能抵抗，竟连闪避都闪避不开。李大嘴等人都不禁骇了一跳，谁也想不到他武功竟有如此精进，但目光一转，只见祢十八、俞子牙等人面上都露出得意之色，不问可知，他武功必定是跟这些老怪物学的。哈哈儿只觉脖子都快断了，想打个哈哈，却连气都喘不过来，吃吃道："老……老朋友有话好说，何必动手呢！"

铁战怒道："什么好说歹说，你自己吃得一身肥肉，为什么将我女婿饿成这副模样？"

屠娇娇赔笑道："铁兄有所不知，若非咱们饿他一饿，他只怕早就跑了。"

铁战道："跑？为什么要跑？"

屠娇娇道："铁兄为何不问问他自己？"

铁战果然松了手，却抓起了花无缺的衣襟，吼道："我问你，你为什么要跑？难道我女儿还配不上你这病鬼么？"

铁心兰揪住了她爹爹的手臂，道："爹爹，快放开他，这不关他的事。"她心里的矛盾和痛苦，又怎能当着这么多人的面说出来。

铁战顿足道："这究竟是怎么回事？……别的事我都不管，我只问你，你愿不愿意嫁给这小子？"

铁心兰垂首道："我……我……"

铁战怒道："你现在怎地也变得扭扭捏捏起来了，这还有什么不好说的？愿意就愿意，不愿意就不愿意，只要你点点头，这小子就是你老公了，只要你摇摇头，我就立刻替你将这小子赶走。"铁心兰的头却连动也不能动，她既不能点头，也不能摇头，想起花无缺对她的深情，她怎么能摇头？她知道只要自己摇一摇头，此后只怕永远见不着花无缺了，但想起了那可恨又可爱的小鱼儿……却叫她又怎能点头？

这时她的心情，只怕连最善解人意的人也无法了解，又何况是从来不解这种儿女之情的狂狮铁战？他简直快被急疯了，跺脚道："我不要你开口，但你连头都不会动了么？"铁心兰的头硬是纹风不动。

大家面面相觑，全都瞧得发了呆，慕容姊妹虽然玲珑剔透，但也着实猜不透她心里究竟在打什么主意。这其中了解她心意的只怕唯有花无缺。但他自己也是满心酸楚，他知道铁心兰不肯摇头，只为了不忍让他伤心，但铁心兰就算点了头，他难道就不伤心了么？

他忍不住黯然道："我……"

谁知他刚说了一个字，铁战就跳起来怒吼道：“闭嘴，谁要你说话的？只要我女儿愿意，你就得娶她，我女儿若不愿意，你就得滚蛋！”这句话说出来，连慕容姊妹都听得有些哭笑不得，只觉得这么不讲理的老丈人，倒也天下少有。却不知狂狮铁战若是讲理的人，也就不会名列在十大恶人之中了。

萧女史忽然一笑，道：“女人家若是既不肯点头，也不肯摇头，那就是愿意了。”她虽已白发苍苍，满面皱纹，老得掉了牙，但眼神却仍很有风致，想当年必定也是位在情场中打过滚的人物。

铁战一拍大腿，抚手道：“不错，到底还是萧大姊懂得女儿家的意思……”

第一百一十八章

大众情人

谁知铁心兰却立刻道："我……我不是这意思。"

铁战急得直抓头发，道："你到底是什么意思呢？说呀。"铁心兰垂下头，又变成了哑巴。这情况莫说铁战快急得发疯，就连别的人也不禁着急起来了。

铁战跳着脚道："你们这些人难道没有一个人知道她意思的么？"

轩辕三光笑了笑，道："我们知道有个人是知道她意思的。屠娇娇。"

最后一个"娇"字还未说出口，铁战已又一把拎起了屠娇娇，怒吼道："你既然知道，为何不说，却害得老子着急？"

屠娇娇赔笑道："你女儿的心意连你都不知道，我怎会知道？这全是恶赌鬼恨我方才得罪了他，所以现在来报仇。"

铁战厉声道："放屁！恶赌鬼一辈子从来不说谎的，我数到'三'字，你若还不说，我就立刻宰了你。"

他"一"还没数，屠娇娇已苦笑道："好，说就说吧，只不过说出来你更没法子了。"她知道狂狮铁战说得出做得到，到了自己性命交关时，她也只有将什么事都说出来了。

铁战道："只要你说出来，我就有法子。"

鬼童子道："就算他没有法子，我们也可以替他想法子。"

屠娇娇道："你女儿本来是很愿意嫁给这位花公子，可是，可是……她还有个心上人，她既想嫁给花公子，又想嫁给那人。"

萧女史道："这两人，谁比谁强些呢？"

屠娇娇笑了笑道："两人半斤八两，各有各的好处，我若是她，实在也不知道究竟该要嫁给谁才好。"

听到这里，铁心兰心里又是羞惭，又是痛苦，真恨不得立刻死了算了，但想到他们既然已提起“小鱼儿”来，小鱼儿说不定就有了生机，她也只有暗咬着银牙，将眼泪往肚子里流。

只听萧女史叹道：“无论多么强的女人，遇着这件事也没法子，这也难怪铁姑娘如此痛苦，若换她是我，我也……”

白开心道：“她若喜欢两个人，就叫她同时嫁给那两个人好了，左右逢源，岂非再妙也没有？”他狗嘴里果然永远吐不出象牙来，别人都以为狂狮铁战这下子就算不打扁他鼻子，也要打破他脑袋。

谁知道铁战也跳了起来，抚掌大笑道：“好主意，果然是好主意，一个男人可以娶两个老婆，一个女人为什么不能嫁两个老公？”

萧女史叹了口气，喃喃道：“我是个女人，你却是个疯子。”

铁战大笑道：“疯子就疯子，为了我女儿，做做疯子又有何妨！”

他大笑着拉起他女儿的手，又道：“还有一个人是谁？只管说出来没关系，全由爹爹我替你做主。”

铁心兰的脸早已由赤红变为苍白，只恨不得自己三年前就已死了，哪里还能说得出一个字来？甚至连慕容姊妹都在暗暗为她叹息，觉得这女孩实在可怜，居然有这么样一个宝贝父亲。

轩辕三光眼珠子一转，忽又笑道：“格老子，这种事女娃儿家怎么说得出口呢？告诉你，那小子姓江，叫作小鱼儿。”

“小鱼儿”这三个字说出来，慕容姊妹俱都不禁为之动容，小仙女的脸立刻气得通红，屠娇娇他们却在悄悄皱眉头，只有花无缺的眼睛顿时亮了，因为他终于已明白了轩辕三光的用心。

“小鱼儿，小鱼儿，小鱼儿……”

铁战将这名字翻来覆去念了好几遍，皱着眉道：“这小子怎会叫这古里古怪的名字？”

白开心笑嘻嘻道：“这只因他本来就是个古里古怪的人，无论谁遇着他，至少也要倒霉三年。”

铁战咧嘴一笑，道：“你小子少来挑拨离间，只要我女儿欢喜，他就算叫小王八都没关系！”

轩辕三光忽又叹了口气，道：“只可惜我现在也不知道这条小鱼儿在哪里。”

铁战道："那倒没关系，只要有这么一个人，我就能找得到。"

他用力拍着鬼童子肩头，大笑道："就算我找不到，你也找得到的，对不对？"

轩辕三光道："不对。他要找别人也许容易，但要找这小鱼儿，却难得很，难得很。"

铁战又瞪起了眼，道："为什么？"

轩辕三光瞟了屠娇娇他们一眼，道："只因小鱼儿已被他们藏起来。"

铁战跳了起来，瞪着屠娇娇道："你为什么要将他藏起来，难道你也看上了他？"

他像是又要冲过去将屠娇娇拎起来，屠娇娇赶紧赔笑道："这赌鬼最近已染上了白开心的毛病，你千万莫要听他的。"

轩辕三光笑嘻嘻道："你就算没有将他藏起来，至少总知道他在哪里的，对不对？"

屠娇娇叹口气道："你们若一定要找他，我就带你们去，只不过现在只怕已太迟了。"

铁战根本没听到她后面两句在说什么，早已跳起来道："要去现在就去，愈快愈好。"

陈凤超忽也站了起来，道："不错，这杯喜酒等等再喝也无妨。在下等已久闻'小鱼儿'的大名，早就想见他一面了。"

铁战抚掌大笑道："如此说来，我这准女婿人缘倒还蛮不错的。"

小仙女咬着牙，恨恨道："他人缘的确不错，据我所知，至少有八百个人全恨不得将他整个人都吞下肚子里去。"

幸好这时大家都在抢着往外面走，谁也没有注意她在说什么，只有顾人玉在一旁痴痴地望着她。等到人都走光，顾人玉才轻轻叹了口气，道："你也快些去吧！"

小仙女道："你不去？"

顾人玉垂下了头，道："我……我看我还是回家的好。"

小仙女瞪眼望了他半晌，忽然冷笑道："他破坏了你和九丫头的好事，你还在恨他？"

顾人玉黯然一笑，道："就算没有他，九妹也不会嫁给我的，我并不是这意思。”

小仙女道：“那你是什么意思？”

顾人玉头垂得更低，讷讷道：“我只不过……只不过觉得你……你也……”他不但满脸通红，连脖子都粗了。

小仙女瞪了他半晌，忽又笑了，道：“你这呆子，你难道以为我喜欢他？”

顾人玉吃吃道：“我前两天听三姊说，女人只有喜欢一个人时，才会恨他，你这么恨他，岂非……岂非就是……”小仙女忽然用一只柔软的小手掩住了他的嘴，柔声道：“你这呆子，你难道还不知道我的心？”

顾人玉又惊又喜，已呆住了。

小仙女道：“你若以为我喜欢他，我现在就嫁给你，你总该放心了。”

她忽然拍手笑道：“对，我们现在成亲，既用不着礼乐，也用不着媒人，等他们回来听到这件事，那时他们脸上的表情一定好看得很。”

她愈说愈开心，突听“扑通”一声，原来顾人玉竟已连人带椅一起跌到地上去了。

小仙女吃惊道：“你……你怎么了呀？”她刚蹲下去想扶起他，谁知顾人玉忽又从地上跳了起来，大叫道：“我太开心了，太开心了……天下还有比我更开心的人吗？”

小仙女又惊又笑，吃吃笑道：“想不到顾小妹也会变成个大疯子。”

顾人玉大笑着道：“我现在才知道小鱼儿是天下第一大好人。”

小仙女皱眉道：“你居然说他是好人，只怕真是疯了。”

顾人玉道：“你想，若不是他，九妹和我们这两对好夫妻是从哪里来的？”小仙女红着脸扑哧一笑，却又故意板起脸道：“谁说我和你会是好夫妻？以后我说不定比母老虎还凶，天天打你、骂你，连饭都不给你吃。”

顾人玉壮起胆子，拉起了她的手，柔声道：“只要能和你在一起，不吃饭又有何妨？广东人常说‘有情饮水饱’，却不知我连水都可以不喝的。”

小仙女娇声道：“我还以为你是很规矩哩，谁知你也这么不老实。”两人目光相对，心里却充满了柔情蜜意。微风吹入窗户，带来了满窗星光、一船春色，小仙女情不自禁，向顾人玉怀中依偎了过去……

轩辕三光望着前面的一群人，心里暗暗得意，无论如何，他总算为小鱼儿做了一件事。

李大嘴回头瞧了他一眼，也将脚步放缓，走在他身旁，道：“原来你和小鱼儿是好朋友。”

轩辕三光道：“难道你以为老子只能交你们这些见不得人的龟儿子朋友吗？”

李大嘴笑道：“想不到你也学会了用心机，竟连我们几个人都被你骗了。”

轩辕三光瞪眼道：“你们这几个龟儿子其实根本就不能算人，小鱼儿是跟着你们长大的，你们却一心只希望他被困死。”

李大嘴默然半晌，长长叹了口气，道：“老实说，我本来也想救他的，可是……一听到燕南天已到了这里，我就吓得全没了主意。”

轩辕三光道：“你以为小鱼儿会帮燕南天来对付你们？”

李大嘴道：“他就算要这么做，也不能怪他的，江枫夫妻虽不是死在我们的手上，可是燕南天……唉！”

轩辕三光冷笑道：“告诉你，你们全都将小鱼儿看错了。他绝不是翻脸无情的人，他若活着一定会在燕南天面前帮你们说情的，他万一死了，你们这些龟儿子才真的倒了大霉。”

李大嘴呆了半晌，叹息着道：“但愿他现在还活着才好。”

轩辕三光揪住他衣服，变色道：“他现在难道已死了不成？”

李大嘴苦笑道：“我也不知道他现在是死是活，只知道他已在那山腹中被困了七八天，既没有食物，也没有水……”

轩辕三光失色道：“七八天不喝水，就算铁打的人也挨不下去的。”

李大嘴道：“别人也许早就死了，但小鱼儿……他说不定有法子的，你永远也猜不到他究竟有多大的本事。”

他生怕轩辕三光找他麻烦，赶紧又抢着道：“那位鬼童子的本事也实在不小，我真猜不透他怎会知道我们的行动，竟能及时将铁疯子找来。”他话刚说完，突听身后一人笑道：“若被你猜到了，我老人家还能算是鬼童子么？”笑声中人影一闪，鬼童子已到了他们面前。

李大嘴吃了一惊，赔笑道：“前辈果然是来无影，去无踪，在下佩服得五体投地。”

鬼童子笑道：“你这两句马屁拍得我很舒服，我就将这件事从头到尾告诉你们吧。”

他抢着道：“江湖中人都以为铁战得到了一张藏宝之图，其实他对藏宝一点兴趣也没有，他最大的兴趣，只是在无名岛上。”

李大嘴道：“既然是无名之岛，铁战又怎会知道的呢？”

鬼童子道：“这只因有个多事的人，记下了无名岛的方位，而且说，无论谁只要找到这无名岛，就可向岛上的人学武功，回到中土来就可无敌于天下。”

他笑着接道：“铁战平生就喜欢打架，见到这封密件之后，自然大为心动，所以就叫他女儿带着另一份藏宝图将人引开，他自己却悄悄地寻到无名岛上来了。”

李大嘴目光闪动，试探着问道：“无名岛上住的都是些什么人呢？”

鬼童子道：“岛上住着的都是些早已厌倦红尘的老头子，他们一到了这岛上后，连自己以前的名字都不要了，所以这岛才叫作无名岛。”

李大嘴赔笑道：“前辈想必也是岛上的无名英雄了。”

鬼童子道：“什么无名英雄，只不过是些老不死罢了。何况，我就算想忘记自己的名字，别人只要一见到我，立刻就会认得出我，不像那些老头子，随便替自己取个名字别人也不知道。”

其实李大嘴也早已猜到祢十八、俞子牙这些名字都是杜撰的，此刻虽已证实，却也不说破，只是叹了口气，道：“铁战的运气真不错……”

鬼童子道：“他在岛上住了三四年，倒的确学会了不少武功，但若去的是你，此刻只怕早已被我们抛到海里去喂王八了。”

李大嘴勉强笑道：“在下虽非好人，但铁战比在下也好不了多少，前辈们为何偏偏看上他呢？”

鬼童子沉下脸，道：“我问你，你打起架来，会不会像他那么样的不要命？”

李大嘴道：“这……这只怕要差一点。”

鬼童子道："我们就看上了他这种不要命的脾气，才觉他孺子可教。"

李大嘴只好不说话了，心里却在暗骂："你们疯子遇见疯子，正是王八看绿豆，对了眼了，自然就一拍即合。"

轩辕三光心里本在惦记着小鱼儿的安危，但听了几句后，也不禁动了好奇之心，忍不住道："前辈们既已退隐世外，又怎会重入红尘的呢？"

鬼童子道："这只因铁战跟我们学了三年武功后，有天突然不学了，我们就问他为什么，他居然说我们这些人的武功，就算加起来也比不上燕南天和移花宫主，他学会了也没有用，所以还不如省些力气。"

李大嘴眼睛一亮，道："如此说来，前辈们这次是想来找燕南天和移花宫主较量较量的？"

鬼童子叹了口气道："这就叫人老心不老，静极又思动了。"

李大嘴心里简直开心得要命，却故意叹息着道："依我看，前辈们不如还是快回去算了。"

鬼童子瞪眼道："为什么？"

李大嘴道："别人我不知道，那燕南天的武功却当真是独步古今，空前绝后，前辈们只怕也……"

鬼童子果然跳了起来，怒道："我就不信这个羊上树，倒非要找他比画比画不可。"

李大嘴知道话已点到了，见好就收，改口道："却不知前辈怎会知道铁心兰的婚事呢？"

鬼童子又生了半天气，才说道："我们到了中土后，沿江而行，那几个老不死忽然迷上了武升城里的一个小姑娘，硬说她琵琶弹得妙绝天下，竟赖在那里不肯走了，我生气也没有用，只有一个人四下走走，走到这里，别的人没有遇着，却救了那白老虎。"

李大嘴笑道："看来他的运气也不差。"

鬼童子道："但那时他却已奄奄一息，我就将他送到山脚下养伤，他的伤还没有好，你们却已到了。"

李大嘴苦笑道："原来前辈也在那里，在下等为何未曾见到前辈呢？"

鬼童子冷冷道："方才我老人家就在你背后，你见到了么？"

李大嘴叹了口气，道："前辈在暗中听到在下等的计划，就立刻设法通知铁战，叫他们立刻赶来，所以他们连妙绝天下的琵琶都不听了。"

鬼童子笑道："你这人还算不太蠢，终于弄明白了。"

突听铁战大叫道："你说小鱼儿就在这里？难道他也像孙悟空一样，被如来佛压在山下了么？"

轩辕三光一听已到了地头，再也顾不得别的，立刻赶了过去。

只见铁战又拎起了屠娇娇，怒吼着道："是你将他弄进去的，你就得将他弄出来。"

屠娇娇苦笑道："我哪里有那么大的本事？"

铁战道："不是你是谁？"

轩辕三光大叫道："格老子，现在还问这些干什么？小鱼儿已经在里面饿了七八天了。"

铁战失声道："七八天！这姓花的小子只饿了两三天，已有气无力，他若已饿了七八天，那还有命么？"

第一百一十九章

幸脱死劫

恶赌鬼轩辕三光关心小鱼儿的生死，怕他说话耽误了开山的时间，忙向狂狮铁战道："幸好这里人多，人多好做事，也许还来得及。"

李大嘴也叫道："这里有开山的家伙，想救小鱼儿的人，就快动手吧。"利斧铁锹本是他藏起来的，他自然很快就找到了。

只见人人都在踊跃争先，取斧开山，就连那些养尊处优的少奶奶竟也不肯后人，斧头铁锹没有了，她们就用自己价值不菲的匕首短剑，一时之间，震耳的凿石声已响遍了山巅。

屠娇娇叹了口气，苦笑道："我还以为人人都想小鱼儿快些死哩，想不到大家居然却想他活下去，小鱼儿呀小鱼儿，如此看来，你就算死也值得了。"

白开心也叹了口气，道："不错，若换了我被困在这山腹里，只怕连野狗都不会来救我。"

李大嘴失笑道："想不到你居然也有自知之明。"

白开心冷笑道："你得意个屁！就算这些人能不停地动手，至少也要一半天才能攻入山腹，到那时小鱼儿只怕早已变成咸鱼干了。"花无缺和铁心兰已忍不住热泪盈眶，他们见到这种情况，心里虽然兴奋，但也知道希望实在渺茫得很。突见白夫人悄悄走过来，手里提着个油淋淋的包袱，垂着头道："包袱里有炸鸡和糯米丸子，是我方才偷偷包起来的，你们快吃了吧，吃饱了才有力气动手将小鱼儿救出来。"

铁心兰喉头一阵哽咽，嗄声道："你……也想救他？"

白夫人揉了揉眼睛，勉强笑道："我虽然并不清楚他究竟是个怎样的人，但我想……他若能活在世上，也许大家全都会快乐得多。"

若非亲眼瞧见，武林中只怕再也不会有一个人相信这种事的——江湖中最有名的几位世家公子，竟会和声名狼藉的十大恶人在一起卷起袖子来凿石头，平时连油瓶倒了都不会伸手去扶的慕容姊妹们，此刻竟会用她们吹弹可破的纤纤玉手去挖泥巴。而这一切，竟全是为了一个二十来岁的小伙子，这小伙子居然还是恶人谷长大的。

突听鼓声响起，如满天风雷大作，又如千军万马，动地而来，大家只觉精神更振奋，碎石如雨点般飞起。他们果然创造了奇迹，竟在短短不到半天工夫里，就攻破了十道坚固的石闸，攻入了山腹。花无缺和轩辕三光当先冲了进去，他们的心情虽兴奋，却又不禁在暗中担心、害怕……

他们只怕发现的是小鱼儿的死尸！花无缺本想呼唤两声，但一颗心似已将跳出腔子，连声音都发不出来。只见那已被劈成两半的石椅上，放着个酒瓶，地上还散落些破布、线头。花无缺认得那正是从小鱼儿和移花宫主她们穿的衣服上拆下来的。他的脸色立刻变了，手抖得连一块布都捡不起来。

轩辕三光忍不住问道："这……这是他们的衣服？"

花无缺茫然点着头道："嗯。"

轩辕三光一颗心也不禁沉了下去，像小鱼儿他们那样的人，若不是遇着非常的变故，怎会连身上的衣服都被扯破！他们简直不敢再进一步去找！他们已提不起勇气去面对那残酷的现实。

慕容珊珊忽然道："这瓶子里是不是酒？"

轩辕三光提起瓶子来嗅了嗅，道："是。"

慕容珊珊眼睛一亮，喜道："瓶子里是酒，就有希望了。"

轩辕三光道："为……为什么？"

慕容珊珊道："酒也可以充饥的，他们若有酒喝，就可以多支持几天。"

轩辕三光跳起来至少有两丈高，狂喜着大呼道："小鱼儿，小鱼儿，你在哪里，你的好朋友们已全都来救你了！"他狂喜着冲了进去。

空旷的洞穴中，响彻了轩辕三光的回声，但却听不到有人的响应，小鱼儿呢？难道已饿得说不出话来了？地道的入口并没有封闭，他们看到了魏无牙的尸体，看到了无数只空酒瓶，也看到了那臭不可言，也妙不可言的“厕所”。

但他们找遍了所有的地方，都找不到一个活人。小鱼儿他们呢？难道他们已化骨扬灰，永远自这世界消失了不成？

大家面面相觑，只有站在那里发呆。过了很久，轩辕三光才笑着道：“格老子，我就知道世上绝没有任何地方关得住小鱼儿，我们还在为他担心，他却早已走了。”

李大嘴道：“他没有走。”

轩辕三光怒道：“你这龟儿子就希望他被困死，是么？”

李大嘴叹了口气，道：“我也希望他是已逃出去了，可是我方才已将这地方全都很仔细地查看了一遍，四面根本就没有出路。”

轩辕三光道：“老子也晓得这里没有出路，但他一定有法子出去的。”

李大嘴道：“他能有什么法子？就算他能破壁而出，多少也会有些痕迹留下来的，除非他会孙悟空的七十二变，变成个苍蝇从那气孔中飞出去。”

其实轩辕三光也知道他说得不错，四面山壁都是完整的，根本就没有被打通的痕迹，小鱼儿他也的确没法子出去。但他若没有出去，就应该在这洞穴里。

轩辕三光道：“你龟儿说他们没有出去，那么他们在哪里呢？我们为什么连他们一根汗毛都找不到？”

李大嘴沉吟着，还没有说话，白开心忽然大声道：“化骨丹！”这三个字说出来，轩辕三光和花无缺背脊上都不禁冒出一股寒气，铁心兰更快急疯了。

李大嘴瞪着白开心道：“你的意思是说，魏无牙害死了他们后，又用化骨丹消灭了他们的尸体？”

白开心咧嘴一笑，道：“我并没有这么说，这话是你说的。”

小鱼儿他们既不可能出去，又没有在这里，自然是因为他们的尸体已被消灭了，这是唯一合理的解释。

就连铁战也不禁摇头叹息，喃喃道：“我本来还想看看他究竟是个什么样的人，为何能令我女儿如此喜欢他。谁知道这小子竟连骨头都没有剩下一根。”

他拍着铁心兰的头，道：“这小子既然没有福气娶你，你也不必伤心了，若是觉得一个老公不够，过两天再为你找一个就是。”

他不说这些话还好，一说出来，铁心兰连心都碎了，连哭声都没有发出来，就晕了过去。

鬼童子忽然道：“他们可是被魏无牙关在这里的？”

李大嘴叹道：“只怕是的。”

鬼童子道：“那么，魏无牙自己怎会也死在这里了呢？”

屠娇娇道：“这也许是因为魏无牙要眼看着他们死，否则就不过瘾。”

鬼童子道：“不错，这很有道理，可是魏无牙既能将他们全都害死，又消灭了他们的尸体，那么魏无牙就不会死了。难道他们的鬼魂还能为自己复仇，将魏无牙杀了不成？”

屠娇娇道：“魏无牙是自己服毒的，前辈难道还看不出来么？”

鬼童子道：“他既然将别人全都杀了，自己为何要服毒？”

屠娇娇怔了怔，道：“这……”

鬼童子笑了笑，缓缓道：“魏无牙算准别人都不能杀他，所以才敢留在这里看热闹。”

李大嘴道：“不错，小鱼儿他们若想出去，就不能杀他，因为他是唯一知道这里秘密的人，但他难道就不怕别人逼他说出秘密么？”

鬼童子道：“他自己以为自己藏身之处很隐秘，以为别人必定找不到他。谁知小鱼儿他们的本事比他想象中大得多，还是将他找出来了，他被逼问得受不了时，就只有自己服毒而死，因为他知道只要他一死，别人就都要被困死在这里的，所以他就等于为自己报了仇。”他的猜测居然已和事实相差不远，只因轩辕三光、花无缺、李大嘴他们，多多少少都有些为小鱼儿担心，头脑已无法保持冷静，但鬼童子他们却根本不认得小鱼儿，旁观者清，自然看得清楚些。

轩辕三光不禁喜动颜色，道：“如此说来，魏无牙一定是比小鱼儿他们先死的了！”

鬼童子又笑了笑，道：“魏无牙就算有天大的本事，也无法将移花宫主姊妹和小鱼儿三个人一起杀死的，你说是不是？”

轩辕三光抚掌大笑道：“莫说一个魏无牙，就算一百个魏无牙也不行。”

白开心道：“常言道饮鸩止渴，一个人若是渴极了的时候，就算明知酒中有毒，也会喝下去的，你说是不是？”

屠娇娇道：“不是。”

白开心瞪眼道：“你知道个屁。”

屠娇娇也不理他，缓缓接着道：“酒中绝对没有毒，每个酒瓶我都嗅过了。”

轩辕三光展颜大笑道：“我和你认识了几十年，你总算说了句人话，做了件好事。”

白开心悠然道：“他既不可能逃出去，也不可能死在这里，那么我问你们，他是到哪里去了？”

这句话问出来，大家又全都呆住。这件事实在不可思议，无论谁也猜测不出。

天下又有谁知道小鱼儿现在在哪里呢？有谁知道他现在是生？是死？是已尸骨无存？还是在好好地活着？每个人心里都有许多疑团，都想问个清楚，但谁也不知道自己该去问谁，只好站在那里发愣。俞子牙、祢十八、萧女史，这些人虽然久已不为世事所动，但这时也都禁不住在苦苦思索着。因为这件事实在太神秘，他们也动了好奇之心。

轩辕三光最焦急，铁心兰最悲痛，白开心不停地冷笑，哈哈儿却笑不出来，只有杜杀，仍是脸色铁青，也不知心里在想些什么。

突听花无缺大声道：“各位的鞋底都是湿的，是不是？”

每个人俱都心事重重，又有谁会留意到自己的鞋底？鞋底无论是干是湿，本都一点关系也没有，但花无缺语声中却充满了兴奋之意，就像是刚发现了一件最重要的事。大家谁也不知道他为何会对这种无足轻重的小事如此关心，可是大家还是不由自主提起脚来瞧了瞧。至少有一半人的鞋底果然是湿的。

轩辕三光的一双草鞋更已完全湿透，忍不住问道：“格老子，鞋底湿了难道也是什么大不了的事么？”

白开心笑嘻嘻道：“想不到居然有人将一双鞋子看得比老朋友的生

死还重要，妙极妙极。”

花无缺根本不理他，仍是满面兴奋之色，道：“此地既然没有水，鞋子怎会被打湿的？魏无牙若想将他们饿死、渴死，此地又怎会有水？”这句话说出来，大家才发现这果然又是件很神秘的事。

轩辕三光道：“但这件事却和小鱼儿的去向有什么关系？”

花无缺道：“当然有关系，若是我猜得不错，我已可找出小鱼儿在哪里了。”

轩辕三光大喜道：“快说，他在哪里？”

花无缺来不及回答这句话，已又向地道下奔了过去。在这阴湿的洞穴中，那“厕所”的气味实在令人不敢领教，魏无牙的尸身更令人见了要作呕。若是换了平时，慕容姊妹是再也不肯下去的了，但此时花无缺一走，大家就全都抢着跟了下去，只要能知道小鱼儿的下落，能知道这秘密的真相，这地道下就算真是个大粪坑，他们也忍不住要跟下去的。

地道上果然有水，而且愈积愈深，此刻几乎已没及他们的足踝，显然有个地方一直在不停地往外面流水。水势虽不大，却也不太小。

轩辕三光道：“格老子真他妈的奇怪，山洞里居然在流水，难道山腹中还有条小河不成？”

谁也想不通这水是哪里流出来的，只见花无缺俯着身子，很仔细地观察着水势，渐渐又走入了魏无牙那间密室。这密室中更是臭不可闻，大家方才见到里面并没有活人，就很快地退了出来，谁也不愿停留在里面。

但此刻，大家已发现秘密的症结总不光就在这密室里，也就顾不得臭不臭了，全都一拥而入。只听花无缺失声唤道：“果然不错，就在这里！”他站在那两只已被小鱼儿当厕所的石棺前，满面俱是喜色，但四下仍看不到一个活人。

白开心失笑道：“你说小鱼儿在这里？难道他已撒泡尿自己淹死了么？”

他话未说完，突听杜杀怒道：“哪里来的这许多废话，滚出去。”

喝声中，白开心已被他打得飞了出去，自众人头上飞过，“砰”地，跌在地道外，不停地呻吟起来。

但大家并没有去留意这件事，因为此刻大家已发觉水就是自石棺旁一个地洞里往外面冒出来的。地上本来铺着石板，但此刻石板已被撬开，因为这里本来就乱七八糟地堆着些碎石，所以方才才会没有人留意。

轩辕三光满面惊讶之色，道："难道说，小鱼儿他们是自这地洞里逃出去的？"

花无缺展颜道："正是，我们只去注意四面的山壁，所以才认为他们绝不可能已逃出去，却未想到他们是自地下出去的。"

轩辕三光抚掌道："不错，四面的山壁虽然坚不可摧，但地下却全都是泥土，自然比石头要软得多了。"

他瞬又皱起眉头，道："可是若想从这里挖一条地道通到外面去，那也不容易。"

花无缺道："那自然不容易，只不过这地道并不是他们自己挖的。"

轩辕三光道："不是他们自己挖的，是谁挖的？"

花无缺道："据我所知，大部分的河流虽然都在地面上，但地下也有一些河流，只因沧海桑田，地势变换，所以这些河流才会被埋藏在地下。只要能找到这种地下河流，凭他们的武功，就不难钻出去。"

大家全都不禁听得喜动颜色。轩辕三光跳了起来，大笑道："格老子，你知道的事真他妈的不少。"

花无缺笑了笑道："我现在也可以想出他们的衣裳是怎会破碎的了。"

轩辕三光拍着他肩头："快说快说，那又是怎么回事？"

花无缺道："小鱼儿并不知道这地下会有被埋藏了的河流，更不会知道它的位置是在哪里，因为人虽然是万物之灵，却缺少动物那神秘的本能。譬如说，一条狗可以靠它的嗅觉追踪至千里之外，人就绝对做不到。人也许并不是没有这种本能，只不过已渐渐退化了，因人并不需要倚靠这种本能来求生存。"

轩辕三光大声道："有道理，有道理！"

他现在似乎对花无缺口服心服，无论花无缺说什么，他都觉得有道理，其实这道理他却未必真的懂得。

花无缺道："动物的本能，也并不是完全相同的。譬如说，狗的鼻子特别灵，蝙蝠对声音的反应特别敏锐，候鸟对天气的变化知道得最早。一些自身没有抵抗能力的野兽，对危险往往有种神秘的感觉。”

这道理在现在也许已有很多人知道，但在那时，却简直比什么“内功心法”都要深奥玄妙些。大家都不觉听得出了神。

花无缺忽又一笑：“各位可知道世上最会钻洞的是什么？”

慕容珊珊也笑了笑，道：“老鼠。”

花无缺道：“一点也不错，正是老鼠。你无论将老鼠关在什么地方，它都有本事钻洞逃出来的。”

轩辕三光失声道：“魏无牙那龟儿子就是个大老鼠，这地方老鼠必定不少。”

花无缺道：“小鱼儿必定是找到了几只活老鼠，他想要老鼠替他带路，又怕老鼠跑了，所以将衣服撕破，搓成绳子绑在老鼠尾巴上，才将老鼠放出去。所以——这地下的河流一定是老鼠找到的，小鱼儿那时也许还不知道老鼠为何要往地下钻，但那时他们已山穷水尽，只有姑且一试了。”

轩辕三光大笑道：“我知道小鱼儿是天下第一聪明人，谁知你也并不比他差，看来你们两人倒真该结拜成兄弟才是。”

花无缺面上又不禁露出痛苦之色，因为轩辕三光这番话无意中又触及了他的隐痛。现在，小鱼儿既已逃出去了，而且还在移花宫主的掌握中，那么，他还是难免要和小鱼儿一决生死。他们悲惨的命运，仿佛永远也无法改变。

轩辕三光再也不说什么，也想往那地洞钻下去。

李大嘴道：“你干什么？”

轩辕三光瞪眼道：“干什么？自然是去找小鱼儿！”

李大嘴笑道：“他们是无路可走，才钻地洞的，你现在却用不着也跟着钻地洞呀！”

轩辕三光道：“老子若不钻地洞，怎知他到什么地方去了？”

李大嘴还未说话，突听一人在上面呼道：“三姊，三姊，你们在哪里呀？”

慕容珊珊皱了皱眉，带着笑道：“是张菁，这小鬼怎地到现在才来？”

她也呼唤着，呼声中，小仙女已冲了进来，一张脸红红的，满是兴奋之色，冲过来拉起慕容珊珊的手，喘息笑道："我见到了一个人……我见到了一个人……"

慕容珊珊失笑道："见到了一个人也用不着如此大惊小怪呀，我每天都见到几十几百个哩。"

"但这人……这人……"她忽然神秘地一笑，转着眼珠子道，"这人是谁，你永远都猜不到的。"

慕容珊珊忍不住问道："是谁？"她刚问过了，心里忽又一动，也紧张起来，道："你难道见到了小鱼儿？"这句话问出来，大家全都紧张了，都眼睁睁地望着小仙女。

小仙女笑了笑，道："不错，就是小鱼儿。你们全都到这里来找他，谁知他却已到了我们的船上去了。"

轩辕三光又跳了起来，失声道："真的？"

小仙女白了他一眼，道："酒席一直都没有撤下去，因为要等你们回来吃，谁知到了中午，你们还没有回来，水底下却忽然跳出来几个人，一跳上船，连话也不问，就大吃大喝起来。其中有个人连筷子都来不及用，就是小鱼儿。"

轩辕三光大笑道："格老子，他只怕已经快饿疯了。"

花无缺忍不住道："除了他之外，还有什么人？"

小仙女笑了笑道："自然还有移花宫主。我实在想不到她们看来竟那么年轻，她们衣服的料子也很奇怪，从水里跳出来，居然还没有湿透，小鱼儿已狼狈不堪，但她们两人看来都还是那么高贵，就像是仙女似的。"

慕容珊珊笑道："如此说来，你这外号应该送给她们才是了。"

小仙女眨了眨眼睛，又道："跟她们一起来的，还有个女孩子，头大大的，一点也不漂亮，却和小鱼儿亲热得很。"

这番话说出来，大家不禁又都觉得很奇怪，眼睛不禁都向铁心兰瞟了过去。铁心兰咬着嘴唇，根本不敢抬头。

铁战却大怒道："这小子竟敢跟别的女人亲热，我女儿难道还比不上那大脑袋的丑八怪？"

小仙女笑道："我本来也在暗暗好笑，小鱼儿选来选去，怎么选上了这么样一个人。但后来我愈看愈觉得那女孩实在灵极了，一颦一笑，每一个动作，都找不出一点毛病来，就连我见了都要心动。”

铁战更是气得暴跳如雷，大叫大喊。慕容珊珊望着小仙女，却觉得有些奇怪。只有女人才能了解女人的心事，小仙女对小鱼儿那种情感，慕容珊珊再也了解不过了。

她以为小仙女看到小鱼儿和别的女人亲热，一定会很不舒服，一定会骂那女人是个丑八怪。谁知小仙女却将那女人恭维得天上少有，地下无双，慕容珊珊望着她，奇怪她怎么忽然变了的。却不知小仙女的情感已有了归宿，正是最甜蜜、最幸福的时候，所以对人类也充满了热爱，觉得每个人都不讨厌了。

慕容大姊眼波流动，望着她夫婿柔声道：“船上既然又有贵客来了，我们还是赶快回去吧！”她每件事都先征求她夫婿的意见，因为她知道他绝不会反对的。

铁战也跳起来道：“对，我们现在就走，我们要看看那小子有多大的胆子。”

萧女史淡淡道：“据说移花宫主驻颜有术，我们也想见识见识。”

祢十八道：“我就不信她们的功夫真的已天下无敌。”

轩辕三光含笑道：“多日不见，不晓得小鱼儿是否变老成了些。”

有的人想去见移花宫主，有的人想去看小鱼儿，也有的人是想去看看那“大头的美人”究竟是怎么迷上小鱼儿的。大家的理由虽不同，但却都急着想回船去。

只有花无缺，他想见移花宫主和小鱼儿的心虽然比谁都急切，但想到他见到小鱼儿后，只怕又难免要拼命，他又希望永远都莫要见到小鱼儿了。

突听小仙女道：“我话还没说完哩，你们莫要急着走呀。”

慕容珊珊笑道：“你少卖关子好不好，快说吧！”

小仙女目光闪动，道：“除了移花宫主外，我们船上还有位贵客，这位贵客的名头绝不在移花宫主之下，你们可知道他是谁么？”

她话未说完，大家已全都猜出是谁了。因为普天之下，只有一个人的声名能和移花宫主并驾齐驱。大家都不由自主地失声叫了出来：“燕南天！大侠燕南天！”

第一百二十章

神功绝学

听到“燕南天”这名字，屠娇娇、李大嘴等人只恨不得背上生出对翅膀来，快快飞到十万八千里之外。慕容姊妹也不禁俱都为之动容。

祢十八和俞子牙对望一眼，祢十八道：“想不到移花宫主和燕南天都在那里。”

俞子牙道：“这真是踏破铁鞋无觅处，得来全不费工夫。”

鬼童子道：“却不知移花宫主和燕南天见面时是什么光景，我想那一定有趣得很。”

大家想到这当代两大绝顶高手见面时的情况，也不禁心动神驰，只恨自己不能躬临其战而已。

萧女史忍不住问道：“移花宫主她们可认得燕南天么？”

小仙女道：“她们好像并不认得，但燕大侠一走上船，大家就似乎都已知道他是什么人了，因为他那种气派，别人学也学不像的。”

鬼童子冷冷道：“别人也未必就要学他。”

小仙女笑了笑，道：“奇怪的是，小鱼儿好像也没有见过燕南天，但燕南天一上了船，就瞬也不瞬地盯着他瞧。”

轩辕三光道：“小鱼儿呢？”

小仙女道：“小鱼儿也盯着他，不知不觉地站了起来。燕南天一步步走过去，嘴里一直不停地说很好、很好、很好……”

慕容珊珊扑哧一笑，道：“‘很好’这两个字，你说一遍就够了。”

小仙女道：“但燕大侠却一连说了十几遍，眼睛里热泪盈眶，只差没有掉下来。小鱼儿也没有说什么话，只是‘噗’地跪了下去，燕南天就拉起他的手说，你做的事我差不多都已知道了，你并没有丢你父亲的人。”

说到这里，她眼睛里也湿湿的，显然当时深受感动。大家以她为中心，随着她往外面走，不知不觉全都听得出了神，甚至不知道已走出了那山洞。

只听小仙女接着道：“移花宫主一直在旁边冷冷地望着他们，过了很久之后，那位大宫主才冷冷道，很好，我们总算见面了。”

小仙女道：“燕大侠又过了很久，才转身望着她，说，二十年前我们就已该见面的。那位大宫主就冷笑着说，你嫌太迟了么？燕大侠就仰天长长叹了口气。”说到这里，她自己也长长叹了口气。

慕容珊珊忍不住问道：“燕大侠说了什么？”

小仙女叹道：“他似乎要将二十年的辛酸抑郁，全在这口气里叹出来，然后才说，燕某既然还未死，也就不算迟。”

轩辕三光等七八个人忍不住一起脱口问道：“后来呢？”

小仙女道：“这时他们已剑拔弩张，像是随时随刻都要出手，只不过他们的身份不同，不能说打就打而已。我心里正在着急，不知这两位绝顶高手打起来是什么光景，人玉却将我拉到一边，要我赶快来通知你们，叫你们赶快回去。”

说起顾人玉，她目中就不觉露出了温柔的笑意，接着道：“他说，你们若错过这一场空前绝后的大战，一定会遗憾终生的。”

鬼童子叫了起来，道：“何止遗憾终生而已，我以后只怕再也休想睡得着觉了。”

轩辕三光道：“只望他们莫要真的打起来才好。”

小仙女道：“为什么？”

轩辕三光叹道：“两虎相争，必有一伤，而且说不定两败俱伤，这一战的后果实是不堪想象，我倒宁愿见不到这一场大战才好。”

花无缺感激地望了他一眼，他知道这一战只要一交上手，就是不死不休的了，那么，无论两人谁胜谁负，他和小鱼儿的冤仇势必要结得更深，只怕也是不死不休，永远也解不开的了。

过了半晌，只听俞子牙也叹息着道：“他两人若是真的两败俱伤，那倒可惜得很。”

萧女史笑道：“你希望他们都等着来和你交手，是么？”

俞子牙淡淡道："你难道不想试试你那'娥皇十八变'的新招么？"

萧女史轻轻叹了口气，道："只可惜听他们说话的口气，冤仇似乎结得很深，燕南天既已等了二十年，此番见了面，焉肯罢休？"

俞子牙也叹了口气，道："这两人若是动上了手，世上只怕再也没有人能将他们分开了。"

他们回到江岸时，长棚中的桌椅都已撤去，只剩下那些彩纸和喜联，在江风中簌簌地发着抖。想及昨夜的盛况，更显得此时的凄凉，人生本无不散的筵席，早知此时的凄凉，又何必着急于一时的盛衰呢？

长棚旁的空地上，此刻却挤着一大堆人，叠叠重重围个圈子，也不知在看什么热闹。燕南天和移花宫主莫非就在圈子里决斗？

轩辕三光当先冲了过去，想分开人丛挤进去，但这些人看到他们回来了，早已哄地四下散开。移花宫主并不在里面，更瞧不见燕南天和小鱼儿的影子。

但小仙女已先叫了起来，道："咦，他们的人呢？小蛮，他们到哪里去了？顾公子呢？"

小蛮本是慕容珊珊的贴身丫头，小仙女到了之后，就服侍小仙女了，她明眸善睐，看来必定能说会道。可是小仙女问得实在太快，也太多了。

小蛮先松了口气，方转着眼珠子说道："姑娘一走了之后，那位燕……燕大侠就坐过去和那位小鱼儿少爷喝酒，两人你一杯、我一杯地喝个不停，也说个不停。我只瞧见他们说着说着，忽然大笑了起来，说着说着，又忽然不停地叹息。那姓苏的姑娘，带着笑替他们斟酒，但只要一扭过头，就不停地悄悄擦眼泪。"

小仙女自然也知道他们是正在叙说着这些年来种种悲欢离合、可歌可泣的遭遇，但还是忍不住问道："他们在说些什么？"

小蛮道："他们说的声音并不大，有些话我根本听不见，有些话我虽然听见了却听不懂。"

小仙女笑骂道："你呀，瞧你这点出息，加起来还不够半两。"

小蛮垂着头道："我虽然听不见他们说什么，但瞧见他们的模样，也不知为了什么，心里就酸酸的，想掉眼泪。”

轩辕三光想到小鱼儿和燕南天的遭遇，心里也不禁一阵酸楚，大声道：“不错，格老子，我虽也没有听到他们在说什么，我也想掉眼泪。”

小仙女瞪了他一眼，又向小蛮问道：“他们说话的时候，移花宫主呢？”

小蛮道：“移花宫主坐在另一张桌子上，既不看他们，也并不着急，她们好像早已知道燕大侠一说完了话，就会来找她们的。”

众人对望一眼，心里都不禁暗自唏嘘，因为他们也都已看出，燕南天这是已决心要和移花宫主决一死战，是以才先将后事向小鱼儿交代。

小蛮道：“他们好像有说不完的话，尤其那位小鱼儿少爷，更说个不停，我从来也没有见过话说得这么多的男人，简直像是个老太婆了。”

轩辕三光叹道：“小娃儿，你不懂的，他这是因为早已看出了燕南天的心意，所以故意多说些话，来拖延时间……”

小蛮道：“如此说来，燕大侠必定也看出他的心意了。”

轩辕三光道：“哦？”

小蛮道：“因为燕大侠忽然站了起来，拍着小鱼儿的肩头，大笑着说，你燕大叔素来百战百胜，你用不着担心的。”

俞子牙冷笑道：“百战百胜，好大的口气！”

轩辕三光也冷笑道：“别人说这话，老子一定当他是吹牛，但燕南天这话，却没有人能不服的。”

俞子牙并没有再说下去，只“哼”了一声。

小蛮道：“小鱼儿少爷望着燕大侠，仿佛要说什么，但这时移花宫主已站起来走了出去，燕大侠立刻跟着往外走，他们虽然连一句话也没有说，但也不知怎地，我的心已紧张得几乎要跳出腔子。”

她本就口齿伶俐、语声清脆，此刻更知道有很多人都在听她说话，所以说得更为卖力。大家听她说得如此传神，也不禁全都紧张起来，就好像都已亲眼见到那两大绝世的高手，正肃立在江岸，准备作生死的决斗！江风萧萧，大地间也仿佛充满了肃杀之意。

小蛮激灵灵打了个寒噤，缩起脖子，接着道："但他们走出来之后，也还是没有立刻动手，两个人只是远远地对面站着，你望着我，我望着你。"

俞子牙道："燕南天没有用兵器？"

小蛮道："没有，他们两个人都没有。"

俞子牙皱起了眉，喃喃道："久闻燕南天剑法无双，为何舍长而用短？竟不用剑来交手呢？难道这些年来，他已练成了自信足可和移花宫掌法一较上下的拳法不成？"

要知移花宫掌法内力，独步天下，所以他不说燕南天也练成一种"掌法"，而说"拳法"，因为他认为世上绝不可能再有一种能和移花宫掌法一较雌雄的掌法了——他本身自然也并非以掌法见长的。

只听小蛮道："他们虽然赤手空拳，但看来却比用什么兵器都凶险，好像只要用一招攻出，立刻就可以分出生死似的。"

萧女史望了俞子牙一眼，含笑道："这小姑娘倒蛮识货的。"

小蛮咬着嘴唇向她一笑，才接道："我看得实在太紧张了，就想求顾公子过去劝他们不要打了，但顾公子却说，他们两人此时虽还没有出手，但精神气力全都已贯注，别人莫说休想能劝得开他们，只要一走过去，恐怕就要被他们的真气震倒。"

萧女史有意无意间瞟了小仙女一眼，笑道："这位顾公子倒也是个识货的。"

小蛮道："顾公子正在悄悄和我说话，那位小鱼儿少爷不知怎地也听到了，忽然走过来对顾公子说，你认为真的没有人能劝得开他们了么？"

小仙女皱眉道："这小鬼又想玩什么花样？"

小蛮道："顾公子见到他似乎连头都大了，只是不停地点头，那位小鱼儿少爷就又说，你敢跟我打赌么？"

小仙女着急道："他是个鬼精灵，顾公子却是老实人，怎么跟他打赌呢？"

小蛮道："顾公子本来是不愿和他打赌的，但小鱼儿少爷却说……说……"

小仙女道："说什么？"

小蛮垂下头，道：“他说，我早知道顾小妹不敢跟我打赌的，算了吧！”

轩辕三光大笑道：“妙极妙极，想不到小鱼儿连赌鬼诱人上钩的法子都学会了，他这么样一激将，那位顾小妹不赌也要赌了。”

小仙女又狠狠瞪了他一眼，小蛮已叹道：“不错，顾公子果然忍不住和他打赌了。”

小仙女连脸都急红了，跺脚道：“他怎么这么沉不住气，他们赌的是什么？”

小蛮道：“那位小鱼儿说，我只要说一句话，就能令移花宫主住手，燕大叔一个人自然也就打不起来了。顾公子自然不信。”

萧女史道：“莫说顾公子不信，连我都不信，这赌我也要打的。”

小蛮叹了口气，道：“那么你老人家也就输了。”

别人只急着想听小鱼儿究竟说的是什么话，能令移花宫主住手，小仙女却只急着想知道顾人玉究竟输了什么东西。小蛮既能做大家小姐的贴身小丫环，自然从小就已学会了如何揣摩主人的心意，如何拍主人的马屁。

所以她不说别的，先说道：“那位小鱼儿少爷说，若是他输了，就随便顾公子要他怎样，若是顾公子输了，他就要顾公子为他做一件事。”

小仙女道：“做……做什么事？”

小蛮赔笑道：“当时他并没有说，后来他说的时候，我却没有听见。”

小仙女跺脚道：“说你没出息，果然没出息，什么你都不知道。”

萧女史笑道：“其实她知道的已经不少了。”

轩辕三光道：“不错，快说那位小鱼儿少爷究竟说了什么样的一句话！那移花宫主听了他的话，是不是真的立刻住了手？”

小蛮道：“小鱼儿只向另一位移花宫主大声道，可惜呀可惜，我和花无缺打起来的时候，你姐姐恐怕已未必能看到了。”

萧女史道：“他说了这句话，移花宫主难道真住手了么？”

小蛮道：“立刻就住手了，我也觉得很奇怪，不知是怎么回事。”

萧女史讶然道：“她为何一定要看小鱼儿和花无缺的一战呢？难道

这一战比她和燕南天的一战还要精彩不成？”

俞子牙却皱着眉道：“那燕南天究竟练成了什么惊人的功夫，能令移花宫主住手？”

小蛮道：“不是燕大侠令她住手的，是那位小鱼儿少爷。”

慕容珊珊道：“傻丫头，少说话。”

萧女史却含笑道：“移花宫主若有必胜的把握，打过了之后，还是能看到小鱼儿和花无缺一战的，她就不会住手了，是么？”

小蛮想了想，垂首笑道：“不错，我真是个傻丫头。”

要知移花宫主忽然住手，自然是因为她和燕南天对峙时，已发现燕南天的功力深不可测，她实无制胜的把握。

轩辕三光心里却只惦记着小鱼儿，别的事他根本全都不放在心上，当下大声问道：“现在小鱼儿少爷到哪里去了？”

小蛮道：“燕大侠和移花宫主约定，每天清晨日出的时候，都山巅相见，直到移花宫主找到那位花……花少爷为止，然后燕大侠就带着小鱼儿少爷走了。”

轩辕三光道：“移花宫主呢？”

小蛮道：“她们自然是去找那位花少爷去了，说不定马上就会回来，因为顾少爷已告诉了她们，说花少爷是和大家一起去的。”

小仙女心里却只惦记着顾人玉，抢着道：“那么顾少爷又到哪里去了？”

小蛮道：“顾少爷输了东道，已经为小鱼儿少爷去办事了。”

小仙女跺脚道：“那捣蛋鬼还会要他去做什么好事么？他为什么要去呢？”她简直急得眼泪都快要掉了下来。

慕容珊珊望着她，忽然一笑，轻轻道：“大妹子，恭喜你。”

小仙女嘟着嘴道：“人家都快急疯了，你这来恭喜什么？”

慕容珊珊笑道：“顾小妹又不是你的什么人，你为何要为他如此着急呀？”

小仙女嘴嘟得更高，道：“他又不是没有名字，你们为什么总是要叫他顾小妹？”

慕容珊珊吃吃笑道：“顾小妹这名字本是你替他取的，现在你却不许人家这样叫他了，这又是为了什么呀？才一天不见，你们的关系已不同了么？”

小仙女低下头，脸已红了，道：“我们……我们……”

慕容珊珊轻轻拧了拧她的脸，笑骂道：“鬼丫头你还想瞒我们，这顿喜酒你想跑得了么？”

慕容双忽然道：“人家既然已经不打了，你们方才还围在这里看什么？地上难道忽然长出一朵花来了不成？”

小蛮笑道：“地上若是长花就不奇怪了，忽然长出了馒头那才奇怪。”

慕容双也不禁怔了怔，道：“馒头？”

只见那片平地上，果然有个小山的土丘凸起，看起来就像是个土馒头似的。

慕容珊珊笑道：“傻丫头，这又有什么好看的？”

小蛮道：“姑奶奶你不知道，这不但奇怪，而且奇怪透了。”

她忽然跑过去，站在那土丘上道：“方才移花宫主就是站在这里的，她站上来的时候，这里本来是块平地，可是她站在上面没多久，脚下的地就渐渐凸了起来。这块地面就像是揉着发面，她往上面一站，就蒸出个馒头来了。”

大家虽觉她说得好笑，但又不禁觉得很惊讶。俞子牙、祢十八等更是悚然动容，忽然一起掠过去，俯下身去看那土馒头，而且看了又看，就真的像这土丘上忽然长出了花来。

小蛮向慕容珊珊笑了笑，仿佛在说：“你说我是傻丫头，人家这些老头子、老太婆不是看得很有趣吗？”

只见俞子牙他们的脸色愈来愈惊讶，纷纷道：“果然不错……但这怎么可能呢？……想不到果然有人练成了。”

大家也都不禁一起围了上去，这才发现土丘上还有两只脚印，但脚印却并非凹下去的，反而凸出来一寸多。高手相争时，全身功力凝注，往往会将脚下的泥土踩出脚印来，这倒并非什么奇怪的事。脚印并非下陷反而凸起，就是少见的怪事了。

慕容珊珊目光闪动，道：“移花宫主莫非练成了一种极奇怪的功夫不成？”

俞子牙叹道："不错，她练成的这种功夫虽非空前绝后，至少也可傲视当代了。各位可瞧见这上面的两只脚印了么？"

他也知道任何人都不会瞧不见的，所以就自己接着道："这只因她功力运行时，非但不向外挥发，反而向内收敛，无论什么东西触及了她，都会如磁石吸铁般被她吸过去。"

慕容珊珊动容道："如此说来，她的功力永远不会消耗，只有增加，岂非要愈用愈多？"

俞子牙道："正是如此，她与人交手时，功力愈用愈多，而对方却势必要渐渐减少，所以就算一个武功和她相若的人和她动手，到后来还是必败无疑。"

萧女史抢着道："有一种明玉功练到第九层时，才会有这种现象，只因她体内的真气，已能形成一种漩涡，无论什么东西触及她，都会被这真气漩涡卷过去，正如泅水的人遇见了水中的漩涡一样。"

慕容珊珊道："如此说来，只要练成这种功夫，岂非一定天下无敌？"

萧女史、祢十八、俞子牙等人对望一眼，面上都露出了黯然之色。俞子牙长叹道："不错，她实已天下无敌，我们都是白来的了。"

慕容珊珊道："她既已无敌于天下，燕南天自然也不会是她的对手，那么她对燕南天有什么顾忌呢？难道燕南天也练成了这种功夫么？"

萧女史道："不会的，练成这种功夫的人，体内的真气一定会形成漩涡，真气成了漩涡，就一定会有吸力。"

俞子牙道："这就是这种功夫最奇妙之处，但江湖中大多数人都不明白这道理，就因为大家都不知道这种吸力是哪里来的，所以就有人认为这是一种邪术，却不知这才是内家正宗的绝顶心法。"

慕容珊珊道："可是……她既然已必无败理，为什么又要忽然住手休战呢？"

俞子牙等人的脸色都很沉重，萧女史道："这只有一个解释，那就是燕南天也练成了一种神奇的武功，足以和她的明玉功一争长短。"

慕容珊珊道："世上难道还有别的功夫能和明玉功相抗么？"

萧女史道："嫁衣神功。这种功夫取的乃是'为他人作嫁衣裳'之意。”

慕容珊珊道：“既是他人的嫁衣裳，对自己岂非没有用了么？”

萧女史道：“不错，只因这种功夫练成之后，真气就会变得如火焰般猛烈，自己非但不能运用，反而要日日夜夜受它的煎熬，那种痛苦实在非人所能忍受，所以他只有将真气内力转注给他人。”她叹了口气，接道：“但若要练成这一嫁衣神功，至少也要二十年苦功，又有谁舍得将如此辛苦练成的功夫送给别人呢？”

俞子牙道：“所以昔日江湖中有种传说，你若是想害一个人时，才会传授他嫁衣神功的心法，让他受一辈子的苦。”

慕容珊珊道：“如此说来，燕大侠若是真的练成了嫁衣神功，那么他非但不能和移花宫主动手，只怕早已被折磨死了。”

俞子牙道：“嫁衣神功转注给第二人之后，他本身固然已油尽灯枯，第二个人却可受用无穷。”

慕容珊珊道：“前辈的意思难道是说，有人练成了嫁衣神功，再转注给燕大侠的？”

俞子牙道：“不然，嫁衣神功经过转注之后，其威力也大减，已不能和明玉功相提并论了。”

慕容珊珊愈想愈不明白，瞧了大家一眼，但大家却都在等着她再问下去，因为她非但口齿清楚，而且反应很快，问的话都能切中要点，别人既没有插嘴的余地，只有索性让她一个说了。

幸好这时俞子牙已接着道：“要知只有上智大慧的人，才能创立出一种独树一格的武功来，创出这嫁衣神功的人，更是天生奇才，举世无双，这种功夫若真的只能为人作嫁，他又为何要苦心将之创出呢？”

大家都不知道他话中真意，只有等他自己说下去。

俞子牙接道：“世上只知嫁衣神功绝不可练，却不知又本是可以练的，只不过要练这种功夫，另有一种秘诀而已。”

慕容珊珊终于有了问话的机会，立刻问道：“什么秘诀？”

第一百二十一章

互相残杀

俞子牙将嫁衣神功之练法，向众人解说道："只因这种功夫太过猛烈，所以练到六七成时，就要将练成的功力全都毁去，然后再从头练过。"

萧女史笑道："这正如一个人吃核桃，竟将核桃连壳吞下，结果被哽死了，旁边有人看见，就说核桃是吃不得的。却不知核桃非但可吃，而且很好吃，只不过吃核桃时，要先敲破外面的硬壳而已。"

祢十八道："这就叫，欲用其利，先挫其锋。"

俞子牙道："嫁衣神功经此一挫，再练成后，其真气的锋棱已被挫去，但威力却丝毫未减，练的人等于已将这种功夫练过两次，对这种真力的性能，自然摸得更熟，非但能将之发挥最大的威力，而且可以收发由心，运用如意了。可是，若要将嫁衣神功练到六七成，也得要有很多年的苦功，又有谁舍得将多年的苦功毁于一旦呢？"

萧女史道："所以若非有绝大勇气和毅力的人，绝不会练得成这种功夫的。"

鬼童子到这时才叹了口气，道："可见这燕南天的确是位不世的奇才，我们幸好没有找他较量，否则恐怕又要倒霉了。"

其实他们只知其一，不知其二。燕南天练这种功夫时，并未有心将之毁去再练的，他性子又强又拗，总认为别人不能做的事，他一定能做。所以他一心只想以本身的力量将嫁衣神功征服，谁知他功夫还未练成，就在恶人谷遭遇了不幸，全身的功力都被毁去。

这也正是吉人自有天相，屠娇娇、李大嘴他们本想杀了他的，谁知却反而帮了他一个大忙。他们以七八人之力来毁燕南天的功力，正如以鞭驯狗，嫁衣神功被他们七八人之力合力围攻后，已锋利尽折，但这种功力本就是准备练成后再毁的，所以毁去后体内犹有余根，使练的人再练时，便可事半而功倍。

这正如七八个人合力要将一棵树铲去，他们就将这棵树齐根锯断了，却不知地面下的根却还是存着的。若非如此，燕南天纵然不死，也和废人无异了，又怎能将功力完全恢复，而且更胜从前？

慕容珊珊感慨了半晌，又忍不住问道："但各位又怎知道燕大侠已练成嫁衣神功呢？"

俞子牙道："你和人交手时，只是全身功力凝集，地面上只怕也会留下你的脚印，但燕南天所站的地方，却连半只脚印也没有留下来，这难道是说他的功力还不及你么？"

慕容珊珊笑道："燕大侠的功力若不及我，移花宫主早已将他置之于死地了。"

俞子牙道："正是如此，就因为燕南天的功力已可完全收发自如，不到运用时，绝不会有一丝外泄，所以他站的地方才会毫无痕迹。"

萧女史道："也就因为他的功力已和他的人结成一体，任何外力都不能将之动摇，所以移花宫主虽已将明玉功练至极峰，对他也无法可施。"

慕容珊珊叹了口气，道："听了前辈们这番话，弟子们当真是茅塞顿开。"

突听小蛮高声唤道："顾少爷，顾公子，你快进来吧，有人想你已快想疯了。"

大家转头望去，只见顾人玉果然已走了过来。

小仙女狠狠瞪了小蛮一眼，却又忍不住笑了，若是换了别人，也许还会害羞，但她却不管这么多，居然迎了上去，跺脚道："你究竟到什么地方去了，怎地也不留一句话？"

顾人玉的脸又红了起来，讷讷道："我……我去替小鱼儿做了一件事。"

小仙女道："他还会有什么好事要别人做，你只怕又上了他的当。"

顾人玉叹道："我如今才知道我们以前都误会了他，他实在并不是个坏人。”

小仙女眨着眼道：“他是怎样将你打动的？这小鬼的本事倒不小。”

顾人玉道：“江别鹤父子想串通了让燕大侠上当的，他们故意装作互不相识，江玉郎才好乘机救他的父亲，再找机会向燕大侠下毒手。”

小仙女恨恨道：“我早就知道这父子两人都不是好东西。”

顾人玉道：“但燕大侠自从经过恶人谷一役之后，已今非昔比，很快地就看出了他们的阴谋，就用重手法先废了他们的武功，再将他们囚禁在一个山洞里，等小鱼儿亲手去报父母之仇。”

小仙女抚掌笑道：“想不到这父子两人也有今天，这真是大快人心。”

顾人玉叹道：“但若非小鱼儿，又有谁会知道他们父子是如此奸恶的小人？”

小仙女道：“不错，他这一生中，总算做了这么件好事，可是，他又要你去做什么呢？”

顾人玉道：“他要我去放了他们。”

小仙女吃惊道：“放了他们？”

顾人玉道：“不错，他非但要我去放了他们，而且还要我替他们安排个可以安身养命的地方，因为他们已变成了废人，已无力求生。”他叹了口气，接着道：“而且，在江湖中闯荡的人，难免没有仇家，若是知道他们武功已失，必定会来寻仇的，他们自然也万万不能回去，所以小鱼儿就要我安排他们到顾家庄去做园丁，这么他们既不至于冻饿而死，也不怕别人会去寻仇了。”

小仙女愣然道：“江别鹤害死了他的父母，他自己非但不报复，反而怕别人找他们算账，这小鬼究竟又在打什么主意？”

顾人玉道：“江别鹤虽对不起他的父母，但他却认为这种惩罚已经够了，他认为‘冤冤相报血债血还’，并不是一种很明智的思想，江湖中人被这种思想支配，已不知做出了多少愚蠢的事，他决心不再这么做下去。”

小仙女道：“父仇不共戴天，他连父仇都不报，难道他能算是人子吗？”

顾人玉道："他认为并不一定要杀死别人才能算报仇，更不想去杀两个已残废无用的人，也许别人会认为他这种想法不对，但他觉得只要自己做得问心无愧，别人对他怎么想，他根本不放在心上。"

小仙女道："你认为……"

顾人玉正色道："我也认为他这种做法是对的，'报仇'这两个字，已不知害了多少人了，江湖中因仇而死的人，每天也不知有多少，若是大家的想法都能和小鱼儿一样，我相信大家过的日子都会平静安乐得多。"他深深注视着小仙女，柔声道："上天造人，本就不是要人们互相仇杀的，是么？"

小仙女道："那么，他为何不自己去放了他们呢？"

顾人玉道："他怕燕大侠也不赞同他这种想法，是以暂时不愿让燕大侠知道。"

小仙女道："原来他还是在用手段，还是在骗人。"

顾人玉道："不错，他的确常常在用手段骗人，但他的居心都是善良的，我想只要是明智的人，就不会觉得他手段用得不对。"

小仙女怔了半晌，苦笑道："他真是个很奇怪的人，实在令人分不清他究竟是个好人，还是个坏人。"

俞子牙忽然笑道："我虽不认得他，也不知道他究竟是好是坏，我只知道江湖中的人若都和他一样，我们就不必远避到海外的荒岛上去了。"

轩辕三光拍手道："格老子，一点也不错，像他这么样的坏人若是多几个，我情愿从此以后再也不摸骰子。"

慕容珊珊忽也一笑，道："那怎么行！以后我们姊妹还想找你再好好赌一场哩。"

轩辕三光道："我只说不摸骰子，并没有说不摸牌九呀。"

大家忍不住都笑了起来，经过这紧张的两昼夜之后，到这里大家总算略为轻松了一些！

只有花无缺，心情却更沉重。他愈来愈不忍心伤害小鱼儿，他甚至情愿自己被小鱼儿杀死，可是他却不知道，就算他不惜一死，小鱼儿活着却更悲惨。没有一个人在杀死自己的亲兄弟之后，还能安心活着的，他们已注定了要有个悲惨的结局。

这结局看来已是谁都无法改变的了。

混乱之中，谁也没有注意到李大嘴、哈哈儿、杜杀、屠娇娇、阴九幽、白开心，这几人早已半途脱逃。

知道燕南天已出现，就算用刀架在他们脖子上，他们也是万万不敢跟着大家一起回去的。

那白夫人自然也是寸步不离地跟着白开心。

白开心方才挨了杜杀一耳光，现在半边脸都肿了起来，连嘴都被挤到一边，鲜血不时沿着嘴角往外淌。

白夫人忽然悄悄对白开心说道："你可知道你为什么总是受人欺负吗？"

"就因为我遇上了你这扫帚星。"

白夫人也不生气，反而笑了笑，道："这就是因为他们都有帮手，你却孤单单一个，双拳难敌四手，你既然懂得这道理，为什么不找个帮手呢？"

白开心眼睛一亮，立刻拉着白夫人走到旁边，这时他们已走入了乱山之中，白开心拉着她躲在一个山坳里，悄悄道："一言惊醒梦中人，被你这么一说，我倒想起个好帮手来了。"

白夫人笑道："你现在还说我是扫帚星么？"

白开心道："不是不是，看你这鼻子，我就知道你有帮夫运。"

白夫人笑骂道："少拍马屁，先说说你想出的那个帮手是谁吧！"

白开心道："这些人里面，李大嘴和我早就是冤家对头，现在杜老大也好像站到他那一边去了，他们两人功夫都不错，尤其杜老大更扎手。我本可找哈哈儿对付他们的，但这胖子比泥鳅还滑，我若找他，他说不定一转头就将我给卖了。"

白夫人道："屠娇娇呢？"

白开心道："这阴阳人也不行，她表面上虽然跟我不错，但平生最怕杜老大，要她和杜老大作对，她死也不肯的。"

白夫人笑道："说不定她和杜老大暗中有一手。"

白开心嘻嘻笑道："这他妈的真一点也不错，所以我算来算去，只有说动阴九幽来搭档，再加上你，有我们三个人，就足够对付他们一帮的了。”

白夫人眨着眼道：“你有法子说得动他吗？”

白开心道：“本来没法子，现在却有了。”白开心笑着继续说道：“这人平生最喜欢鬼鬼祟祟地在暗中偷看别人的隐私，尤其喜欢看人家夫妇‘办事’，因为他自己不能人道，所以只有看别人来过瘾。”

白夫人眼珠一转，笑啐道：“你难道想和我在这里‘办事’吗？”

白开心搂过她，笑道：“你他妈的又说对了，只要我们一开始，用不了多久他就会来的。”

白夫人吃吃笑道：“有别人在旁边看着，我就不行了。”

白开心笑骂道：“骚婆子，你以为我不懂吗，有别人在旁边偷看，你才更起兴哩！”

他重重拧了她一把，道：“动呀！”

白夫人咬着他的耳朵，喘息着道：“重些，好人，拧重些……再重些……再重些……愈重愈好。”

过了半晌，白开心忽然笑道：“阴老九，你要看，索性就出来看个痛快吧！”

阴九幽果然在山石后笑道：“好小子，你这老婆真娶对了，她真有两下子。”

白夫人喘息着笑道：“你想不想上来试试？”

阴九幽大笑道：“不必不必，只要让我一饱眼福，我已足领盛情了。”

白开心道：“不错，你还是乘这时候多开心吧，若是等燕南天找着你，就来不及了。”

提起“燕南天”这名字，阴九幽脸色就变了，冷冷道：“所以你现在才这么样不要命地开心是么？”

白开心道：“我们没关系，我可没有害过燕南天，也用不着怕他，可是你……”

他嘿嘿一笑，故意不往下说了。

阴九幽铁青着脸，呆了半晌，忽也笑道：“你以为我害怕？燕南天此刻只怕已死在移花宫主手里，我怕什么？”

白开心大笑道：“不错不错，你实在用不着害怕，燕南天的武功根本就他妈的一文也不值，和移花宫主一动手，脑袋就要搬家了。”

阴九幽道：“燕南天武功虽不错，但移花宫主……”

白开心截口道：“你们只知道燕南天武功已搁下多年，却忘了他说不定已在这些年里练成了一种极厉害的功夫，否则他怎敢来找移花宫主呢？难道他真活得不耐烦了么？”

阴九幽怔了一怔，脸色更难看。

白开心道：“何况，移花宫主已在那山洞中饿了好几天，人是铁，饭是钢，她们就算有天大的本事，也受不了的，现在就算已吃下了一些东西，但武功至少也要打个七折八扣。她们在这种时候和燕南天动手……依我看，只怕是凶多吉少。”

阴九幽怔了半晌，道：“就算他不死又有何妨，我惹不了他，难道还躲不了他么？”

白开心道：“燕南天若想找一个人麻烦时，我还未听说过有人能跑得了，何况，一个人活到五六十岁，还要整天提心吊胆，东藏西躲地过日子，那也未免太可怜了。”

阴九幽咬着牙，恨恨道：“你在我面前说这种话究竟是什么意思？”

白开心悠然道：“我也没有什么别的意思，只不过是想帮你个忙，让燕南天莫要再找你了。”

阴九幽动容道：“你有法子？”

白开心闭着眼养了半天神，才缓缓道：“据我所知，向燕南天下手的人并不是你。”

阴九幽立刻道：“不错，是李大嘴出的主意，由屠娇娇假扮成死尸……”

白开心一拍巴掌，道：“这就对了，只有他们两人，才是真正的罪魁祸首，燕南天只要看到他们两人已死了，气就平了一大半，也就不会再穷凶极恶地找别人算账了。”

阴九幽目光闪动，道：“你的意思是叫我去杀了他们？”

白开心道：“你一个人当然不成，但再加上我们夫妻两人，再用点妙计，还怕他们不乖乖地将脑袋送上来？”

阴九幽沉吟着，冷冷道：“我看你们这是想为自己出气。”

白开心道：“一点也不错，我若不想替自己出气，又何必来帮你的忙？我又不是你老子。”

阴九幽反而笑了，喃喃道：“我看这两人也活够了，早点送了他的终，也未尝不是好事。”

白开心大喜道：“你他妈的，总算弄明白了，我总算没有找错人。”

阴九幽也笑道：“你他妈的眼睛总算没有瞎。”

白开心又沉下了脸，叹道：“可是，我们现在若去下手，哈哈儿虽然一定袖手旁观，但杜老大却一定不肯答应的，只要他一伸手管闲事，那就麻烦了！”

阴九幽目光闪动，道：“你小子难道想连杜老大也一起做了？”

白开心笑了笑，道：“这就叫，一不做，二不休。”

阴九幽冷笑道：“可是以我们三人之力想去斗他们三人，就叫肥猪拱门，一定要送给别人去宰了。”

白开心叹道：“你小子真没有学问，连一点兵法也不懂。”

阴九幽沉吟了半晌，眼睛又一亮，道：“你的意思莫非是……”

白开心道：“乘其不备，攻其弱点，然后再逐个击破。”

阴九幽道：“但……杜老大又有什么弱点呢？”

白开心道：“他的弱点就是自命不凡，好逞英雄，所以我们最好用女人去对付他，因为他总认为女人是弱者。”

白夫人忽然一笑，道：“认为女人是弱者的男人，一定要倒霉的。”

哈哈儿、屠娇娇、杜杀和李大嘴也在前面停了下来，他们觉得这里的地势很幽僻，可以在这里先休息休息再说。他们知道从今以后，又要开始无休无尽的逃亡了，他们也知道在长期的逃亡之前，必定要先打好主意。但他们现在却连一点主意也没有。

屠娇娇忽然道：“你们看燕南天是否真的会死在移花宫主手里呢？”

李大嘴道：“我看他已是凶多吉少的了。”

杜杀冷冷道："我看倒未必！燕南天的武功，我知道得很清楚。"

他望着自己那只断手，目光中现出一种凄凉之意。

屠娇娇道："燕南天若不死，一定不会放过我们的。我们能逃到哪里去呢？难道再回恶人谷？"他们都知道在恶人谷里虽可躲得过别人，但却躲不过燕南天的，可是除了恶人谷外，他们又无处可去。一时之间，连这些最多嘴的人也说不出话来。

也不知过了多久，李大嘴皱眉道："那损人不利己的白小子到哪里去了？莫非又想打主意害人？"

杜杀冷冷道："他只怕还没有这么大的胆子！"

屠娇娇正想说什么，忽然见到白夫人踉跄奔了过来，满面俱是泪痕，仓皇地四下瞧了一瞧，就奔到杜杀面前，扑地跪了下去，嗄声道："杜大哥，求求你……求求你救救我吧！"

杜杀皱眉道："救你？什么事？"

白夫人流泪道："我刚跟他成亲还不到一天，他就想不要我了，而且还要杀了我，我孤苦伶仃，无依无靠，只有求杜大哥替我做主了，我知道杜大哥一向都主持公道的。"

杜杀果然怒道："他既已与你成亲，怎么能再做这种事！"

李大嘴立刻接口道："是呀，他就算不喜欢你，把你休了也就是了，怎么能杀你呢？我早就知道这小子一点良心也没有。"

杜杀霍然站起，厉声道："这小子在哪里？你跟我去，看他还敢不敢动你一根手指。"

白夫人破涕为笑，道："我早就知道只有杜大哥是英雄，绝不会眼见一个弱女子受人欺负的。"她挣扎着从地上爬起来，好像连站都站不稳了。

杜杀皱眉道："你已受了伤？"

白夫人又叹了口气，默然道："他早已将我打得满身都是伤，杜大哥你看。"她忽然解开衣襟，露出了赤裸的身子。

杜杀立刻闭上眼睛，道："用不着再看了，快穿好衣服跟我走吧……"他话未说完，突觉胸口一凉，一柄利刃已刺入了他的胸膛。

杜杀狂吼一声，断腕上的铁钩已挥了出去。

但白夫人一招得手，就地便滚出了三四丈，她只觉冰凉的铁钩已擦着了她胸前敏感的地方，连脸都骇白了。

这变化实在太突然，李大嘴、屠娇娇、哈哈儿也想不到这女人竟如此大胆，居然敢向杜杀下毒手。只见杜杀反手拔出了胸前的利刃，一股鲜血箭一般喷了出来，他想要再扑上去，但力气已随着鲜血流出。

他一双杀人如麻的手上，已沾满了鲜血，他自己的血！

李大嘴、屠娇娇双双赶过去，想扶住他，杜杀却甩脱了他们的手，仰天长叹道："杜某英雄一世，想不到竟死在这淫贱无耻的妇人手里。"

屠娇娇咬了咬牙，道："杜老大，你放心，她也活不了的！"

杜杀道："好，很好……"

他忽又凄然一笑，道："早知如此，我们不如死在燕南天手里了，他毕竟还是个英雄……"

"英雄"两字说出，这自命英雄的人已倒了下去！白夫人仿佛直到这时才想起要跑，在地上一滚，翻身掠起。

李大嘴厉声道："你还想跑么？"

语声中阴九幽忽然鬼魂般自山石后一掠而出，挡住了白夫人的去路！白夫人话也不说，迎面三掌拍了过去。

但阴九幽只不过一伸手，就已拧住了她的手腕，咯咯笑道："今日我们若让你跑了，十大恶人还能混么？"

白夫人咬牙道："我已受够了你们这些恶人的欺负，你杀了我吧，反正我已出了一口气。"

阴九幽冷笑道："杀了你，哪有如此容易！"他转过头向李大嘴一笑，道："听说人肉要往活人身上切片下来吃着才有味，这道好菜我就送给你吧。"

李大嘴狞笑道："我若不切好一千八百刀再让她死，我就不姓李。"

白夫人嘶声大笑道："我还以为你真想替杜老大报仇哩，原来你只不过想吃我的肉而已，来吧，乖儿子只管来吃老娘的奶吧，老娘若皱一皱眉头，就算是你养的。"

屠娇娇冷冷道："这女人自己一定不会有这么大的胆子下毒手，一定是白开心在暗中主使。"

白夫人大笑道："老娘还用得着别人主使？老实告诉你们，白开心那王八蛋也早已死在老娘小肚子上了，正等着你们去收尸哩。"

屠娇娇目光闪动，道："你们先慢动手杀她，我先过去瞧瞧。"

李大嘴狞笑道："你放心，我保险她三天三夜都死不了的。"他拿起那把上面还带着杜杀鲜血的利刃，一步步向白夫人走了过去。

哈哈儿瞧了瞧他，又瞧了瞧已远在十丈外的屠娇娇，咧嘴一笑，道："白开心那张脸死了后不知是何模样，我还是瞧瞧他去吧。"

李大嘴还未到白夫人面前，她已放声大叫了起来，道："阴九幽，你若是人，就杀了我吧。莫要让这不是人的东西折磨我，我做鬼也感激你。"

阴九幽咯咯笑道："我是人？谁说我是人？我根本就不是人！"

李大嘴大笑道："原来你也会害怕的，看在你杀了白开心的份上，我就少剐你一百刀吧，但一千七百刀却是再也少不得的。"

白夫人嗄声道："你这畜生，你……"

李大嘴一步蹿到她面前，狞笑道："我本不知道第一刀该往哪里下手，现在才知道了，我要先割下你的舌头，叫你长舌妇的舌头短些。"他手中的刀已划了出去。

谁知就在这时，阴九幽忽然放开了白夫人，两人一左一右，两旁一夹，李大嘴还未弄明白这是怎么回事，左边胁下已挨了白夫人一掌，右边胁下也挨了阴九幽一拳，口吐鲜血扑倒在地。

李大嘴居然还没有死，呻吟着道："你……你们还要将我弄到哪里去？为什么不索性杀了我？"

白夫人柔声道："你要割我一千七百刀，我怎么舍得现在就杀了你呢？"她俯下身，嘴唇似乎还在动着，也不知在李大嘴身旁说了句什么话，李大嘴的眼睛忽然一亮。

忽然间，白夫人双手将李大嘴的身子一托，李大嘴凭空飞起三丈，竟一把揪住了阴九幽的头发，将他整个人压在下面。阴九幽做梦也想不到还有这一手，大惊之下，刚想挥拳将李大嘴击开，但白夫人的虎尾银针已刺入了他胁下的血海穴。他立刻身子一麻，动都不能动了。

李大嘴喘息着狞笑道："你既然知道天下最毒是妇人心，为什么还要相信妇人的话？你害死了我，以为自己会有什么好处？”

阴九幽喉咙里咯咯直响，一句话都未说出，脖子已被李大嘴生生拧断了，于是他剩下的一半“人”也变做“鬼”，而且是个无头鬼。李大嘴望着自己的一双血手，忽然疯狂般大笑起来。

白夫人嫣然道：“李大爷，我让你替自己报了仇，你应该怎么感激我？”

李大嘴笑声渐渐停顿，喘着气道：“你究竟想怎么样？”

白夫人柔声道：“无论你感不感激我，我却还要帮你一个忙。”

李大嘴道：“求求你，莫要再帮我的忙了，我已经受不了了。”

白夫人笑道：“这忙我是非帮不可的，你们十大恶人对我这么好，我怎么能不好好地报答你们呢？”她嫣然微笑着，忽然飞起一脚，将李大嘴踢得晕了过去。

第一百二十二章

兔死狗烹

白开心果然已死了。

他活着时就长得不大怎么样，死了后更是难看透顶，就活像个风干了的黄鼠狼，被人高高吊起在树上。

屠娇娇叹了口气，喃喃道：“我早就知道这人不得好死的，却想不到他死得这么惨，我们帮他将白老虎的女人抢过来，反而倒真是帮白老虎的大忙。”

她嘴里说着话，人已到树下。

突听哈哈儿在后面大呼道：“留神些，这小子说不定是在装死。”

他不说这句话还好，一说这句话，屠娇娇自然扭回头瞧他去，她心神一分，白开心的双手已扼住她的脖子。哈哈儿身子一震，呆在那里，似已再也走不动半步。

只听白开心冷冷笑道：“屠娇娇，我和你本没有什么过不去，本来也并不想杀你的，这全是阴老九的主意，你死了变鬼，最好找他去，千万莫要找我。”

屠娇娇眼睛翻白，非但说不出话，连听都听不见了。白开心一个筋斗从树上翻了下来，望着哈哈儿笑道：“你看我装死的本事并不比屠娇娇差吧，她一生最会装死害人，只怕再也想不到自己也会死在一个‘假死人’的手上。”

哈哈儿叹了口气，喃喃道：“天道循环，看来果然是报应不爽，我下辈子投胎，再也不敢害人了。”

白开心大笑道：“哈哈儿，你难道也要改邪归正了么？十大恶人现在只怕只剩下三四个人，正要让你来撑场面哩，因为你一个人的分量就可以抵得上别人两三个。”

哈哈儿似乎喜出望外，颤声道："你……你肯饶了我？"

白开心昂起了头，背负起了手道："也许，只不过我还要考虑考虑。"

哈哈儿苦笑着脸道："求求你，莫要考虑了吧，只要你饶了我，你就是我的重生父母，从今以后你要我往东，我就不敢往西，你要我爬，我就不敢走。"

白开心嘻地一笑道："既然如此，你就爬一圈给我看看。"

哈哈儿什么话也不说，竟真的在地上爬了起来。

白开心拍手大笑道："大家快来看呀，这里有个胖乌龟。"

哈哈儿一面爬，一面涎着脸笑道："胖乌龟，满地爬，白大爷见了拍手笑哈哈，白奶奶一旁赶来了，笑得更像一朵花……"

白夫人果然来了，笑得果然像一朵花。

白开心向她挤了挤眼睛，道："大功告成了么？"

白夫人娇笑道："饶他们奸似鬼，也要吃老娘的洗脚水。"

白开心道："阴老九呢？"

白夫人道："我们当然不能留下他，否则我们以后……以后再好的时候，他若定要在旁边瞧着，那怎么受得了？"

白开心大笑道："你他妈的说得真对极了，兔子既然全都已死光，还留着那条狗干什么？"

白夫人将李大嘴重重往地上一抛，道："只有这大嘴狼，我知道你舍不得这么快就杀死他的。"

白开心跳过去搂着她脖子笑道："你真是我的心肝小宝贝，肚子里的蛔虫。"

白夫人吃吃地笑着道："这胖乌龟呢？"

白开心道："这胖乌龟反正我们随时都可以要他命的，何必急着杀他？留下他来，我还可以像逗龟孙子似的逗着他玩，岂不开心。"

白夫人眼珠子一转，道："那么这大嘴狼呢？你想怎么样对付他？"

白开心眨着眼道："你难道又有什么好主意？"

白夫人笑道："他什么人的肉都吃过了，连他老婆儿子都被他吃下肚里，只有一种人的肉还没有吃过，死了岂非遗憾得很，所以我一定要帮他这个忙。”

白开心道：“哪种人的肉他还没有吃过？”

白夫人道：“吃人的人。”

白开心眼睛一亮，道：“你莫非要他自己吃自己的肉么？”

白夫人奸笑道：“你说这主意好不好？”

白开心又搂住了她，大笑道：“你真是个活宝贝，从今以后叫我怎么离得开你？”

笑声中，只听“咯”的一响。

白夫人忽然惨呼一声，身子就像一摊泥似的倒了下去，脖子也软软地垂到一边，眼睛却铜铃般瞪着白开心，她目光中充满了惊骇恐惧，嗄声道：“你……”

脖子已被扼断的人，怎么还说得出话来？她虽有许多凶恶狠毒的话要骂，但却只能发出一阵令人毛骨悚然的“咝咝”声，就像是响尾蛇临死前发出的声音。她至死也不相信白开心居然会杀她，正如杜杀和阴九幽至死也不相信她会杀他们一样。

白开心笑嘻嘻道：“你用不着做出这副样子，其实你也早就该知道，兔子既已死光了，我还要你这条母狗干什么？”白夫人瞪着他，眼珠都快凸了出来，无论什么人见到她这么样瞪着自己，晚上只怕永远再也休想睡得着觉了。

但白开心却一点也不在乎，悠然接着道：“何况，我若不杀你，迟早都会被你杀死的。我知道你心里早已将我们这些人全都恨之入骨，所以才会先利用我杀死他们，然后再想法子杀死我，我若不先下手为强，后下手就遭殃了。”

白夫人脖子上的青筋一阵跳动，一口气再也咽不上来。

突然李大嘴道：“白开心呀白开心，我一直以为你是个呆子，谁知你却比我想象中聪明得多。”

白开心狞笑道：“你还没有死？是不是在等着吃自己的肉？”

李大嘴勉强笑道：“一点也不错，我早已想尝尝我自己的肉是什么滋味，只可惜没有机会，如今机会到了，我怎能错过？”

白开心反倒怔住，道：“真的？”

李大嘴叹道：“人之将死，其言也善，到现在我为何还要骗你？”

白开心眨了眨眼睛，忽又大笑道："你以为我真会相信你的话？我偏偏不给你吃！"

李大嘴道："你不相信最好，快拿刀来吧，但千万莫要割我的手臂，那里的肉最粗。"

白开心瞪了他半晌，忽然转向哈哈儿道："你相不相信他的话？"

哈哈儿一直乖乖地趴在地上，此刻忙赔着笑道："狗改不了吃屎，这大嘴狼没有别人的肉可吃，吃吃自己的肉总也是好的，白老大又何必让他临死还过一次瘾？"

白开心抚掌道："不错不错，我非憋死他不可，他的肉虽长在他身上，我却一定要他眼巴巴地看着干着急！"

李大嘴喘息着道："我知道阴老九想杀我们，是为了要燕南天以为我们都死了，不再追查，但你要杀我们，对你又有什么好处？"

白开心咧嘴一笑，道："我的名字叫什么你难道都忘了吗？"

李大嘴怔了半晌，苦笑着喃喃道："损人不利己……损人不利己……"

他的气似也喘不过来了，闭上眼睛，不再说话。

哈哈儿赔笑道："白老大，你还要看我这只胖乌龟爬么？"

白开心挥了挥手，笑道："起来吧，今天我已看够了。"

哈哈儿道："你……你真的已饶了我？"

白开心道："你放心，只要你乖乖地听话，我绝不会害你，众家兄弟现在已只剩下咱们两个人了，我怎么舍得再杀你？你若死了，天下还有谁肯跟我交朋友？"

哈哈儿顿首道："多谢白老大，多谢白老大。"

白开心哈哈大笑，开心得直好像自己已做了皇帝。但他还是"白开心"了一场。

哈哈儿磕到第三个头时，背后忽然飞出三支乌黑的短箭，"嗖"地射入白开心的胸膛。白开心大喝一声，翻身跌倒，眼睛瞪着哈哈儿，那神情也正和白夫人方才瞪着他时完全一样。

哈哈儿仰天大笑道："白开心呀白开心，你聪明一世，糊涂一时，我竟会如此怕你，你难道一点也看不出我在作假么？"

白开心两只手紧紧握着胸前的箭翎，嗄声道："我若看得出就不会上你这胖乌龟的当了。”

哈哈儿道：“哈哈，但你凭什么认为我会如此怕你？”

白开心道：“我以为胖子都怕死，绝对不敢向我出手的，我又以为胖子都不中用，就算你下手我也不怕，但我却忘了……忘了……”他脸色发白，嘴唇发黑，眼睛也发花了。

哈哈儿道：“哈哈，你莫非又忘了我的‘笑里藏刀三暗器’？你可知道昔日江湖中有多少人死在我这一手绝招之下？”

白开心喘息着道：“但你为何要杀我？我们两人在一起搭档，岂非比一个人好得多？”

哈哈儿不再望他，却走到屠娇娇面前，柔声道：“娇娇，你还能看得到么？我已为你报仇了！”

白开心讶然失声道：“原来你居然是在为她报仇？你难道是她的……”

哈哈儿脸上的肉都在簌簌地发抖，仿佛痛苦已极，白开心不用再问，已知道他是屠娇娇的什么人了。

只听哈哈儿黯然道：“这许多年来，你总算对我不错，现在你死了，我心里还真难受得很……”

白开心苦笑道：“屠娇娇在恶人谷里熬了二十年，我早就知道她一定熬不住的，一定有个姘头，但我却一直认为她的姘头是杜老大。”

他忽又大笑道：“其实我早该知道她的姘头是你，像她这种不男不女的老太婆，除了你这胖乌龟外，她还能勾引上谁？”

哈哈儿怒吼着，飞起一脚，将他踢得飞了出去。他终于再也说不出损人不利己的刻薄话了。

哈哈儿咬着牙喘息了半晌，突见屠娇娇眼睛竟张开了一线，哈哈儿又惊又喜，立刻蹲了下去道：“你还能说话么？”

屠娇娇点了点头，嘴唇动了动，仿佛说了句话。

但她的声音实在太微弱，哈哈儿一个字也听不到，只有将耳朵凑在屠娇娇嘴旁，柔声道：“你还有什么心事，都对我说吧，我一定替你做到。”

屠娇娇呻吟着道：“我们是同命鸳鸯，是不是？”

哈哈儿连连点着头道：“不错不错，我们是同命鸳鸯，也是恩爱夫妻。”

屠娇娇嘴角泛出最后一丝微笑，道：“所以我死了，你也不能活着。”

哈哈儿这一惊真是非同小可，想跳起来却已来不及了。屠娇娇两条手臂已蛇一般缠住了他，一口咬在他咽喉上，哈哈儿拼命挣扎，终于还是挣不动了。只见他脸色渐渐发白，身上的血潮水般流入了屠娇娇的肚子，忽然用尽全身力气，压到屠娇娇身上。只听“格剌格剌”一连串声响，屠娇娇全身的骨头都被压折了，哈哈儿挣扎着站了起来，“哈哈，哈哈，哈哈！”仰天大笑了三声，“噗”地倒了下去，终于再也笑不出了。

李大嘴一直在瞧着，眼睛都已发直。这时他才长长叹了口气，喃喃道：“很好，很好，十大恶人终于死光了。三十年前，我就知道这些人必定会自相残杀而死的，老天造我们十个人，本就是要我们以毒攻毒，自相残杀，否则他造一个就够了，何必造出十个来？”他挣扎着想站起来，却又跌倒，于是他就挣扎着往山上爬，似乎想远远躲开这些人的尸身。

山风吹过，远处似有野兽的吼声传来。山坳后灌木丛中，似乎有个很深的洞穴，洞上怪石峥嵘，远远看来就像是一只洪荒怪兽，这洞穴就像是怪石的嘴。李大嘴挣扎着爬了进去。

洞穴里阴森而潮湿，而且还有种令人作呕的臭气。但李大嘴却像是平生也没有到过如此舒服的地方，他长长叹了口气，在地上躺了下来。地上又是泥泞，又是碎石，但李大嘴却像是躺在少女香闺中的软床上，自言自语着道：“李大嘴呀李大嘴，老天能给你这么样一块地方，让你安安静静地等死，已经算对你很不错了，你还有什么好埋怨的？”

可是老天并没有让他安安静静地等死。也不知过了多久，洞外忽然响起了一阵脚步声。李大嘴立刻就想跳起来，怎奈他此刻连爬都爬不动了，到了这种时候，一个人只能听天由命了。

他索性躺着不动，暗道：“我吃了一辈子的人，老天就算要将我喂狗，也是应该的。”

只听一人道："就是这地方，绝不会错的，洞口那块石头我认得。"这人说的虽是很普通的两句话，但话声却是威严沉重，李大嘴虽听不出这声音是谁，但也不知怎地，一颗心竟怦怦地跳了起来。

过了半晌，又听得一人道："大叔，我瞒着你做了件事，你肯原谅我吗？"

听到这声音，李大嘴才真的吃了一惊。这人竟是小鱼儿，另一人自然就是燕南天，李大嘴再也想不到自己躲来躲去，竟还是躲不了。

他骇得连气都不敢喘了。

其实他既已离死不远，又还有什么可怕的！但一个人若是做了亏心事，想不害怕都不行。

只听燕南天道："你瞒着我做了什么事？"

小鱼儿道："我……我已瞒着你老人家，叫人来将江别鹤父子放了。"

燕南天似也怔了怔，厉声道："你为什么要这样做？难道你已忘了那血海深仇么？"

小鱼儿道："我没有忘，可是我觉得并不一定要杀死他们才算报仇，我实在不喜欢杀人，别人杀了我亲人，是他们卑鄙恶毒，我若再杀了他们，岂非也变得和他们一样了么？所以我要他们活着来忏悔自己的罪恶，我觉得这样做比杀死他们更有意思得多。"他在燕南天面前侃侃而言，居然毫无畏怯之意。

燕南天沉默了很久，黯然长叹道："好孩子，好孩子，江枫有你这么样一个儿子，他死在九泉之下也该瞑目了。燕大叔白活了几十年，竟还不及你通达明理。"

小鱼儿道："那么，我和花无缺那一战，可以不打了么？"

燕南天声音又变得严厉起来，道："那万万不行。"

小鱼儿道："为什么不行呢？我和花无缺又没有仇恨，为什么要跟他拼命！"

燕南天厉声道："这一战并非为了报仇，而是为了荣誉。男儿汉头可断，血可流，却绝不能做出丢人的事，到了这种时候，你若还想临阵脱逃，又怎么对得起你死去的父母，又怎么对得起我！"

小鱼儿叹了口气，也已哑口无言了。

燕南天道："不但你势必要与花无缺一战，我也势必要和移花宫主一战，因为做错了事的人一定要受惩罚。大丈夫有所不为，有所必为，我们就算明知要战死，也绝不能逃避，这道理你明白了么？"

小鱼儿黯然道："我明白了。"

燕南天长叹了一声，柔声道："我也知道你和花无缺已有了友情，所以不愿和他动手拼命，但一个人活在世上，有时也势必要做一些自己不愿做的事，造化之弄人，命运之安排，无论多么大的英雄豪杰也无可奈何的。"

小鱼儿也长叹了一声，忽然道："大叔，我只想求你一件事。"

燕南天道："你说吧。"

小鱼儿道："我只求你见到杜杀、李大嘴他们的时候，莫要杀死他们。"

燕南天怒道："这些人早已该死了，你为何又要为他们求情？"

小鱼儿道："一个人做错了事，固然要受惩罚，但他们受的惩罚已够了，他们在恶人谷受了二十年活罪后，简直已变成了一群可怜虫，每天都在心惊胆战，东窜西逃，又像是一群丧家的野狗，以后怎么敢再去害人呢？"

听到这里，李大嘴忍不住暗暗叹道："骂得好，实在骂得好，只不过你还是骂得太轻了，我们实在连野狗都不如。"

只听燕南天道："江山易改，本性难移。你怎知他们以后不会再害人了？"

小鱼儿道："他们入谷之前，曾经收藏了一批珠宝，就为了这批珠宝，他们几乎连命都送掉了。大叔你想，他们若还有害人的勇气，是不是尽可再去抢更多的珠宝来？为什么还要寻找这批珠宝呢？"他叹了口气，道："由此可见，他们的胆子早就寒了，已只不过是一些贪财的老头子，哪里还有十大恶人的雄风？这种人活着已和死人差不多，大叔你又何必再追杀他们，让他们苟延残喘多活两年又有何妨？"

听到这里，李大嘴已是热泪盈眶，忍不住长叹道："小鱼儿，我们果然全都看错你了，我们若能想到你会为我们求情，只怕也不会落到这样的下场。"

他话未说完，燕南天和小鱼儿已蹿了过来。

小鱼儿失声道："李大叔，是你！你怎么会变成这样子的？"

李大嘴凄然一笑，道："这只怕就叫作……善恶到头终须报，多行不义必自毙。"

小鱼儿道："别的人呢？"

李大嘴叹道："死光了，全都死光了。"

小鱼儿讶然道："是谁杀了他们？"

李大嘴苦笑道："除了他们自己，还有谁能杀得死他们？"

他长叹了一声，道："燕大侠，我们实在很对不起你，你快杀了我吧！"

燕南天见到他时，本是满面怒容，但此刻却已露出怜悯之色，只是摇了摇头，长叹无语。

李大嘴苦笑道："我知道我这种人已不值得燕大侠出手了，一个人若活到连他的仇人都认为不值得杀的时候，他活着还有什么意思？"

他忽又哈哈一笑，道："幸好我已活不长了，这倒是我的运气，否则我非撒泡尿自己淹死不可。"

燕南天叹息了一声，道："走吧！"

小鱼儿道："我现在不能走。"

燕南天皱眉道："你还要等什么？"

小鱼儿垂头道："我小的时候，他对我不错，现在他落到这种地步，我怎么能抛下他，让他一个人在这里等死？"

李大嘴大声道："你用不着可怜我，也用不着报我的恩，我对你根本没什么好处。我将你养大，也只不过是想要你长大出来害人而已。"

小鱼儿笑了笑，道："无论你们是为了什么，但总算将我养大了，现在我活得既然很有意思，就不能忘记你们的恩情。"

第一百二十三章

善恶一线

李大嘴听了小鱼儿的话，长叹了一声，喃喃道：“恩情，恩情……十大恶人养大的孩子，居然口口声声不忘记恩情，看来十大恶人早就该改行做别人的保姆才是。”

只听一人娇笑道：“不错，我们将来若有了孩子，一定要请你来做奶妈。”

原来苏樱也跟在后面来了，只不过一直没有说话。

李大嘴瞪着她，道：“你们有了孩子，你和谁有了孩子？”

苏樱瞟了小鱼儿一眼，垂下头抿嘴笑道：“现在虽没有，但将来总会有的。”

李大嘴大笑道：“好小子，想不到这条小鱼儿终于还是上了钩，看来你钓鱼的本事倒真不小。”

小鱼儿冷冷道：“她自我陶醉的本事更大。”

苏樱嫣然道：“就算我是自我陶醉好不好？无论你说什么，我都听你的。反正我若有了孩子，你就是他爸爸。”

小鱼儿叹了口气，苦着脸道：“我遇见这种人，真是倒了八辈子穷霉了。”

李大嘴抚掌大笑道：“想不到小鱼儿终于也遇见克星了，好姑娘，我真佩服你，你真比我们十大恶人加起来还有办法。”他笑着笑着，面上又显出痛苦之色，显然又触动了伤处。

燕南天忽然道：“有恩必报，本是男儿本色，你留在这里也好。”

小鱼儿道：“你老人家呢？”

燕南天沉吟着，道：“我在山顶等你，算来她们想必已找到花无缺了，你也该赶紧去。”

小鱼儿苦笑道："我既然已答应了你老人家，就算爬，也要爬着去。"

燕南天道："很好！"他说完了这两个字，就大步走了出去。

李大嘴望着他雄伟的背影消失在黑暗中，忍不住长叹道："这人倒的确干脆得很，真不愧是条男子汉！"

苏樱嫣然笑道："我觉得你老人家也不愧是条男子汉。"

李大嘴怔了怔，道："我？"

苏樱道："十大恶人中，也只有你老人家能算是条男子汉，只可惜你老人家的口味和别人不同，否则只怕已成了燕大侠的好朋友。"

李大嘴大笑道："好，好，好，居然有这么漂亮的美人儿说我是男子汉，我死了也总算不冤了，只可惜看不到你养出来的小小鱼儿而已。"

小鱼儿苦笑道："想不到李大叔也戴不得高帽子的，被人拍了两句马屁，立刻就帮着别人来算计我了。"

李大嘴瞪眼道："算计你？告诉你，你能得到她这样的女人，实在是你天大的运气，我若非已死了一大半，不和你争风才怪。"

小鱼儿咧嘴一笑，道："说不定我的口味以后也会变得和李大叔一样，半夜将她吃下肚子里。"

李大嘴目中又露出痛苦之色，似乎再也不愿听到别人提起这件事。

小鱼儿是多么聪明的人，察言观色，立刻改口道："苏樱，你若真想李大叔做你儿子的奶妈，就该赶快替李大叔治好这伤势。"

李大嘴怔了怔，道："你要她为我治伤？"

小鱼儿笑道："李大叔还不知道么？这丫头除了会自我陶醉之外，替人治病的本事也蛮不错的。"

李大嘴忽然大笑道："我本还以为你真是个聪明人，谁知你却是个笨蛋。"

小鱼儿道："你……你难道不愿让她……"

李大嘴抢着道："我问你，你看我几时充过英雄，装过好汉？"

他摇了摇头，自已接着道："没有，从来也没有，我一向是个很怕死的人，若是这伤还能治，我只怕早已跪下来求她了。"

苏樱柔声道："你老人家至少该让我看看。"

李大嘴瞪眼道："看什么？我自己伤得有多重我自己难道不知道？你以为我也是个笨蛋？"

小鱼儿和苏樱对望一眼，已知道他这是存心不想再活了，两人交换了个眼色，心里已有了打算。

李大嘴忽又笑道："你若真认为欠我的情非还不可，倒有个法子报答我。"

小鱼儿道："什么法子？"

李大嘴笑道："我现在已饿得头都晕了，你想法子请我好好吃一顿吧，听说黄泉路上连家饭馆都没有，若要我一路饿着去见阎王，那滋味可不好受。"

小鱼儿怔了半晌，摸着头笑道："这地方人肉倒真不好找，我看只有请李大叔将就些，从我大腿上弄一块肉去当点心吧。"

李大嘴又瞪眼道："人肉？谁说我要你请我吃人肉？"

小鱼儿道："你……你不吃人肉？"

李大嘴道："人肉就算真的是天下第一美味，我吃了几十年，也早该吃腻了。"

他往地下重重啐了一口，道："老实话，我现在一想起人肉就想吐。"

小鱼儿这才真的怔住了。

李大嘴笑了笑，又道："你以为我真的很喜欢吃人肉么？老实告诉你，我吃人肉，只不过是为了吓唬人而已。"

小鱼儿道："吓唬人？"

李大嘴道："你可知道屠娇娇、哈哈儿他们为什么总是对我存着三分畏惧之心？那没有别的原因，只不过因为我吃人！吃人的人总是能令人害怕的。"

小鱼儿摸着脑袋，简直有些哭笑不得。

李大嘴忽又叹了口气，道："一个人活在世上，是为恶，还是为善，那分际实在微妙得很。我之所以成为十大恶人，也只不过是一念之间的事。"

他笑着问道："你们可猜得出我怎会成为十大恶人的么？"

小鱼儿只有摇头道："我猜不出。"

李大嘴目光凝注着远方的黑暗，缓缓道：“我从小就好吃，连广东人不敢吃的东西，我都吃过，就是没吃过人肉，总是想尝人肉是什么滋味。”

他笑了笑，接着道：“我不去想这件事也倒好了，愈想愈觉得好奇，有天我杀了个人后，终于还是忍不住将他的肉煮来吃了，觉得味道也不过如此而已，虽然比马肉嫩些，但比马肉还要酸，非多加葱姜作料不可。”

小鱼儿忍不住问道：“人肉的滋味既然并不高明，你为什么还要吃呢？”

李大嘴道：“我正在吃人的时候，忽然被个人撞见了，这人本是我的对头，武功比我还高些，但他瞧见我吃人，立刻就吓得面色如土，掉头就走，以后见到我，也立刻落荒而逃，连架都不敢和我打了。”

他又笑了笑，道：“我这才知道吃人原来能令人害怕的，自从发现了这道理后，我才忽然变得欢喜吃人起来。”

小鱼儿道：“难道你……你喜欢别人怕你？”

李大嘴道：“世上的人有许多种类，有的人特别讨人喜欢，有的人特别讨人厌，我既不能讨人欢喜，也不愿令人讨厌，就只有要人害怕。”

他笑着接道：“能要别人害怕，倒也蛮不错，所以我也不觉得人肉酸了。”

小鱼儿听得目瞪口呆，只有苦笑，只有叹息。

他本想问：“你为什么连自己老婆的肉都要吃呢？”但他并没有问出来，因为他已不愿再让李大嘴伤心。

李大嘴道：“这些年来，我总是一个人偷偷去烧些猪肉来解馋，但却不敢被别人看到，就好像和尚偷吃荤一样，愈是偷着吃，愈觉得好吃。”

他大笑着接着道：“但现在我再也不必偷着吃了，你们快好好请我吃一顿红烧蹄髈吧，要肉肥皮厚，咬一口就沿着嘴角直流油。”

小镇上没有山珍海味，但红烧蹄髈总是少不了的。三斤重的蹄髈，李大嘴竟一口气吃了两个，幸好他们是在客栈里开了间屋子关起来吃的，否则别人只怕要以为他们是饿死鬼投胎。

吃到一半，小鱼儿将苏樱借故拉了出去，悄悄问道："你扶他进来的时候，已查过他的伤势了么？"

苏樱叹道："他伤得实在不轻，肋骨就至少断了十根，别的地方还有五处硬伤，若非他身子硬朗，早就被打死了。"

小鱼儿道："我只问你现在还有没有救？"

苏樱道："若是他肯听我的话，好生调养，我可以负责救他，只怕……"

她长长叹了口气，接着道："他自己若已不想活了，那么就谁也无法救得了他。"

小鱼儿咬着嘴唇，道："我真不懂，他本是个很看得开的人，为什么会忽然想死呢？"

苏樱幽幽道："一个人到了将死的时候，就会回忆起他一生中的所作所为，这种时候还能心安理得、问心无愧的人，世上并不多。"

小鱼儿叹道："不错，他一定是对自己这一生中所做的事很后悔，所以想以死解脱，以死忏悔。"

苏樱黯然道："到了这种时候，一个人若能将生死之事看得很淡，已经很难得了，所以我才说他不愧是条男子汉。"

就在这时，突见一个人在小院外的墙角后鬼鬼祟祟地向他们窥望，小鱼儿眼珠子一转，缓缓道："李大叔对我不错，他变成这样子，我的脾气自然不好，一心只想找个人来出气，现在总算被我找着了。"他嘴里说着话，忽然飞身掠了过去，躲在墙角后的那人显然吃了一惊，但却并没有逃走的意思，反而躬身笑道："我早就知道鱼兄吉人天相，无论遇着什么灾难，都必能逢凶化吉，如今见到贤伉俪果然已安全脱险，实在高兴得很。"

小鱼儿失笑道："你这兔子什么时候也变得善颂善祷起来了？"原来这人竟是胡药师，小鱼儿想找个人出气的，听到他马屁拍得刮刮响，火气又发不出来了。

胡药师道："自从那日承蒙贤伉俪放给在下一条生路后，在下时时刻刻想找贤伉俪拜谢大恩，今日总算是天从人愿。"

小鱼儿道："既然如此，你见到我们，为何不过来？反而鬼鬼祟祟地躲在这里干什么？”他忽又顿住道：“那位铁萍姑铁姑娘呢？”

胡药师似乎怔了怔，讷讷道：“我……我不大清楚。”

小鱼儿皱眉道：“你们两人本是一起逃出去的，你不清楚谁清楚！”

胡药师垂下头，结结巴巴地赔着笑道：“她……她好像也在附近，可是……可是……”

小鱼儿一把揪住他衣襟，怒道：“你小子究竟在搞什么鬼？快老老实实说出来吧，就凭你也想在我面前玩花样，简直是孔夫子门前卖《百家姓》。”胡药师脸色都变了，急得更说不出话来。

苏樱柔声道：“有话好说，你何必对人家这么凶呢？”

小鱼儿叫了起来，道：“你还说我凶，这小子若是没有做亏心事，怎么怕成这副样子？我看他说不定已将人家那位大姑娘给卖了。”

胡药师苦着脸道：“她……她只叫我来将两位拖住片刻，究竟是什么事，我也不知道。”

小鱼儿瞪大了眼睛，道：“是她叫你来将我们拖住的？”

胡药师道：“不错。”

小鱼儿又怒道：“放屁，我不相信，你和铁萍姑八竿子打不到一起去，为什么要听她的话？”

苏樱眨着眼道：“你怎知道他们八竿子打不到一起去，说不定他们……”

小鱼儿忽又大声道：“那么，她为什么要叫他来拖住我们呢？她想瞒着我们干什么？”

苏樱咬着嘴唇，缓缓道：“你想，她会不会和李大叔有什么关系？”

小鱼儿道：“他们又会有什么关系？”

苏樱道：“李大叔以前的夫人，不也是姓铁么？”

小鱼儿心头一跳，忽然想起以前铁萍姑只要一听到恶人谷，一听到“李大嘴”这名字，神情就立刻改变了。他又想起铁萍姑曾经向他探问过恶人谷的途径，似乎想到恶人谷去，她到恶人谷莫非就是为了去找李大嘴？想到这里，小鱼儿什么话都不再说，跳起来就往院子里跑，还未跑到门外，已听到一阵啜泣声音自他们那屋子里传了出来。

小鱼儿一听就知道这赫然正是铁萍姑的哭声。

他立刻冲了进去，只见李大嘴木然坐在椅子上，满面都是凄惨痛苦之色，铁萍姑却已哭倒在他身旁，手里还握着把尖刀，只不过此时她手指已松开，刀已几乎掉落在她手边。

小鱼儿怔住了，失声道："这是怎么回事？铁姑娘你难道认得李大叔么？"

铁萍姑已泣不成声，李大嘴惨笑道："她认得我的时候，你只怕还未出生哩。"

小鱼儿讶然道："哦？难道她是……是……"他望了望李大嘴，又望了望铁萍姑，下面的话实在说不出来，因为说出来后连他自己都无法相信。

李大嘴却长长叹息了一声，黯然道："她就是我的女儿。"

小鱼儿这才真的呆住了。

他本想问："你不是已将自己的女儿和老婆一起吃了么？"但此时此刻，他又怎么能问得出这种话来？

李大嘴却已看出他的心意，叹道："普天之下，都以为李大嘴已将自己的老婆和女儿一起吃了，二十年来，我也从未否认，直到今天……唉，今天我已不能不将此事的真相说出来，否则我只怕连做鬼都不甘心。"

他语声中竟充满了悲愤之意，像在承受着很大的冤屈，忍受着满心的悲苦。苏樱悄悄掩上了门，送了杯茶去。

李大嘴道："铁老英雄爱才如命，将他女儿嫁给了我，希望我能从此洗心革面，我也一直都很感激他老人家的好意，可是……可是……"

他咬了咬牙，接着道："可是他女儿却对我恨之入骨，认为我辱没了她，竟在暗中和她的师弟有了不清不白的关系。我知道了这件事后，心里自然是又恨又恼，但念在铁老英雄对我的恩情，我还希望她能从此改过，只要他们不再暗中做那苟且之事，我也不愿将他们这种见不得人的丑事宣扬出去。"

他嘴角的肌肉不住颤抖，咬紧了牙齿，接着道："谁知她非但不听我的良言，反而骂我是个活乌龟，叫我莫要管她的事。我一怒之下，才置她于死地，又将她活活煮来吃了，以泄我心头之恨！"

苏樱动容道：“此事既有这么段曲折，你老人家为什么一直不肯说出来呢？”

李大嘴道：“这一来是因为我顾念铁老英雄的面子，不忍令他丢脸伤心，二来也是为了我自己的面子。”他惨然一笑，接道：“你们想，江湖中人若知道李大嘴的老婆偷人，我怎么还混得下去？我宁可被人恨之入骨，我也不能让人耻笑于我。”

苏樱垂下头，亦自黯然无语，只因她很了解李大嘴这种人的心情，也很同情他的遭遇。

李大嘴道：“我杀了她后，也自知江湖中已无我容身之处，铁无双必定恨不得将我千刀万剐，所以我只好连夜进入恶人谷，可是……”

他瞧了铁萍姑一眼，黯然道：“可是我却不愿叫我的女儿在那种地方长大成人，所以我就将她交托给别人，我只希望她能平平安安地长大，平平安安地度过一生。”

小鱼儿忍不住问道：“你将她交托给谁了？”

李大嘴恨恨道：“我本以为那人是我的朋友，谁知……唉，我这种人是永远没有朋友的！”

铁萍姑忽然痛哭着道：“那夫妻两人日日夜夜地折磨我，还说我是李大嘴的女儿，是个坏种，所以我很小的时候就逃了出去。”

李大嘴凄然道：“你能投身于移花宫，也总算是你不幸中的大幸了。”

铁萍姑流着泪道：“后来我听人说起李……李……”

苏樱柔声道：“你听人说起李大叔的故事，就认为你母亲和姊妹都已被李大叔吃了，你又因为李大叔受了那么多折磨，所以，你一直在心里恨你自己的父亲，认为他不但害了你的母亲，也害了你一生。”

铁萍姑已哭成个泪人儿，哪里还说得出话来？

李大嘴黯然道：“所以，她今天就算要来杀我，我也不怪她，因为她……她……”说着说着他也不禁泪流满面。

小鱼儿忽然大声道：“今天你们父女团聚，误会又已澄清，大家本该高高兴兴地庆祝一番才是，怎会反而哭哭啼啼呢？”

李大嘴忽然一拍桌子，也大声道：“小鱼儿说得是，今天大家都应该开心些，谁也不许再流泪了。”

胡药师逡巡着走过去，似乎想替她擦擦眼泪。

谁知铁萍姑又板起了脸，道："谁要你来，站开些！"胡药师脸红了红，果然又逡巡着站在一边。

小鱼儿和苏樱相视一笑，苏樱道："看来今天只怕是喜上加喜，要双喜临门了。"

李大嘴瞧了瞧胡药师，又瞧了瞧他女儿，道："这位是……"

胡药师红着脸垂首道："晚辈姓胡，叫胡药师。"

李大嘴喃喃道："胡药师，莫非是十二星相中的捣药师么？"

胡药师道："晚辈正是。"

李大嘴仰首大笑道："想不到十二星相竟做了我的晚辈，看来有个漂亮女儿倒真是蛮不错的。"

铁萍姑虽然红着脸垂下头，却并没有什么恼怒之意。但胡药师却只敢远远地站着偷偷地瞧。

苏樱悄声道："胆子放大些，没关系，什么事都有我帮你的忙。"

小鱼儿拍手大笑道："看来你那几声贤伉俪叫得实在有用，现在却怎地将拍马屁的本事忘了，还不快跪下来叫岳父。"

胡药师红着个脸真的要往下跪下，但铁萍姑的脸一板，他立刻又吓得站了起来，脸都吓得发白。

小鱼儿想到铁萍姑所受的苦难，想到江玉郎对她的负心，此刻也不禁暗暗替她欢喜。

胡药师的年纪虽然大些，但铁萍姑这朵已饱受摧残的鲜花，正需要一个年纪较大的男人细心呵护。年纪大的男人娶了年轻的妻子，总是会爱极生畏的，更绝不会因为铁萍姑不幸的往事而看不起她。

小鱼儿喃喃道："看来老天爷早已将每个人的姻缘都安排好了，而且都安排得那么恰当，根本用不着别人多事操心。"

苏樱悄悄笑道："不错，他老人家既已安排了让我见到你，你想跑也跑不了的。"

小鱼儿刚瞪起眼睛，只听李大嘴大笑道："今天我实在太开心了，我平生从来也没有像今天这么样觉得心安理得，也从没有像今天这样愉快，我若能死在这种时候，死在这种地方，也总算不枉我活了这一辈子……"只听他语声渐渐微弱，竟真的就此含笑而去。

第一百二十四章

天地苍茫

铁萍姑和胡药师已护送着李大嘴遗体走了。临走的时候，铁萍姑似乎想对小鱼儿说什么，但几次欲言又止，终于什么话都没有说。小鱼儿却知道她是想问问江玉郎的下落，而她毕竟还是没有问出来，可见她对江玉郎已死了心。

这实在是好几个月来，小鱼儿最大的快事之一。

临走的时候，胡药师似乎也想对小鱼儿说什么，但他也像铁萍姑一样，欲言又止，并未说出。小鱼儿也知道他是想问问白夫人的下落，但他并没有问出来，可见他已将一片痴心转到铁萍姑身上。

这也令小鱼儿觉得很开心。

有情人终成眷属，本是人生的最大快意事。

小鱼儿面带着微笑，喃喃道："无论如何，我还是想不通这两人怎会要好的，这实在是件怪事。"

苏樱柔声道："这一点也不奇怪，他们是在患难中相识的，人的情感，在患难中最易滋生，何况，他们又都是伤心人，同病相怜，也最易生情。"她嫣然一笑，垂着头道："我和你，岂非也是在患难中才要好的么？"

小鱼儿朝她皱了皱鼻子，道："你和我要好，但我是不是和你要好，还不一定哩。"

苏樱笑道："你莫忘了，这是老天爷的安排呀！"

小鱼儿笑道："你少得意，莫忘了你的情敌还没有出现哩，说不定……"他本想逗逗苏樱的，但是提起铁心兰，就想起了花无缺，他心就像是结了个疙瘩，连话都懒得说了。

苏樱的脸色也沉重了起来，过了半晌，才叹息着道："看来你和花无缺的这一战，已是无法避免的了。”

小鱼儿也叹了口气，道：“嗯。”

苏樱道：“你是不是又在想法子拖延？”

小鱼儿道：“嗯。”

他忽又抬起头瞪着苏樱道：“我心里在想什么，你怎么知道？”

苏樱嫣然道：“这就叫心有灵犀一点通。”甜蜜的笑容刚在脸上掠过，她就又皱起了眉道：“你想出了法子没有？”

小鱼儿懒洋洋地坐了下来，道：“你放心，我总有法子的。”

苏樱柔声道：“我也知道你一定有法子，可是，就算你能想出个比以前更好的法子，又有什么用呢？”

小鱼儿瞪眼道：“谁说没有用？”

苏樱叹道：“就算你还能拖下去，但事情迟早还是要解决的，移花宫主绝不会放过你。你看，她们在那山洞里，对你好像已渐渐和善起来，可是一出了那山洞，她们的态度就立刻变了。”

小鱼儿恨恨道：“其实我也早知道她们一定会过河拆桥的。”

苏樱道：“所以你迟早还是难免要和花无缺一战，除非……”苏樱温柔地凝注着他，缓缓道：“除非我们现在就走得远远的，找个山明水秀的地方隐居起来，再也不见任何人，再也不理任何人。”

小鱼儿沉默了半晌，大声道：“不行，我绝不能逃走，若要我一辈子躲着不敢见人，还不如死了算了，何况，还有燕大叔……我已答应了他！”

苏樱幽幽叹道：“我也知道你绝不肯这样做的，可是，你和花无缺只要一交上手，就势必要分出死活，是吗？”

小鱼儿目光茫然凝注着远方，喃喃道：“不错，我们只要一交上手，就势必要分个你死我活……”他忽然向苏樱一笑，道：“但我们其中只要有一个人死了，事情就可以解决了，是吗？”

苏樱的身子忽然起了一阵战栗，颤声道：“你……你难道能狠下心来杀他？”

小鱼儿闭上眼睛，不说话了。

苏樱黯然道：“我知道你们这一战的胜负，和武功的高低并没有什么关系，问题只在谁能狠得下心来，谁就可以战胜……”

她忽然紧紧握住小鱼儿的手，颤声道：“我只求你一件事。”

小鱼儿笑了笑，道：“你求我娶你做老婆？”

苏樱咬着嘴唇，道：“我只求你答应我，莫要让花无缺杀死你，你无论如何也不能死！”

小鱼儿道：“我若非死不可呢？”

苏樱身子又一震，道：“那么……那么我也只好陪你死……”她目中缓缓流下了两滴眼泪，痴痴地望着小鱼儿道：“但我却不想死，我想和你在一起好好地活着，活一百年、一千年，我想我们一定会活得非常非常开心的。”小鱼儿望着她，目中也露出了温柔之意。

苏樱道：“只要能让你活着，无论叫我做什么都没关系。”

小鱼儿道：“若是叫你死呢？”

苏樱道：“若是我死了就能救你，我立刻就去死……”她说得是那么坚决，想也不想就说了出来，但还未说出，小鱼儿就将她拉了过去，柔声道：“你放心，我们都不会死的，我们一定要好好活下去……”

他望着窗外的天色，忽又笑道：“我们至少还可以快活一天，为什么要想到死呢！”

一天的时间虽短促，但对相爱的人们来说，这一天中的甜蜜，已足以令他们忘却无数痛苦……

深夜。

四山静寂，每个人都似已睡了，在这群山环抱中的庙宇里，人们往往分外能领略静寂的乐趣。但对花无缺来说，这静寂的滋味实在不好受。

几乎所有的人都已来到这里，铁战和他们的朋友们、慕容姊妹和她们的夫婿、移花宫主……

花无缺只奇怪为何听不到他们的声音。他们也许都不愿打扰花无缺，让他能好好地休息，以应付明晨的恶战，但他们为什么不说话呢？他现在只希望有个人陪他说话。但又能去找谁说话呢？他的心事又能向谁倾诉？

风吹着窗纸，好像风也在哭泣。

花无缺静静地坐在那里，他在想什么？是在想铁心兰？还是在想小鱼儿？无论他想的是谁，都只有痛苦。

屋子里没有燃灯，桌上还摆着壶他没有喝完的酒，他轻轻叹了口气，正想去拿酒杯，忽然间门轻轻地被推开了，一条纤弱的人影幽灵般走了进来。是铁心兰！

在黑暗中，她的脸看来是那么苍白，但一双眼睛却亮得可怕，就仿佛有一股火焰正在她心里燃烧着。她的手在颤抖，看来又仿佛十分紧张。这是为了什么？她难道已下了决心要做一件可怕的事？

花无缺吃惊地望着她，久久说不出话来。铁心兰轻轻掩上了门，无言地凝注着他。她的眼睛为什么那么亮，亮得那么可怕？

良久良久，花无缺才叹息了一声，道："你……你有什么事？"铁心兰摇了摇头。

花无缺道："那么你……你就不该来的。"铁心兰点了点头。

花无缺似已被她目中的火焰所震慑，一时间也不知该说什么，刚拿起酒壶，又放下，拿起酒杯来喝，却忘了杯中并没有酒。

突听铁心兰道："我本来一直希望能将你当作自己的兄长，现在才知道错了，因为我对你的情感，已不是兄妹之情，你我又何必再自己骗自己呢？"这些话她自己似已不知说过多少次了，此刻既已下了决心要说，就一口气说了出来，全没有丝毫犹疑。

但花无缺听了她的话，连酒杯都拿不住了。他从未想到铁心兰会在他面前说出这种话来，虽然他对铁心兰的情意，和铁心兰对他的情意，两人都很清楚，可是，他认为这是他们心底的秘密，是永远也不会说出来的，他认为直到他们死，这秘密都要被埋在他们心底深处。

铁心兰凝注着他，目光始终没有移开，幽幽地接着道："我知道你对我的情感，也绝不是兄妹之情，是吗？"她的眼睛是那么亮，亮得可直照入他心里，花无缺连逃避都无法逃避，只有垂下头道："可是我……我……"

铁心兰道："你不是？还是不敢说？"

花无缺长长叹了口气，黯然道："也许我只是不能说。"

铁心兰道："为什么不能？迟早总是要说的，为什么不早些说出来，也免得彼此痛苦。"她用力咬着颤抖的嘴唇，已咬得沁出了血丝。

花无缺道："有些事永远不说出来，也许比说出来好。"

铁心兰凄然一笑，道："不错，我本来也不想说出来的，可是现在却已到非说不可的时候，因为现在再不说，就永远没有说的时候了。"

花无缺的心已绞起，他痛苦地责备自己，为什么还不及铁心兰有勇气？这些话，本该是由他说出来的。

铁心兰道："我知道你是为了小鱼儿，我本来也觉得我们这样做，就对不起他，可是现在我已经明白了，这种事是勉强不得的，何况，我根本不欠他什么。"

花无缺黯然点了点头，道："你没有错……"

铁心兰道："你也没有错，老天并没有规定谁一定要爱谁的。"花无缺忽然抬起头望着她，他发现她的眸子比海还深，他的身子也开始颤抖，已渐渐无法控制自己。

铁心兰道："明天，你就要和他作生死的决战了，我考虑了很久很久，决心要将我的心事告诉你，只要你知道我的心意，别的事就全都没有关系了。"

花无缺忍不住握起了她的手，颤声道："我……我……我很感激你，你本来不必对我这么好的。"

铁心兰忽然展颜一笑，道："我本就应该对你好的，你莫忘了，我们已成了亲，我已是你的妻子。"

花无缺痴痴地望着她，她的手已悄悄移到他的脸上，温柔地抚摸着他那已日渐瘦削的颊……一滴眼泪，滴在她手上，宛如一粒晶莹的珍珠。

然后，泪珠又碎了……

风仍在吹着窗纸，但听来已不再像是哭泣了。

花无缺和铁心兰静静地依偎着，这无边的黑暗与静寂，岂非正是上天对情人们的恩赐？爱情是一种奇异的花朵，它不需要阳光，也不需要雨露，在黑暗中，它反而开放得更美丽。

但窗纸终于渐渐发白，长夜终于已将逝去。

花无缺望着窗外的曙色，黯然无语。他知道他一生中仅有的一段幸福时光，已随着曙色的来临而结束了！光明，虽然带给别人无穷希望，但现在带给他的，却只有痛苦。

花无缺却凄然笑道："明天早上，太阳依旧会升起，所有的事都不会有任何改变的。"

铁心兰道："可是我们呢？"她忽然紧紧抱着花无缺，柔声道："无论如何，我们现在总还在一起，比起他来，我们还是幸福的，能活到现在，我们已经没有什么可埋怨的了，是不是？"

花无缺心里一阵刺痛，长叹道："不错，我们实在比他幸福多了，他……"

铁心兰道："他实在是个可怜的人，他这一生中，简直没有享受过丝毫快乐，他没有父母，没有亲人，到处被人冷淡，被人笑骂，他死了之后，只怕也没有几个人会为他流泪，因为大家都知道他是个坏人……"她语声渐渐哽咽，几乎连话都说不下去。

花无缺垂下头望着铁心兰——小鱼儿这一生中本来至少还有铁心兰全心全意爱他的，但现在……

铁心兰也垂下了头，道："我……我只想求你一件事，不知道你答不答应？"

花无缺勉强一笑："我怎么会不答应！"

铁心兰目光茫然凝注着远方，道："我觉得他现在若死了，实是死难瞑目，所以……"她忽然收回了目光，深深地凝注着花无缺，一字字道："我只求你莫要杀死他！无论如何也莫要杀死他！"

在这一刹那间，花无缺全身的血液都似已骤然凝结了起来！他想放声呼喊："你求我莫要杀他，难道你不知道我若不杀他，就要被他杀死？你为了要他活着，难道不惜让我死？！你今天晚上到这里，难道只不过是为了要求我做这件事？"但花无缺是永远也不会说这种话的，他宁可自己受到伤害，也不愿伤害别人，更不愿伤害他心爱的人。

他只是苦涩地一笑，道："你纵然不求我，我也不会杀他的。"

铁心兰凝注着他，目中充满了柔情，也充满了同情和悲痛，甚至还带着一种自心底发出的崇敬。但她也没有说什么，只轻轻说了一句："谢谢你。"

太阳还未升起，乳白色的晨雾弥漫了大地和山峦，晨风中带着种令人振奋的草木香气。

小鱼儿深深呼吸了一口气，低头喃喃道："今天，看来一定是好天，在这种天气里，谁会想死呢？"

苏樱依偎在他身边，见到他这副垂头丧气的模样，目中又不禁露出了怜惜之意，轻轻抚摸着他的头发，正想找几句话来安慰他。

突听一人沉声道："高手相争，心乱必败，你既然明白这道理，就该定下心来，要知这一战关系实在太大，你是只许胜，不许败的。"

小鱼儿用不着去看，已知道燕南天来了，只有垂着头道："是。"

燕南天魁伟的身形，在迷蒙的雾色里看就宛如群山之神，自天而降，他目光灼灼，瞪着小鱼儿道："你的恩怨都已了结了么？"

小鱼儿道："是。"他忽又抬起头来，道："但还有一个人的大恩，我至今未报。"

燕南天道："谁？"

"就是那位万春流万老伯。"

燕南天严肃的目光中露出一丝暖意，道："你能有这番心意，已不负他对你的恩情了，但雨露滋润万物，并不是希望万物对他报恩的，只要万物生长繁荣，他已经很满意了。"

小鱼儿道："我现在只想知道他老人家在哪里，身子是否安好。"

"你想见他？"

小鱼儿道："是。"

燕南天淡淡一笑，道："很好，他也正在等着想看看你……"

小鱼儿大喜道："他老人家就在附近么？"

燕南天道："他昨天才到的。"

苏樱也早就想见见这位仁心仁术的一代神医了，只见一个长袍黄冠的道人负手站在一株古松下，羽衣飘飘，潇然出尘，神情看来说不出的和平宁静。小鱼儿又惊又喜，早已扑了过去，他本有许许多多话想说的，但一时之间，只觉喉头仿佛被什么东西堵住了，连一句话都说不出来。

万春流宁静的面容上也泛起一阵激动之色，两人一别几年，居然还能在此重见，当真有隔世之悲喜。

燕南天也不禁为之唏嘘良久，忽然道："已将日出，我得走了。"

小鱼儿道："我……"

燕南天道："你暂时留在这里无妨。"

他沉着脸接着道："只因你心情还未平静，此时还不适于和人交手。"

万春流道："但等得太久也不好，等久了也会心乱的。"

燕南天道："那么我就和他们约定在午时三刻吧！"说到最后一字，他身形已消失在白云飞絮间。

万春流望了望小鱼儿，又望了望苏樱，微笑道："其实我本也该走开的，但你们以后说话的机会还长，而我……"

小鱼儿皱眉道："你老人家要怎样？"

万春流唏嘘叹道："除了想看看你之外，红尘间也别无我可留恋之处。"

小鱼儿默然半晌，忽然向苏樱板着脸道："两个男人在一起说话，你难道非要在旁边听着不可？"

苏樱眼珠子一转，道："那么我就到外面去逛逛也好。"

万春流望着她走远，微笑道："脱缰的野马，看来终于上了辔头了。"

小鱼儿撇了撇嘴，道："她一辈子也休想管得住我，只有我管她。若不是她这么听我的话，早就一脚将她踢走了。"

万春流笑道："小鱼儿毕竟还是小鱼儿，尽管心已软了，嘴却还是不肯软的。"

小鱼儿道："谁说我心已软了？"

万春流道："她若非已对你很有把握，又怎肯对你千依百顺？她若不知道你以后必定会听她的话，现在又怎肯听你的话？"他微笑着接道："在这方面，女人远比男人聪明，绝不会吃了亏的。"

小鱼儿笑道："我不是来向你老人家求教'女人'的。"

万春流道："我也早已看出你必定有件很秘密的事要来求我，究竟是什么事？你快说吧，反正我对你总是无法拒绝的。"他目中充满了笑意，望着小鱼儿道："你还记得上次你问我要了包臭药，臭得那些人发晕么？这次你又想开谁的玩笑？"

小鱼儿想起那件事，自己也不禁笑了。但他的神情忽又变得严肃，压低了声音，正色道："这次我可不是想求你帮我开玩笑了，而是一件性命交关的大事。"

万春流也从未见过他说话如此严肃，忍不住问道："是什么事关系如此重大？"

小鱼儿叹了口气，道："我只想……"

这两个月以来，苏樱对小鱼儿的了解实在已很深了，女人想要了解她所爱的男人，并不是件太困难的事。平时小鱼儿心里在想什么、要做什么，苏樱总能猜个八九不离十，只有这次，她实在猜不透小鱼儿究竟有什么秘密的话要对万春流说。

她本来并不想走得太远的，但想着想着，眼睛忽然一亮，像是忽然下了个很大的决定。于是她就立刻匆匆走上山去。这座山上每个地方，她都很熟悉。

她心里正在想："移花宫主和花无缺他们已在山上等了两天，他们会住在什么地方呢？……"就在她心里想的时候，她的眼睛已告诉她了。前面山坳后的林木掩映中，露出红墙一角，她知道那就是昔年颇多灵迹，近年来香火寥落的"玄武宫"了。现在，正有几个人从那边走了出来。

这几人年纪都已很老了，但体轻神健，目光灼灼，显然都是一等一的武林高手，其中一人身上还背着一面形状特异而精致的大鼓。还有一个老婆婆牙齿虽已快掉光了，但眼波流动，未语先笑，说起话来居然还带着几分爱娇，想当年必定也是个风流人物。

苏樱并不认得这几人，也想不起当世的武林高手中，有谁是随身带着一面大鼓的，她只认得其中一个人。那就是铁心兰。

她发觉铁心兰已没有前几天看来那么憔悴，面上反而似乎有了种奇异的光彩，她自然不会知道是什么事令铁心兰改变了的。

她不愿被铁心兰瞧见，正想找个地方躲一躲，但铁心兰低垂着头，仿佛心事重重，并没有看到她。

这些人一面说着话，一面走上山去。

铁心兰一行人说的话，苏樱都听不到，只有其中一个满面络腮胡子、生性极威猛的老人，说话的声音特别大。只听这老人道："小兰，你还三心二意的干什么？我劝你还是死心塌地地跟着花无缺算了，这小子虽然有些娘娘腔，但勉强总算能配得上你。”铁心兰垂着头，也不知说了话没有。

那老人又拍着她的肩头笑道：“小鬼，在老头子面前还装什么样，昨天晚上你到哪里去了，你以为做爸爸的真老糊涂了么？”铁心兰还是没有说话，脸却飞红了起来。

那老婆婆就笑着道：“也没有看见做爸爸的居然开女儿的玩笑，我看你真是老糊涂了。”那虬髯老人仰天大笑，仿佛甚是得意。

苏樱又惊又喜，开心得几乎要跳了起来。听他们说的话，铁心兰和花无缺显然又加了几分亲密，而且铁心兰的爹居然也鼓励她嫁花无缺，这实在是苏樱听了最开心的事。

其实天下做父母的全没有什么两样，都希望自己的女儿能嫁个可靠的人。她以后若有个女儿，也会希望自己的女儿嫁给移花宫主的传人，绝不会希望自己的女儿去嫁给恶人谷中长大的孩子。

只听那老人又笑着道：“你既然已决心跟定花无缺了，还愁眉苦脸干什么？等到这场架打完，我就替你们成亲，你也用不着担心夜长梦多了。”

那老婆婆也笑道：“未来的老公就要跟人打架，她怎么会不担心呢？若换了是我，只怕早就先想法子去将那……那条小鱼儿弄死了。”

那老人哈哈大笑道：“如此说来，谁能娶到你，倒真是得了个贤内助。”

老婆婆道：“是呀，只可惜你们都没有这么好的福气。”

另一个又高又瘦的老人道：“依我看，花无缺这孩子精气内敛，无论内外功都已登堂入室，显然先天既足，后天又有名师传授，那江小鱼年龄若和他差不多，武功绝对无法练到这种地步，这一战他绝无败理，你们根本就用不着为他担心的。”

但苏樱却开始担心起来，她本来觉得这一战胜负的关键，并不在武功之强弱。而现在，她却愈想愈觉得这种想法并非绝对正确，小鱼儿的武功若根本就不是花无缺的敌手，那么他就算能狠下心来也没有用，主要的关键还是在花无缺是否能狠下心来向小鱼儿出手。他们两人若是斗智，小鱼儿固然稳操胜券，但两人硬碰硬地动起手来，小鱼儿实在连一分把握都没有。她若想小鱼儿胜得这一战，不但要叫小鱼儿狠下心来，还要叫花无缺的心狠不下来。但小鱼儿既能狠下心杀花无缺，花无缺凭什么就不能狠心杀小鱼儿，蝼蚁尚且偷生，何况一个人呢？

“花无缺活得好好的，我凭什么认为他会自寻死路呢？他根本就没有理由只为了要让别人活着，就牺牲自己呀。”苏樱叹了口气，忽然发觉自己以前只想了事情的一面，从来也没有设身处地地为花无缺想过。

在她眼中，小鱼儿的性命固然比花无缺重要，但在别人眼中呢？在花无缺自己眼中呢？翻来覆去地想着，愈想心情愈乱，她自己觉得自己这一辈子心情从来也没有这样乱过。其实她想来想去，所想的只有一句话：要想小鱼儿活着，就得想法子要花无缺死！死人就不能杀人了！

苏樱在一棵树后面，等了很久，就看到慕容家的几个姊妹和她们的姑爷陆陆续续地自玄武宫中走了出来。他们的眼睛有些发红，神情也有些委靡不振，显然这两天都没有睡好，江湖中人讲究的本是“四海为家，随遇而安”。但这些养尊处优的少爷小姐，早已不能算是“江湖中人”了。他们就算换了张床也会睡不着的，何况睡在这种冷清清的破庙里。

但他们修饰得仍然很整洁，头发也仍然梳得光可鉴人，甚至连衣服都还是笔挺的，找不出皱纹来。他们也在议论纷纷，说得很起劲，苏樱用不着听，也知道他们谈论的必是小鱼儿和花无缺的一战。这一战不但已轰动一时，而且必定会流传后世。所以他们不惜吃苦受罪，也舍不得离开。

这群人走上山后，苏樱又等了很久，玄武宫里非但再也没有人出来，而且连一点动静也没有了。花无缺是否还留在玄武宫里？移花宫主是否还在陪着他？苏樱咬了咬牙，决定冒一次险。

她想，大战将临，这些人先走出来，也许是要让花无缺安安静静地歇一会儿，所以先上山去等着。现在燕南天既已到了山巅，移花宫主只怕也不会留在这里，她们最少也该让花无缺静静地想一想该如何应战！

玄武宫近年香火虽已寥落，但正如一些家道中落的大户人家，虽已穷掉了锅底，气派总算是有的。庙门内的院子里几株古柏高耸入云，阳光虽已升起，但院子里仍是阴森森的，瞧不见日色。

苏樱走过静悄悄的院子，走上长阶。大殿中香烟氤氲，“玄武爷”身上的金漆早已剥落，他座下的龟蛇二将似乎也因为久已不享人间伙食，所以看来有些没精打采的，至于神龛上的长幔更已变得又灰又黄，连本来是什么颜色都分辨不出来了。十来个道士盘膝端坐在那里，垂脸敛目，嘴里念念有词，也不知是在念经，还是在骂人。

苏樱从他们身旁走出去，他们好像根本没有瞧见一样，苏樱本来还想向他们打听消息，但见到他们这样子，也就忍住了。除了有些脑筋不正常的之外，世上只怕很少有年轻女孩子愿意和道士和尚打交道的。

后院里两排禅房静悄悄的，连一个人影都没有。花无缺难道也走了么？苏樱正在犹疑着，忽然发现月门后的竹林里还有几间房子，想必就是玄武宫的方丈室。慕容家的姑娘们虽然都是“吃鸡要吃腿，住屋要朝南”的人，但在这出“戏”里，花无缺才是“主角”，主角自然要特别优待。她们就算也想住方丈室，但对花无缺少不得也要让三分。

苏樱立刻走了过去，只见方丈室的门是虚掩着的，正随着风晃来晃去，檐下有只蜘蛛正在结网，屋角的蟋蟀正在“咕咕”地叫着，梧桐树上的叶子一片片飘下来，打在窗纸上“噗噗”地响。

屋子里却也静悄悄的，没有人声。苏樱轻轻唤道：“花公子。”

没有人响应。花无缺莫非已走了？而且走的时候还忘记关上门。

但苏樱既已到了这里，无论如何总得进去瞧瞧。她悄悄推开门，只见这方丈室里的陈设也很简陋，此刻一张白木桌子上摆着两壶酒、几样菜。菜好像根本没有动过，酒却不知已喝了多少。

屋角有张云床，床上的被褥竟乱得很，就仿佛有好几个人在上面睡过觉，而且睡相很不老实。花无缺并没有走，还留在屋子里。

但他的一颗心却似早已飞到十万八千里之外去了。他痴痴地站在窗前，呆呆地出着神，像他耳目这么灵敏的人，苏樱走进来，他居然会不知道。日色透过窗纸，照在他脸上，他的脸比窗纸还白，眼睛里却布满了红丝，神情看来比任何人都委顿。

大战当前，移花宫主为何不想法子让他养足精神呢？难道她们确信他无论在任何情况下都能击败小鱼儿？还是她们根本不关心谁胜谁败？她们的目的只是要小鱼儿和花无缺拼命，别的事就全不放在心上了。苏樱觉得很奇怪，但她并不想知道这究竟是什么原因，因为她知道绝没有任何人会告诉她。

突听花无缺长长叹息了一声，这一声叹息中，竟不知包含了多少难以向人倾诉的悲伤和痛苦。他为了什么如此悲伤，难道是为了小鱼儿？

苏樱缓缓走过去，在他身旁唤道："花公子……"

这一次花无缺终于听到了。他缓缓转过头，望着苏樱，他虽在看着苏樱，但目光却似望着很远很远的地方，远得他根本看不到的地方。

苏樱记得他本有一双和小鱼儿同样明亮、同样动人的眼睛，可是这双眼睛现在竟变得好像是一双死人的眼睛，完全没有光彩，甚至连动都不动，被这么样一双眼睛看着，实在不是件好受的事。

苏樱被他看得几乎连冷汗都流了出来，她勉强笑了笑道："花公子难道已不认得我了吗？"

花无缺点了点头，忽然道："你是不是来求我莫要杀小鱼儿的？"苏樱怔了怔，还未说话，花无缺已大笑了起来。

他笑声是那么奇怪，那么疯狂，苏樱从未想到像他这样的人也会发出如此可怕的笑声来。正常的人绝不会这么样笑的，苏樱几乎已想逃了。

只听花无缺大笑道："每个人都来求我莫要杀小鱼儿，为什么没有人去求小鱼儿莫要杀我呢？难道我就该死？"

苏樱道："这……这恐怕是因为大家都知道小鱼儿绝对杀不死你！"

花无缺骤然顿住笑声，道："他自己呢？他自己知不知道？"

"他若知道，就不会让我来了，因为我并不是来求你的。"

花无缺道："不是？"

苏樱道："不是。"她也瞪着花无缺，一字字道："我是来杀你的！"

这次花无缺也怔住了，瞪了苏樱半晌，突又大笑起来："你凭什么认为你能杀得了我？你若是真要来杀我，就不该说出来，你若不说出来，也许还有机会。"

苏樱道："我若说出来，就没有机会了么？"

花无缺道："你的机会只怕很少。"

苏樱笑了笑，道："我的机会至少比小鱼儿大得多，否则我就不会来了。"

她忽然转过身，倒了两杯酒，道："我若和你动手，自然连一分机会都没有，但我们是人，不是野兽，野兽只知道用武力来解决一切事，人却不必。"

花无缺道："人用什么法子解决？"

苏樱道："人的法子至少该比野兽文雅些。"

她转回身，指着桌上的两杯酒道："这两杯酒是我方才倒出来的。"

花无缺道："我看到了。"

苏樱道："你只要选一杯喝下去，我们的问题就解决了。"

花无缺道："为什么？"

苏樱道："因为我已在其中一杯酒里下了毒，你选的若是有毒的一杯，就是你死；你选的若是没有毒的一杯，就是我死。"她淡淡一笑道："这法子岂非很文雅，也很公平么？"

花无缺望着桌上的两杯酒，眼角的肌肉不禁抽搐起来。

苏樱道："你不敢？"

花无缺哑声道："我为什么一定要选一杯？"

苏樱悠然道："只因为我要和你一决生死，这理由难道还不够么？"

花无缺道："我为什么要和你拼命？"

苏樱道："你为什么要和小鱼儿拼命？你能和他拼命，我为什么不能和你拼命？"

花无缺又怔住了。

苏樱冷冷道："你是不是觉得这样做太没有把握？你是不是只有在明知自己能够战胜对方时才肯和别人决斗？"她冷笑着接道："但你明知有把握时再和人决斗，那就不叫决斗了，那叫作谋杀！"

花无缺脸色惨变，冷汗一粒粒自鼻尖沁了出来。

苏樱冷笑道："你若实在不敢，我也没法子勉强你，可是……"

花无缺咬了咬牙，终于拿起了一杯酒。

苏樱瞪着他，一字字道："这杯酒无论是否有毒，都是你自己选的，你总该相信这是场公平的决斗，比世上大多数决斗，都公平得多。"

花无缺忽然也笑了笑，道：“不错，这的确很公平，我……”

突听一人大喝道：“这一点也不公平，这杯酒你千万喝不得！”

“砰”的一声，门被撞开，一个人闯了进来，却正是小鱼儿。

苏樱失声道：“你怎么也来了？”

小鱼儿冷笑道：“我为何来不得？”

他嘴里说着话，已抢过花无缺手里的酒杯，大声道：“我非但要来，而且还要喝这杯酒。”

苏樱变色道：“这杯酒喝不得。”

小鱼儿道：“为何喝不得？”

苏樱道：“这……这杯酒有毒的。”

小鱼儿冷笑道：“原来你知道这杯酒是有毒的。”

苏樱道：“我的酒，我下的毒，我怎会不知道？”

小鱼儿怒吼道：“你既然知道，为何要他喝？”

苏樱道：“这本就是一场生死的搏斗，总有一人喝这杯酒的，他自己运气不好，选了这一杯，又怎能怪我？”

她瞪着花无缺，道：“但我并没有要你选这杯，是么？”花无缺只有点了点头，他纵然不怕死，但想到自己方才已无异到鬼门关前走了一遭，掌心也不觉沁出了冷汗。

小鱼儿望着杯中的酒，冷笑着道：“我知道你没有要他选这杯，但他选哪杯也是一样的。”

苏樱道：“为什么？”

小鱼儿大吼道：“因为两杯酒中都有毒，这种花样你骗得了别人，却骗不过我，他无论选哪杯，喝了都是死，你根本不必喝另一杯的。”

苏樱望着他，目中似已将流下泪来。

小鱼儿摇着头道：“花无缺呀花无缺，你的毛病就是太信任女人了！……”

苏樱幽幽叹息了一声，喃喃道：“小鱼儿呀小鱼儿，你的毛病就是太不信任女人了。”

她忽然端起桌上的另一杯酒，一口喝了下去。

花无缺脸色变了变，嗄声道：“你……你错怪了她，这杯毒酒我还是应该喝下去。”

小鱼儿道：“为什么？”

花无缺大声道：“这既然是很公平的决斗，我既然败了，死而无怨！”

苏樱叹道：“你实在是个君子，我只恨自己为什么要……”

小鱼儿忽然又大笑起来，道：“不错，他是君子，我却不是君子，所以我才知道你的花样。”

花无缺怒道：“你怎么能如此说她，她已将那杯酒喝下去了！”

小鱼儿大笑道：“她自然可以喝下去，因为毒本是她下的，她早已服下了解药，这么简单的花样你难道都不明白么？”

花无缺望着他，再也说不出话来。苏樱也望着他，良久良久，才喃喃道：“你实在是个聪明人，实在太聪明了！”她凄然一笑，接着道：“但无论如何，我总是为了你，你实在不该如此对我的。”

小鱼儿又吼了起来道：“你还想我对你怎样？你以为害死花无缺，我就会感激你吗？”

苏樱道：“我自然知道你不会感激我，因为你们都是英雄，英雄是不愿暗算别人的，英雄要杀人，就得自己杀！”说着说着，她目中已流下泪来。但她立刻擦干了眼泪，接着道：“我只问你，就算我是在用计害人，和你们又有什么不同？”

小鱼儿吼道：“当然不同，我们至少比你光明正大些！”

苏樱冷笑道：“光明正大？你们明知对方不是你的敌手，还要和他决斗，这难道就很公平？很光明正大吗？难道只有用刀用枪杀人才算公平，才算光明正大？你们为什么不学狗一样去用嘴咬呢？那岂非更光明正大得多？”

她指着小鱼儿道：“何况，我杀人至少还有目的，我是为了你，一个女人为了自己所爱的人无论做什么都不丢脸，而你们呢？”她厉声道：“你们马上就要拼命了，不是你杀死他，就是他杀死你，你们又是为了谁，为了什么？你们只不过是在狗咬狗，而且是两条疯狗。”

小鱼儿竟被骂得呆住了，一句话也说不出来。被人骂得哑口无言，这还是他平生第一次。花无缺站在那里，更是满头冷汗，涔涔而落。

苏樱嘶声道：“我是个阴险狠毒的女人，你是个大英雄，从此之后，我再也不想高攀你了，你们谁死谁活，也和我完全无关……”她语声渐渐哽咽，终于忍不住失声痛哭，掩面奔出。

她没有回头。一个人的心若已碎了，就永远不会回头了。

梧桐树上的叶子，一片片打在窗纸上，墙角的蟋蟀，还不时在一声声叫着，檐下的蛛网，却已被风吹断了。蛛丝断了，很快还会再结起来，蜘蛛是永远不会灰心的，但情丝若断了，是否也能很快就结起来呢？

人是否也有蜘蛛那种不屈不挠的精神？

小鱼儿和花无缺面面相对，久久说不出话来。过了很久，花无缺才叹了口气，道：“你为何要那么样对她？”

小鱼儿又沉默了很久，喃喃道：“看来你和我的确有很多不同的。”

花无缺道：“人与人之间，本就没有完全相同的。”

小鱼儿道：“她为了我找人拼命，我却骂得她狗血淋头，她要杀你，你却反而帮她说话，这就是我们最大的不同之处。”他苦笑着道：“所以你永远是君子，我却永远只是个……”

花无缺打断了他的话，道：“你为何总是要看轻你自己，其实你才是真正的君子，否则你又怎会为了我而伤害她？”他叹息道：“除了你之外，我还想不出还有谁肯为了自己的敌人而伤害自己的情人。”

小鱼儿忽然笑了笑，道：“我并不是为了你，而是为了我自己。”

花无缺道：“为了你自己？”

小鱼儿道：“不错，为了我自己……”他慢慢地将这句话又重复了一次，目中闪动着一种令人难测的光，这使他看起来像是忽然变成了个很深沉的人。花无缺每次看到他目中露出这种光芒来，就知道很快就会有一个人要倒霉了，但这次他的对象是谁？

小鱼儿已缓缓接道：“因为我若让你现在就死在别人手上，我不但会遗憾终生，而且恐怕难免会痛苦一辈子。”

花无缺动容道：“为什么？”

小鱼儿道：“因为……”

他的话还没有说出来，突听一人道："因为他也要亲手杀死你！"这是邀月宫主的声音，但却比以前更冷漠。

她的脸也变了，虽然依旧和以前同样苍白冷酷，但脸上却多了种晶莹柔润的光。她的脸以前若是冰，现在就是玉。

小鱼儿望着她长长叹了口气，道："才两三天不见，你看来居然又年轻了许多，看来天下的女人都该练你那明玉功才是。"邀月宫主只是冷冷瞪着他，也不说话。

小鱼儿又叹了口气，道："自从我将你们救出来之后，你就又不理我了，有时我真想永远被关在那老鼠洞里，那时你多听我的话，对我多客气！"

邀月宫主脸色变了变，道："你的话说完了么？"

小鱼儿笑道："说完了，我只不过是想提醒你一次，若不是我，你就算变得再年轻，不出几天还是要被困死在那老鼠洞里。"

从山顶望下去，白云缥缈，长江蜿蜒如带。

燕南天孤独地站在山巅最高处，看来是那么寂寞，但他早已学会忍受寂寞——自古以来，无论谁想站在群山最高处，就得先学会如何忍受寂寞。山上并不止他一个人，但每个人都似乎距离他很遥远。山风振起了他的衣袂，白云一片片自他眼前飘过。

慕容珊珊忽然长长叹了口气，黯然道："前不见古人，后不见来者……燕大侠虽然是绝代英雄，但这一生中又几曾享受过什么欢乐？"

慕容珊珊叹道："看来一个人还是平凡些好。"

慕容双也叹了口气，悠悠道："我欲乘风归去，又恐琼楼玉宇，高处不胜寒……"

突听一人呼道："来了，来了。"

慕容双道："什么人来了？"她转过身，已瞧见白云缭绕间，出现了小鱼儿和花无缺的身影。山风更急，天色却渐渐暗了。

苏樱茫然走着，也不知走了多远，也不知已走到哪里，她只恨不能有一阵霹雳击下，将她整个人都震得四分五裂，一片片被风吹走，吹到天涯海角，吹得愈远愈好。她又恨不得小鱼儿会忽然赶来，跪在她脚下，求她宽恕，求她原谅，而且发誓以后永远再不离开她。

但小鱼儿并没有来，霹雳也没有击下。杯中的苦酒还满着，她也不知道何时才能喝光。

从铁心兰站着的地方，可以看得到小鱼儿，也可以看得到花无缺，她看到花无缺目光中的痛苦之色，自己的心也碎了。小鱼儿却仍然在笑着，仿佛一点也不担心，他难道早已算准花无缺不会杀他？还是他已有对付花无缺的把握？铁心兰咬着嘴唇，咬得出血，血是咸的，心却是苦的，但她的苦心又有谁知道？

第一百二十五章

生死之搏

一阵风吹过，天地间仿佛忽然充满了肃杀之意。

小鱼儿缩了缩脖子，道：“好大的风，好冷，真该多穿两件衣服的。”

燕南天皱了皱眉，沉声道：“你难道已觉得有些受不了么？”

小鱼儿道：“大叔你放心，我身子还没有那么娇嫩。”

燕南天默然半晌，缓缓道：“一个内功已有火候的人，虽不能说可以完全寒暑不侵，但至少总不该像常人那么畏寒畏暑。”

小鱼儿道：“是。”

燕南天道：“你所练的武功，乃是无数位武林前辈的心血结晶，可说无一招不是武学中的精粹，而且你小时万大叔就已替你打了很多的底子，并没有让你功夫走入邪路。这种种条件加在一起，所以我才放心让你和花无缺动手，但你功力究竟如何，我并不知道。你很聪明，也很幸运，我唯一只怕你性情太浮，心思太躁，没有将功夫练纯。”

小鱼儿垂下头笑了笑，道：“我做别的事虽三心二意，但练武时倒很专心的。”

燕南天点了点头，道：“但愿如此就好。”他忽又问道：“你既已和花无缺交过手，可知他的武功如何？”

小鱼儿想了想，道：“移花宫能够享这么大的名，武功实在有独得之秘，尤其那种移花接玉的功夫，实在令人头痛。”他笑了笑，接着道：“幸好我多少已摸出其中一些诀窍了。”

燕南天正色道：“移花接玉只不过是移花宫许多武功之一，移花宫的武功变化繁复，虽冷静却极深契，而且，我看花无缺外表看来虽不如你聪明，其实绝不会比你笨。你的武功博而杂，他的武功精而深，你和他动手时，切莫要和他以招式硬拼，最好先想法子将他的功力耗去几成。”

小鱼儿道：“这我也知道，他的根基实在比我打得好，我和他交手，胜算并不多，但我却占了一个很大的便宜。”

燕南天厉声道：“武学之道，绝没有便宜可占，你想占人便宜，你就先败了。”

小鱼儿肃然道：“是，只不过……他武功的深浅，我已全知道，我武功的路数，他却一点也不知道，因为我从来未将真实的武功在人前显露过。”

燕南天目中露出一丝欣慰之色，颔首道：“很好，知己知彼，方能百战百胜。”

小鱼儿忽然一笑，道：“燕大叔，我也想问问你老人家一件事。”

燕南天道：“你说吧！”

小鱼儿眨着眼睛道：“你老人家若真和邀月宫主动起手来，能有几分胜算，几成把握？”

燕南天目光望着远处一朵飘动的白云，沉默了很久，坚毅的嘴角忽然露出了一丝罕见的微笑。他并没有回答小鱼儿这句话，但小鱼儿已用不着他回答了。小鱼儿面上也不禁露出了会心的微笑。

一直站在旁边没有说话的万春流忽然道：“时候已快到了，你准备好了么？”

小鱼儿点了点头，忽又道：“我也还有件事想问万大叔。”

万春流笑道：“你问的话我并不见得全能回答的，我知道的事并不比你多。”

小鱼儿也笑了笑，道：“但这件事万大叔一定知道。”

他忽然很小心地自怀中取出了个酒杯，道：“这杯子里还有一滴酒，我总怀疑酒里有毒，而且是种无色无味的毒，万大叔你看它究竟是否有毒好么？”

万春流接着酒杯，用小指将杯中的余沥沾起了一些，放在鼻子上嗅了嗅，又用舌头轻轻舔了舔，道：“这酒中……”

小鱼儿忽又打断了他的话，道：“无论酒中是否有毒，万大叔现在都莫要告诉我。”

万春流道：“这又是为了什么？”

小鱼儿叹了口气，道：“因为酒中若真有毒，我就会很生气，酒中若是无毒，我又会觉得很难受，所以万大叔还是等我打完了再告诉我，免得我分心。”

万春流虽然觉得很奇怪，还是笑着道：“好，反正你这孩子做的事，总是教人猜不透的。”

但小鱼儿却似忘记了一件事：他若是战败，岂非就永远不知道这答案了么？

慕容姑娘和她们的姑爷自然也可以同时看到小鱼儿和花无缺两边的情况，他们都觉得有些奇怪。

慕容双道：“你看见了吗？小鱼儿和燕大侠像是有说不完的话要说，但花无缺和移花宫主只是站在那里干瞪眼。”

慕容珊珊道：“不错，看来移花宫主对花无缺这一战的胜负根本一点也不关心，他们师徒间难道连一点感情都没有？”

南宫柳叹息了一声，道：“这也许是因为她们觉得花无缺这一战有必胜的把握。”

慕容珊珊撇了撇嘴，道：“我看倒未必，花无缺虽然机智、武功都不错，但小鱼儿可也不是好惹的，若论动起手来的应变功夫，我看简直没有任何人能比得上他。”

慕容双道：“不错，我看花无缺的功力要稍强些，但高手相争，光是功力高并没有太大的作用，主要还是得看当时临机应变，制敌机先。”

秦剑道：“据我所知，小鱼儿武学极博，似乎身兼数家之长，这一战至少可有六成胜算。”

慕容珊珊道：“我看还不止六成。”

他们对花无缺没有什么好感，所以一心只想小鱼儿得胜，但狂狮铁战那边的人就完全不同了。

萧女史正在向铁战道：“你看你女婿这一战有几成把握？”

铁战道：“十成。”

萧女史失笑道：“你也莫要太笃定了，我看那小鱼儿并不是好对付的人，何况，他还有燕南天在后面支持他。”

铁战道：“那有个屁用！燕南天又不能替他动手的。他就算再聪明，但李大嘴、屠娇娇那几个调教出来的徒弟，强也强得有限。”

萧女史道：“哦？我还以为他是燕南天的徒弟哩，早知他武功只不过是你那些恶朋友教出来的，这一战我连看都懒得看了。”

突见燕南天长身而起，道：“时候已到了，你去吧。”

他这话虽只是对小鱼儿说的，但声如洪钟，响彻了群山。

花无缺也站了起来，向移花宫主躬身道：“师父还有什么吩咐？”

邀月宫主道：“没有了，你去吧，我知道你绝不会令我失望的。”她语音虽平静，心情却也不禁十分激动。

最后的时刻终于到了！这一次，她无论如何也绝不会再让这一战半途中止。这一次，小鱼儿和花无缺必有一人要倒下去。

无论谁想描述她此刻的心情有多么紧张和兴奋，都是多余的，因为她此刻心情之紧张和兴奋，世上根本没有第二个人能想象得到。唯一能知道她的心情的人，自然就是怜星宫主。

她的脸看来比平时更苍白，花无缺转过脸望着她时，她居然避开了花无缺的目光，因为她生怕自己会忍不住将这秘密说出来！她本也不是个富于感情的人，但这两天，她发觉自己有些变了，因为在那山洞里，她已经历过许多件她平生未曾经历过的事，她从来也未曾想过，这件事居然有一天会发生在她身上。

她这一生中从来也不知道一个人面对死亡时是什么滋味，从来也不知道恐惧。她从来也没倚靠过别人，更没有对任何人生出过感激之心。她自然从没有挨过饿，没有喝醉过酒，更绝没有想到自己也会有一天竟倒在一个男人的怀抱中。但这些她活了几十年都没有经历过的事，竟在短短三两天内一起发生在她身上。而且每件事的印象都是那么鲜明而深刻，她拼命想忘记也忘不了。

这两天她只要一想到小鱼儿，心里就发疼。小鱼儿对她实在不错，而她对小鱼儿呢？这恶毒而残酷的计划，可说全都是她安排的。小鱼儿和花无缺悲惨的命运，只要她说一句话，就可以完全改观，而她竟不能也不敢将这句话说出来！

小鱼儿向燕南天和万春流恭恭敬敬行了个礼，就走了出去。花无缺已在等着他，但他却像是一点也不着急，一一向各人打招呼。

然后向花无缺走了过来。

花无缺望着他在向每个人诀别，心里也不知是什么滋味。因为只有他知道小鱼儿是绝不会死的。他已答应了铁心兰，为了遵守诺言，他已决心牺牲自己。死，并不是容易的事，一个人到了临死的时候，才知道生命是值得留恋的，但铁心兰的情感，却更令他刻骨铭心，永难舍弃，在两者不可兼得时，他只有舍弃生命，选择爱情。

看到轩辕三光和小仙女他们对小鱼儿所生出的同情和惋惜，花无缺心里更不知是何滋味。

现在，他已抱定必死之心，却连一个诀别的对象都没有。

他问自己："我死了以后，有谁会为我悲伤，为我流泪？"他几乎忍不住要奔到铁心兰面前，和她抱头痛哭一场，可是他并没有这样做，也不能这样做。他只能静静地站在那里，等小鱼儿过来……

决战已开始！

江湖中每天、每时、每刻，都不知有多少人在作生死的决战，但千百年来，只怕再也不会有一次决战比这次更令人伤感的！因为在这一场决战中，两个人都不愿伤害对方，两个人都宁可牺牲自己，这种情况已是江湖中从来未见的了。更令人伤感的是，在这一场决战中死者固然可悲，能活下来的一个人命运却更悲惨。

甚至在决战尚未开始时，甚至远在二十年之前，两个人都已注定只有死路一条。而这两人偏偏竟是亲生的兄弟。在场的人，除了移花宫主之外，无论谁若知道这情况，只怕都难免要伤心落泪，只可惜在两人没有死之前，谁也不会知道这秘密！

只有铁心兰的心情，和每个人都不同。花无缺和小鱼儿出手前并没有说话！这也许是因为他们觉得所有的话都早已说完了，现在已没有什么好说的。花无缺也并没有向铁心兰说话，虽然铁心兰的命运已和他联系在一起，无疑已是他生命中最重要的一个。

"开始！"燕南天的叱声方起，两人已猝然动手。但在花无缺出手之前，铁心兰却发现他向她瞧了一眼。

只瞧了一眼！虽然只瞧了一眼，但却已胜过千言万语。铁心兰看到他的目光，已知道他是在向她诀别，在向她允诺，在向她表示他那比山还坚定、比海还深邃的爱情。她已知道他这是在对她说："我一定不会辜负你，小鱼儿一定不会死，你放心吧。"

但铁心兰的心都已碎了。

她所要求的，现在固然已得到，但这难道真是她所要求的吗？她难道真希望花无缺死？她望着花无缺，眼泪在流下面颊。

"我也一定不会辜负你的，你放心吧！"她悄悄地后退，退了出去，因为她无论如何也不忍心眼见花无缺为她而死，死在她面前。因为花无缺不但是她的情人、她的夫婿，也是她的朋友、她的兄弟、她的灵魂、她的生命……

第一百二十六章

生离死别

白云缥缈。

苏樱倒在树下，痴痴地望着这缥缈的白云，眼泪早已流尽了。因为她的生命和灵魂，她的情人和夫婿，此刻正在这缥缈的白云间，在和别人作生死的决斗。她却连这次决斗的结果都不知道。小鱼儿现在究竟是胜？是负？是生？还是死？……

苏樱揉了揉眼睛，告诉自己："我为什么还要关心他？他和我还有什么关系？"

她想站起来，振作自己，怎奈她不但心已碎了，整个人都似全都碎了，哪里还能站得起来？忽然间，树后有一阵悲惨的哭声传了过来，仿佛有个人已扑倒在这棵树的另一边。这棵树三人合抱，所以她并没有发现树后的苏樱。

苏樱却已听出她就是铁心兰。心中忖道："铁心兰为何到这里来？为何如此伤心？难道那一场决战已结束，难道小鱼儿和花无缺之间已有个人死了？可是，死的是谁呢？"苏樱挣扎着爬起，绕了过去。

铁心兰猝然一惊，失声道："你也在这里？"

苏樱紧紧拉着她的手臂，道："他……他已死了？"

铁心兰黯然点了点头，又痛哭起来。苏樱只觉头脑一阵晕眩，整个人都似已崩溃。她的人还未倒在地上，也失声痛哭了起来。

两人对面坐在树下，对面痛哭，也不知哭了多久，铁心兰忽然问道："小鱼儿没有死，你哭什么？"

苏樱怔了怔，抽泣着道："小鱼儿没有死？死的难道是花无缺？"

铁心兰道："嗯。"苏樱又惊又喜，但忽然大声道："我不信，小鱼儿是绝不会杀花无缺的。"

铁心兰道："不是他杀死了花无缺，而是花无缺杀死了自己。"

苏樱道："他杀死了自己？为什么？"

铁心兰嘴唇都已咬得出血，颤声道："因为……因为我求他莫要杀小鱼儿，他答应了我，自己只有死……"

苏樱吃惊得张大了眼睛，望着她，就好像从来没有见过她这个人似的，过了很久，才一字字道："你明知花无缺只有一死，还要求他莫要杀死小鱼儿？"铁心兰全身似已痉挛，痛苦地咬紧了牙。

苏樱道："花无缺明知如此，还是答应了你？"

铁心兰痛苦的目光中露出一丝温柔之色，道："他本就是世上最伟大的人。"

苏樱道："但你为了小鱼儿，而不惜要这最伟大的人死？想不到你对小鱼儿的情感竟如此深厚……"

铁心兰忽然大声道："但我真心爱着的并不是小鱼儿。"

苏樱道："不是小鱼儿，难道是花无缺？"

铁心兰流泪道："不错，我……我爱的是他，全心全意地爱他，你永远不知道我现在爱他有多深，没有人知道我爱他有多深。"

苏樱道："但你却要他死！"

铁心兰掩面痛哭道："不错，因为我已决心要陪着他一起死。"

苏樱望着铁心兰，像是也怔住了，过了半晌，才长长叹了口气："你这是为了什么呢？"

铁心兰痛哭着道："因为我爱上了花无缺，花无缺也爱上了我，我觉得我们都对不起小鱼儿，所以我们只有死……只有以死才能报答他！"

苏樱长叹道："我还是不懂，虽然我也是女人，却还是不懂你的心意，难怪男人都说女人的心比海底的针更难捉摸了……"突见铁心兰身子一阵抽搐，全身似将缩成一团。

苏樱失声道："你怎么样了？"

铁心兰紧闭眼睛，满面俱是痛苦之色，但嘴角却露出了一丝微笑，这微笑看来竟充满了愉快和幸福之意。她一字字道："现在他已死了，我也要死了，我们立刻就要相聚，世上所有丑恶残酷、痛苦的事，再也不能伤害到我们。"

苏樱拉着她的手，道："胡说，你不会死的。"

铁心兰凄然笑道："我已服下世上最毒的毒药，已是非死不可的了……"

现在，小鱼儿和花无缺已斗到七百招。两人的武功都宛如长江大河之水，滚滚而来，永无尽时，奇招妙招，更是层出不穷，简直令人目不暇接，不可思议！

但这一战却已显然到了尾声。这并不是说两人内力已竭，而是两人都已不愿再打下去了。他们正如一对孔雀，已开过美丽的屏花。现在，他们已是死而无憾！

萧女史不住摇着头叹息道："可惜呀，可惜！这两个孩子都是百年难遇的武林奇才，无论谁死了都可惜得很。"

祢十八也不禁叹息着点了点头，道："这就叫造化弄人……造化弄人……"

别人的心情又何尝不和他们一样？就连燕南天都不禁对花无缺起了怜惜之意，他固然希望小鱼儿能战胜，却也不愿眼见花无缺这样的少年惨遭横死，却不知这两人根本就没有谁能活下去。

只有怜星宫主知道这秘密，她苍白而美丽的面容上，也不禁露出了激动之色，在心里喃喃自语："我怎能让这两人死？花无缺是我从小带大的孩子，小鱼儿不但救过我的命，而且也保全了我的颜面，我怎么能眼看这两人死在我面前！"

她忽然冲了出去。在这一刹那间，她已将二十年前的仇恨全都忘得干干净净，只觉心里热血澎湃，不能自已。

她忍不住大声道："住手，我有话说。"只可惜她的声音已嘶哑，而大家又全都被眼前这一场惊心动魄的大战所吸引，并没有留意到她在说什么。而邀月宫主却留意到她了。她一句话方出口，邀月宫主已掠到她身边，出手如电，拉住了她的手臂，扣住了她的穴道，厉声道："你有什么话说？"

怜星宫主流下泪来，道："大姊，二十年前的事，已过去很久了，江枫他们虽然对不住你，可是……可是他们如今连尸骨都已化为飞灰。大姊，你……何必再恨他们呢？"

"你难道想饶了他们？"邀月宫主的脸色又白得透明了，道，

“你难道想要在此时说出他们的秘密？”

怜星宫主道：“我只是想……”

她忽然发现邀月宫主的脸色，忍不住激灵灵打了个寒噤。邀月宫主一字字道：“从你七岁的时候，就喜欢跟我捣蛋，无论我喜欢什么，你都要和我争一争，无论我想做什么，你都要想法子破坏！”她的脸色愈来愈透明，看来就宛如被寒雾笼罩着的白冰。

怜星宫主脸色也变了，颤声道：“你……你莫忘了，我毕竟是你的妹妹。”她身形急转，想借势先甩开邀月宫主的手，但这时已有一阵可怕的寒意自邀月宫主的掌心传了出来，直透入她心底。

怜星宫主骇然道：“你疯了，你想干什么？”

邀月宫主一字字缓缓道：“我并没有疯，只不过，我等了二十年才等到今天，我决不会再让任何人来破坏它，你也不能……”她每说一字，怜星宫主身上的寒意就加重了一分，等她说完了这句话，怜星宫主全身都已几乎僵硬。她只觉自己就好像赤身被浸入一湖寒水里，而四周的水正在渐渐结成冰，她想挣扎，却已完全没有力气。邀月宫主根本没有看她，只是凝注着小鱼儿和花无缺，嘴角渐渐露出一丝奇异的微笑，缓缓道：“你看，这一战已快结束了，江枫和月奴若知道他们的孪生子正在自相残杀，一定会后悔昔日为何要做出那种事的。”

怜星宫主嘴唇颤抖着，忽然用尽全身力气，大呼道：“你们莫要再打了，听见了吗？因为你们本是亲生的兄弟！”

邀月宫主冷笑着，并没有阻止她，因为她虽然用尽了力气在呼喊，但别人却只能听到她牙齿打战的声音，根本听不出她在说什么。怜星宫主目中不觉流出了眼泪来，数十年以来，这也许是她第一次流泪，但她流出来的眼泪，也瞬即就凝结成冰。

她知道小鱼儿和花无缺的命运现在才是真的没有谁能改变了，因为现在世上知道这秘密的人已只剩下邀月宫主。而邀月宫主却是永远不会说出这秘密的，除非等到小鱼儿或花无缺倒下去，那时所有的事便已到了结局。这一段错综复杂、纠缠入骨的恩怨，也唯有到那时才会终止。这结局实在太悲惨，怜星宫主已不愿再看下去。事实上，她也已无法看下去。

铁心兰倒在苏樱怀中，喘息着，挣扎着道："我……我们总算是姊妹，现在我想求你一件事，不知道你答不答应？"

苏樱温柔地抚摸着她的头发，柔声道："无论你要我做什么，只管说吧。"

铁心兰道："我死了之后，希望你能将我和花无缺埋葬到一起，也希望你告诉小鱼儿，我虽然不能嫁给他，但我始终是他的姐姐、他的朋友。"

苏樱揉了揉眼睛，道："我……我答应你。"

铁心兰凝注着她，缓缓又道："我也希望你好好照顾小鱼儿，他虽然是匹野马，但有你在他身旁，他也许会变得好一些的。"

苏樱幽幽叹息了一声，道："他会么？"

铁心兰道："嗯，因为我很了解他，我知道他真心喜欢的，只有你一个人，至于我……他从没有喜欢过我，只不过因为他很好强很好胜……"

苏樱颤声道："我知道，我全知道，求你莫要再说，无论你要我做什么，我都答应你。"

铁心兰嫣然一笑，缓缓阖起眼睑。她笑得是那么平静，因为她已不再有烦恼，不再有心事。苏樱望着她，却已不禁泪落如雨……

花无缺的手已渐渐慢了下来。他知道时候已到了，已没有再拖下去的必要。

无论任何事，迟早都有结束的时候，到了这时候，他的心情反而特别平静。嫉妒、爱憎、好胜、炫耀……这些世俗的情感，忽然之间都已升华，这种情感的升华正是人类至高无上的情操。

他只希望小鱼儿能好好地活着，铁心兰能好好地活着，所有他的朋友和仇敌都好好活着，而且活得愉快。

他当心着小鱼儿的出手，等待着机会。

等待着机会死！

他准备让小鱼儿"胜"得光光彩彩，既不希望被任何人看出他是自己送死的，更不希望被小鱼儿自己知道。所以他既不能故意露出破绽，更不能自己撞到小鱼儿掌下去，他要等待小鱼儿施展出一招很奇妙的招式时，再故意“闪避不开”！

只见小鱼儿身形旋转，左掌斜斜劈下，右掌却隐在身后。花无缺知道他这左掌本是虚招，随在身后的那只右掌才是真正的杀手，对方招架他左掌时，他身子已转过，右掌就会忽然自胁下穿出。这一招虚虚实实，连消带打，而且出手的部位奇秘诡异，本可算得上是江湖罕见的绝招杀手。

但小鱼儿却似已打晕了头，竟忘了这一招他方才已使出过一次，花无缺方才避开他这一招时虽曾遇险，可是现在却已对这一招了如指掌。

这正是花无缺的“机会”到了。他手掌自下面反切上去，直切小鱼儿胁下，只因他知道等他这一掌切到时，小鱼儿身子已转过，他这一掌就落空，那时他“招式已用老”，等小鱼儿右掌穿出时，他便要立毙在小鱼儿掌下。所以他这一招看来虽也是连消带打的妙招，其实却是送死的招式。

谁知小鱼儿这一次身形转得竟比上次慢了好几倍，等花无缺一掌切到他胁下时，他身子竟还没有转过去。胁下软骨，本是人身要害之一，花无缺本已成竹在胸，故意将这一掌招式用得很老，所以等他发现不妙时，再想收招变式已来不及了。

只听“砰”的一声，小鱼儿已被他打得飞了出去！

四下惊呼声中，燕南天一掠七丈，如大鹏般飞掠了过来。轩辕三光等人也惊呼着赶到小鱼儿面前。只见小鱼儿面如金纸，气若游丝，已是奄奄一息，再一探他的脉搏，亦是若断若续，眼见生机便已将断绝。无论谁都可以看出他是万万活不成的了。

燕南天已不觉急出了满面痛泪，跺脚道：“你……你明明可以避开那一招的，你……你……你……”

小鱼儿凄然一笑，挣扎着道：“我本想用这一招故意诱他上当的，谁知……谁知他……”

他急剧地咳嗽着，嘴角已沁出了血丝，喘息着又道：“这只因我……我太聪明了，反而弄巧成拙……弄巧成拙……”

他将“弄巧成拙”这句话一连说了两次，声音愈来愈微弱，眼睑渐渐阖起，喘息渐渐平静……

他似乎还想张开眼来，对他所留恋的这世界再瞧最后一眼，但无论他多么努力都已没有用了。他的眼睛再也张不开来。

花无缺木立在那里，心神已完全混乱，眼前却变成了一片空白，什么都不能思想，什么都已看不到。

小鱼儿竟死了！小鱼儿竟被他杀死了！

他只希望这件事不是真的，而是一场梦，噩梦！

他的眼泪都似已枯竭。

燕南天忽然怒喝一声，反身一掌向花无缺劈下，花无缺却站着动也没有动。

邀月宫主正在检查小鱼儿的脉搏，此刻忽然一掠数丈，将花无缺拉出了燕南天的掌风中。

邀月宫主悠然道："方才我拉开了无缺，其实却是救了你！只因世上谁都可以杀他，只有你是万万杀不得他的！"

燕南天道："为什么？"

邀月宫主目中闪动着一丝残酷的笑意，道："你可知道他是谁么？"

燕南天忍不住问道："他是谁？"

邀月宫主忽然疯狂般大笑起来，指着花无缺道："告诉你，他也是江枫的儿子，他本是小鱼儿的孪生兄弟。"

这句话说出，四下立刻骚动起来。燕南天却怔住了，怔了半晌，才怒喝道："放屁！"

邀月宫主大笑着道："我等了二十年，就是在等今天，等他们兄弟自相残杀而死，我等了二十年，直到今天才能将这秘密说出来，我实在高兴极了，痛快极了！"

燕南天狂吼道："无论你怎么说，我连一个字都不相信。"

邀月宫主咯咯笑道："我知道你会相信的，一定会相信的，你仔细一想，就会发觉他们两人有多么相似，你再看看他们的眼睛，他们的鼻子……"燕南天双拳紧握，已不觉汗出如浆。

邀月宫主笑着道："你可知道我为什么要逼他们两人动手？你可知道我为什么一定要花无缺亲手杀死小鱼儿？……你们本来一定想不通这

道理，是吗？现在你们虽已明白，却已太迟了，太迟了……”

这秘密实在太惊人，宛如晴空中忽然劈下的霹雳，震得所有的人全都呆住了，心里虽然激动，却反而连丝毫声音都发不出来。天地间仿佛只剩下了邀月宫主疯狂的笑声。

大家想到花无缺和小鱼儿以前的种种情况，纵然想不信邀月宫主的话，也是万万无法不信了。大家心里也不知是惊讶，是愤怒，还是同情……也许这许多情感都有一些，但毕竟还是怜悯和同情多些。

只见花无缺脸色发白，望着地上小鱼儿的尸体，身子渐渐开始发抖，愈抖愈厉害，到后来抖得连站都站不住了，全身缩成一团。

燕南天望着这一生一死兄弟两人，岩石般的身形竟似也要开始崩溃，在这一刹那间，他才真正变成了个老人。他心里充满了悲哀和痛悔。

“我为什么也要逼着他们两人动手？为什么不阻止他们？”他知道这一切都是为了仇恨！他现在也已知道仇恨并不能为任何人带来光荣，仇恨带来的，只有痛苦，只有毁灭！但现在他才知道已太迟了！他甚至已悲痛得连愤怒的力量都失去，非但没有向邀月宫主挑战，甚至连看都没有再看她一眼。

邀月宫主却在看着他们。她目光中的笑意看来是那么残酷，那么恶毒，瞪着花无缺冷冷道：“你自己杀死了你自己的兄弟，你还有什么话说？”花无缺以手掩面，全身都缩到地上。

邀月宫主狞笑着道：“你莫忘了，你身上还有一柄‘碧血照丹心’，你现在总该相信这是柄魔剑了吧。无论谁得到它，都只有死！”花无缺霍然抬起头，“碧血照丹心”已在他手上！

碧绿色的短剑，在夕阳下散发着妖异的光芒。虽然每个人都知道他要做什么，但却没有任何人能阻止他，无论谁落到这种地步，也都只有死，非死不可！

邀月宫主一字字道：“现在你的时候已到了，你还等什么？”花无缺反手一剑，向自己胸膛刺下！

忽然间，一只手伸过来，夺去了花无缺掌中的剑！要自花无缺手上夺剑，本不是件容易事，但现在，花无缺已几乎完全崩溃，他抬起头，瞪了这人很久，才颤声道：“你是谁？为什么不让我死？”

第一百二十七章

真相大白

夺剑的人竟是万春流。他叹息了一声，缓缓道：“一个人若是要死，那是谁也拦不住的。”

邀月宫主厉声道：“你既然知道，为什么还要来多事？”

万春流根本不理她，还是凝注着花无缺，柔声道：“我并不是阻止你，只不过劝你再多等片刻，也许还不到半个时辰。过了半个时辰后，你若还是要死，我保证绝没有任何人来阻止你。”

他望着手里的剑，接着又道：“到了那时，无论任何人想死，我非但绝不阻止，而且还会将这柄剑亲自交到他手上。”

邀月宫主大笑道：“半个时辰？这半个时辰难道还会有鬼么？孩子，我劝你还是莫要再等了吧，多等一刻，你就多受一刻的痛苦！”

狂狮铁战忽然大喝道：“就算再多受片刻痛苦又有何妨？你难道连这点勇气都没有？”

邀月宫主怒道：“你是什么人？竟敢在我面前多嘴？”

铁战大怒道：“我多了嘴又怎样？”

他的喝声更大，邀月宫主脸色又开始透明，一步步向他走了过来，道：“谁多嘴，我就要他死！”

萧女史忽也冷冷一笑，站到铁战身旁，道：“我平生什么都不喜欢，就喜欢多嘴。”

祢十八叹了口气，道：“我的脾气也正和她一样！”

俞子牙道：“还有我！”

刹那之间，这些久已隐迹世外的武林高人，都已站在一排，静静地凝注着邀月宫主，每双眼睛都是清澈如水，明亮如星。

邀月宫主骤然停下脚步，望着各人的眼睛，她只有停下脚步，过了半晌，才淡淡一笑，道："我既已等了二十年，又何在乎多等这一时半刻？"

除了万春流之外，谁也不知道在这短短半个时辰中，事情会有什么变化，但万春流却似胸有成竹，竟盘膝坐到花无缺身旁，闭目养起神来。

燕南天呆了很久，缓缓俯下身，抱起了小鱼儿的尸体。

但万春流却忽然大声道："放下他！"

燕南天怔了怔，道："放下他？为什么？"

万春流道："你现在不必问，反正马上就会知道的。"

燕南天默然半晌，刚将小鱼儿的尸体放回地上，突然又似吃了一惊，再拉起小鱼儿的手。只见他面色由青转白，由白转红，忽然放声大呼道："小鱼儿没有死，没有死……"

邀月宫主也一惊，但瞬即冷笑道："我知道他已死了，我已亲自检查过，你骗我又有什么用？"

燕南天大笑道："我为何要骗你？他方才就算死了，现在也已复活！"

这句话说出来，骚动又起，大家心里虽都在希望小鱼儿复活，但却并没有几个人相信燕南天的话。邀月宫主更忍不住大笑起来，指着燕南天道："这人已疯了，死人又怎会复活！"

燕南天仰首而笑，也不去反驳她的话，大家见到他的神情，心里也不禁泛起一阵悲痛怜惜之心。这一代名侠只怕真的已急疯了。

死人又怎会复活？！

但就在这时，突然一人道："谁说死人不能复活？我岂非已复活了么？"

骤然间，谁也不知道这句话究竟是否小鱼儿自己说出来的，但小鱼儿的"尸体"却已自地上坐了起来！

死人竟真的复活了！大家几乎不相信自己的眼睛，怔了半晌，又忍不住欢呼起来，有的人心里已恍然大悟，原来小鱼儿方才只是在装死！

但邀月宫主却知道他方才是真的死了，因为她已检查过他的脉搏，知道他呼吸已停，脉搏已断，连心跳都已停止，他怎会复活的？难道真的见了鬼么？邀月宫主瞪着小鱼儿，一步步向后退，面上充满了恐惧之色。

小鱼儿望着她嘻嘻一笑，道："你怕什么？我活着时你尚且不怕，死了后反而害怕了么？"

邀月宫主颤声道："你……你究竟在玩什么花样？"

小鱼儿大笑道："小鱼儿玩的花样你若也猜得到，你就是天下第一聪明人了。"他转向万春流，道："她什么都说了？"

万春流拉起了花无缺，微笑道："她什么都说过了，这秘密其实只需一句话就可说明！你们本是亲兄弟，而且是孪生的兄弟！"

小鱼儿欢呼一声，跳起来抱住了花无缺，大笑道："我早知道我们绝不会是天生的对头，我们天生就应该是朋友，是兄弟！"他虽然笑着，但眼泪却也不禁流了出来。

花无缺更是已泪流满面，哪里还能说得出话？燕南天张开巨臂，将这兄弟两人紧紧拥抱在一起，仰天道："二弟，二弟，你……你……"他语声哽咽，也唯有流泪而已。

但这却是悲喜的眼泪，大家望着他们三人，一时之间，心里也不知是悲是喜，热泪也不禁夺眶而出。慕容双情不自禁依偎到南宫柳怀里，心里虽是悲喜交集，却又充满了柔情蜜意，再看她的姊妹，亦是成双成对，互相偎依。

萧女史擦着眼睛，忽然道："无论你们怎样，我却再也不想回去了，这世界毕竟还是可爱的。"

邀月宫主木立在那里，根本就没有一个人睬她，没有人看她一眼，她像是已完全被这世界遗弃。

只有万春流却缓缓走到她面前，缓缓道："水能载舟，亦能覆舟。毒药能害人，亦能救人。其中的巧妙虽各有变化，运用却存乎一心。"

他微微一笑，接着道："若将几种毒草配炼到一起，就可炼出一种极厉害的麻痹药，刹那间就可令人全身麻痹，呼吸停止，和死人无异。若用这种麻药来害人，自然就可乘人在麻痹时为所欲为，但在下配炼这种麻药，却是为了救人，因为它不但可以止痛，还可要人上当！"

说到这里，邀月宫主面上的肌肉已开始抽搐。但万春流还是接着说了下去，道："小鱼儿还未动手之前，就问我要了这些麻药，他从小和我在一起，深知这种麻药的用法，所以就想到用它来装死，因为他也知道他一死之后，你一定会将所有的秘密说出来。"

他又笑了笑，道："这孩子实在聪明，所想出的诡计无一不是匪夷所思，令人难测，也就难怪连宫主都会上了他的当了。"他双手将那柄"碧血照丹心"捧到邀月宫主面前，悠然道："花无缺既已用不着这柄剑了，在下只有将之交回给宫主，宫主说不定会用得着它，是么？"他微笑着转身，再也不回头去瞧一眼。

邀月宫主这时只要一挥手，就可将他立毙于剑下！

但万春流却知道以邀月宫主此刻的心情，是必定再也不会杀人的了，也许她唯一杀的人，就是她自己！"碧血照丹心"也许的确是柄不祥的魔剑！

苏樱早已来了，她来的时候，正是小鱼儿"复活"的时候，但直到这时她才擦干眼泪，走了过去。小鱼儿忽然发现了她，又惊又喜，道："你也来了，我知道你一定会回来的。"

苏樱面上冷冰冰的，毫无表情，道："我这次来，只因为我已答应过别人，到这里来办一件事。"

小鱼儿道："你答应了谁？来办什么事？"

苏樱道："我答应了铁心兰，到这里来……"

她话未说完，铁战、花无缺已同时失声道："她的人呢？"

苏樱望着花无缺，道："她只想让你知道，她虽要你为她而死，可是她自己也早就准备陪着你死了，她还要我将你们两人的尸体葬在一起。"

花无缺流泪道："我……我知道她绝不会负我的，我早已知道。她……她的人现在哪里？"

苏樱道："她早已服下了毒药，准备一死……"

铁战狂吼一声，扼住了花无缺的喉咙，大吼道："都是你这小子害了她，我要你赔命！"

花无缺的人早已呆了，既不挣扎，也不反抗，只是喃喃道："不错，是我害了她……是我害了她……"

大家本来为他们兄弟高兴，此刻见了花无缺的模样，心情又不禁沉重了起来，总觉得苍天实在不公，为什么总是对多情的人如此残忍。谁知这时小鱼儿却忽然大笑起来。

铁战大怒道："你这畜生！你笑什么？"

小鱼儿笑道："莫说铁心兰只不过服下了一点毒药，就算她将世上的毒药全都吞下去，苏姑娘也有法子能将她救治的。苏姑娘，你说对不对？"

苏樱狠狠瞪了他一眼，但还是点了点头，向花无缺展颜笑道："我本来也想让你着急的，可是见了你这副样子，我可不忍了……你快去吧，她就在那边的树下，现在只怕已醒来了。"

花无缺大喜道："多谢……"他甚至等不及将这多谢两个字说完，人已飞掠了出去。

铁战也想跟他一起走，但萧女史却拉住了他，笑道："那边的地方很小，你过去就嫌太挤了。"

铁战怔了怔，但毕竟还是会过意来，大笑道："不错不错，太挤了，的确太挤了……"

小鱼儿笑嘻嘻地刚想去拉苏樱的手，但苏樱一见到他，脸立刻沉了下去，一甩手扭头就走。

这时邀月宫主竟忽然狂笑起来，狂笑着抱起她妹妹的尸体，狂笑着冲了出去，眨眼间就消失在苍茫的迷雾中。

但这时小鱼儿谁也顾不得了，大步赶上了苏樱，笑道："你还在生我的气？"苏樱头也不回，根本不理他。

小鱼儿道："就算我错怪了你，你也用不着如此生气呀。"苏樱还是不理他。

小鱼儿道："我已经向你赔不是了，你难道还不消气？"苏樱好像根本没听见他在说什么。

小鱼儿叹了口气，喃喃道："我本来想求她嫁给我的，她既然如此生气，看来我不说也罢，也免得去碰个大钉子。"

苏樱霍然回过头，道："你……你说什么？"

小鱼儿眨了眨眼睛，摊开双手笑道："我说了什么？我什么也没有说呀。"

苏樱忽然扑了上去，搂住了他的脖子，咬着他的耳朵，打着他的肩头，跺着脚娇笑道："你说了，我听见你说了，你要我嫁给你，你还想赖吗？"

小鱼儿耳朵被咬疼了，但此刻他全身充满了幸福之意，这一点疼痛又算得了什么？他一把将苏樱抱了起来，大步就走。

苏樱娇呼道："你……你想干什么呀？"

小鱼儿悄悄道："这里的人太挤了，我要找个没人的地方去跟你算账！"

苏樱飞红了脸，道："你……你方才说的话，赖不赖？"

小鱼儿笑道："男子汉大丈夫，说出的话还能赖吗？"

苏樱"嘤咛"一声，紧紧搂住了他脖子，在他耳边悄悄道："不错，这里人实在太多了，你快带我走吧。从今以后，无论你要走到哪里去，我都跟着。"

慕容双依偎在南宫柳怀里，脸上也是红红的，红着脸笑道："你难道不觉得人太挤了么？"

南宫柳温柔地望着她，悄悄道："你也想回家？"

慕容双垂下了头，悄笑道："何必回家，只要是没有人的地方……"

突听慕容珊珊娇笑道："好呀，老夫老妻的，还在这里肉麻当有趣，也不怕害臊么？"

慕容双红着脸，跺脚道："鬼丫头，谁叫你来听我们悄悄话的。"

慕容珊珊笑道："我不管你怎么着急，今天也绝不放你们回去，大家全都要留在这里，等着和燕大侠一起喝杯酒。"

慕容双道："但这里哪来的酒？"

慕容珊珊笑骂道："我看你真是晕了头，难道没见到轩辕三光方才已拉着铁大侠去买酒了么？"

燕大侠大笑道："不错，今天务请大家都留在这里喝一杯，就算是江小鱼和江无缺的喜酒吧！"

他将"江无缺"三个字说得特别有力，好像在向大家特别声明，"花无缺"从此之后就是"江无缺"了！

萧女史一直在呆呆地出着神，此刻才幽幽地叹息了一声，道："看到了这些年轻人，我才真有些后悔了。”

祢十八道：“后悔什么？”

萧女史道：“后悔我以前为什么总是三心二意的，左也不嫁，右也不嫁，否则我现在也不会像这么样孤孤单单的了。”

祢十八道：“可是你现在再打定主意找个人也不迟呀。”

萧女史叹了口气，道：“现在？现在还有谁会要我这老太婆？”

祢十八指着自己的鼻子笑道：“你莫忘了，我到现在也还是孤孤单单的光棍一个。”

萧女史的脸骤然飞红了起来，像是忽然年轻了几十岁，“啪”地轻轻打了祢十八个耳刮子，笑骂道：“瞧你老得牙都快掉了，还敢来打我的主意么？”

祢十八嘻嘻笑道：“这就叫老配老，少配少，王八配乌龟，跳蚤配臭虫……”

萧女史又是一个耳刮子要打过去了，幸好这时铁战和轩辕三光已回来，祢十八赶紧迎了上去，道：“你们买的酒呢？”

轩辕三光苦着脸道：“格老子，我的钱早已输光了，没想到这老疯子跟我一样，也是个穷光蛋，袋子里连一文钱都没有。”

欢乐的时候没有酒，就好像菜里没有放盐一样。大家正觉得有些失望，忽然发现黑压压的一群“人”叽叽喳喳地爬上山来，仔细一看，却原来是一群猴子。这群猴子有大有小，吵得翻了天，手里却都捧着样东西，竟是些瓶瓶罐罐、破坛子、破茶壶。大家又奇怪，又好笑，正不知这些猴子是为什么来的，鼻子里却已闻到一阵浓烈的酒香。

祢十八赶上去一看，这些瓶瓶罐罐里竟装满了美酒。他忍不住大笑道：“人没将酒买回来，猴子却将酒送来了，看来猴子比我们这些人还强得多。”

轩辕三光叹了口气，苦笑着喃喃道：“猴子有时的确比人还聪明些，至少它们不会去赌钱……”

这时小鱼儿正在远处的一个山洞里吃吃地笑着，道：“我打赌，他们就算想一万年，也绝对想不出酒是从哪里来，是什么酒？”

苏樱像只猫似的蜷伏在小鱼儿怀里，媚眼如丝，似乎根本懒得说话，只是懒洋洋地问着："那究竟是什么酒？"

小鱼儿道："那就叫猴儿酒，就是猴子自己酿出来的。"

苏樱道："猴子也会酿酒？"

小鱼儿笑道："猴子酿的酒，有时比人还好得多，无论酒量多好的人，若是喝多了猴儿酒，至少也得醉三天。"

苏樱道："可是，你究竟是用什么法子要那些猢狲将酒送去的呢？这连我都不懂了。"

小鱼儿眨着眼笑道："江小鱼的妙计，你自然是永远弄不懂的，你若也和我一样聪明，我就不会娶你做老婆了。"

苏樱忍不住咬了他一口，嫣然笑道："小鱼儿呀小鱼儿，你真是个坏东西。"

小鱼儿忽然板起脸，道："我已经是你老公，马上就要做你儿子的爸爸，你怎么还能叫我'小鱼儿'？"

苏樱娇笑着道："小鱼儿呀小鱼儿呀，你就算活到八十岁，做了爹爹，人家还是要叫你小鱼儿，因为'小鱼儿'这三个字实在太有名了。"

《绝代双骄》完